Gudrun Honke (Hg.) · Die Mondfrau

P H
V

Die Mondfrau

Neue Geschichten aus dem frankophonen Afrika

Herausgegeben von Gudrun Honke

Aus dem Französischen übersetzt von
Sigrid Groß, Giò Waeckerlin-Induni und Beeke Dummer

Peter Hammer Verlag

Die Deutsche Bibliothek – CIP-Einheitsaufnahme

Die **Mondfrau** : neue Geschichten aus dem frankophonen
Afrika / hrsg. von Gudrun Honke. Aus dem Franz. übers.
von Sigrid Groß ... – Wuppertal : Hammer, 1998
   ISBN 3-87294-805-9

© Peter Hammer Verlag, Wuppertal 1998
Umschlaggestaltung: Wolf Erlbruch
Satz: Data System, Wuppertal
Druck: Claussen & Bosse

Inhalt

Die Mondfrau

In Afrika ist der Mond, wie in vielen Sprachen der Welt, weiblich, eine Frau also. Viel, viel älter als alle Menschen, gilt sie als außerordentlich weise und wissend – und als sehr neugierig, beobachtet sie doch, selbst durch Wolkenschleier hindurch, das nächtliche Tun und Treiben auf der Erde. Dank dieser Eigenschaft bestens über alles informiert, ist sie für jeden da, der sich, um Rat suchend oder um Auskunft bittend, an sie wendet.

Hier nun stellt die *Mondfrau* den Leserinnen und Lesern dreiundzwanzig neue Geschichten aus dem frankophonen Schwarzafrika und von den Inseln des Indischen Ozeans vor, die von dem erzählen, was die Menschen im Afrika der neunziger Jahre bewegt. Da gibt es Geschichten, die faszinierende Blicke öffnen in fremd anmutende Welten – so, wenn ein Vater mit Hilfe der Magie seinen ermordeten Sohn rächt oder junge Leute gegen starre Traditionen ankämpfen. Andere, insbesondere die zehn Autorinnen, erzählen vom wachsenden Selbstbewußtsein der Frauen, von ihren Erfahrungen, ihren Wünschen und der Absicht, sich in einer männlich dominierten Gesellschaft nicht länger unterkriegen zu lassen. Und wie überall auf der Welt spielt die Liebe, ob mit oder ohne Happy End, eine große Rolle.

Der vielschichtigen Realität einer sich wandelnden Welt begegnen die Autorinnen und Autoren mit einer erstaunlichen Vielfalt der Erzählformen – sie reicht vom »modernen«, auf der mündlich überlieferten Literatur fußenden Märchen bis hin zu Szenenfolgen, die in kurzen Spotlights komplexe Verhältnisse einfangen –, mit feinsinnigem Humor, messerscharfer Ironie und, gar nicht anders denkbar unter dem Blick der *Mondfrau,* immer auch mit einer Prise afrikanischer Weisheit.

Eine Aufforderung an die Leserinnen und Leser, es der *Mondfrau* gleichzutun und neugierige Blicke zu werfen auf dieses Stück Gegenwartsliteratur des frankophonen Afrika!

Die Herausgeberin

Axel Gauvin
Die Antwort

»Kaum zu glauben, aber dieses Muskelpaket von einem Tilou wollte sich tatsächlich wegen eines Francs erhängen«, erzählte Michel (bloß um ihn zu hänseln natürlich).

Hänselei oder nicht: Tilous Erhängungsversuch ist die reine Wahrheit. Und reine Wahrheit auch, daß es wegen eines Francs war! Was Michel verschweigt, ist, daß sich besagter Tilou mit diesem Franc, dem einzigen, dem letzten, der noch in Tilous Geldbeutel war – der überhaupt noch im Haus war –, ein Glas 'Rack* spendiert hatte.

Ihr hättet seine Frau hören sollen! Ich will nicht behaupten, sie habe nicht recht gehabt, doch was sie nicht begriffen hatte, die Frau, war, daß Tilou am Ende war: die Arbeit, die vor einem davonläuft wie ein roter Kardinal*; die von der Arbeitslosenversicherung, die sich endlich sputen sollten, sich aber wohlweislich hüten; die Steuern, die an allen Ecken und Enden bezahlt werden müssen; das bereits zweimal abgestellte Wasser ... Und dann die Frau selbst mit ihrem unheilbar sauertöpfischen Gesicht unter den ewigen Lockenwicklern, mit ihrem ständigen Gequengel, ihrem ständigen Gezänk ...

Tilou hat den Ochsenstrick geholt, hat sich einen Ast ausgesucht ...

Zum Glück trieb sich Mmon (ein anderer, der sich seinerzeit ebenfalls eine Hanfschleife umgebunden hatte), zum Glück trieb sich Mmon in der Gegend herum, zum Glück hatte er Tilou gesehen und ihn rechtzeitig heruntergeholt. Zum Glück hatte er ihn wiederbelebt. Zum Glück war Michel vorbeigekommen, hatte den einen belemmert im Gras sitzen

---

* Arrak (Branntwein aus Zuckerrohr, Palmwein oder Reis, Anm. d. Übers.)
* auf Réunion heimische große Finkenart (Anm. d. Übers.)

sehen, den anderen neben dem einen kniend. Zum Glück waren Michel und Tilou nicht nur weit entfernt verwandt, sondern auch alte Freunde. Zum Glück! Denn sonst – wer hätte Tilou bei sich aufgenommen? Hätte ihm zu essen und zu trinken gegeben? Hätte ihm einen Strohsack zur Verfügung gestellt? Hätte ihn sogar mit etwas Taschengeld versorgt, damit er sich nicht vor seinen Kollegen schämen mußte?

Als unsere Geschichte beginnt, wohnte Tilou schon seit drei Monaten bei Michel. Nicht im Haus: in einem Schuppen hinten im Garten. Das war alles, was Michel bieten konnte, und Tilou verlangte nicht mehr. Im übrigen bezog Tilou jetzt sein Arbeitslosengeld; er hatte gespart und ein kleines Grundstück für die Dauer von fünfzig Jahren von der Zuckerfabrik gemietet, wo er sich jetzt aus Zementsteinen ein Haus baute. Ein kleines Haus, ein ganz einfaches Haus: drei unter einer Dachschräge aneinandergereihte Zimmer, jedes Zimmer mit einer Tür und einem zusätzlichen Fenster für die zwei Eckzimmer.

Tilou hörte nicht auf, sich erkenntlich zu zeigen, sich bei Michel zu bedanken: er hätte viele neue Freunde gefunden in seiner neuen Umgebung, er hätte wieder Appetit, es müßte wirklich nicht mit rechten Dingen zugehen, wenn er vor Ablauf der Arbeitslosenunterstützung keine Arbeit fände, ein so guter Maurer wie er.

Michel wußte, daß Tilou es aufrichtig meinte, doch wenn der Sappermenter tatsächlich so glücklich war, warum lief er dann herum wie ein geprügelter Hund? Warum schwankte er so oft die Straße entlang? Kurz: Warum guckte er so gern ins Glas? Warum trank er so oft über den Durst? Eindeutig: Tilou vermißte etwas! Man brauchte kein Hellseher zu sein, um zu wissen, was er vermißte. Eine Frau!

Eine Frau? Wer wollte behaupten, Tilou vermisse die Frauen! Warf er sich nicht jeden Sonnabend – und manchmal auch an einem Wochenabend – in Schale? Pomadierte er sich nicht das

Haar? Übergoß er sich nicht mit Kölnischwasser? Kehrte er nicht spät nachts zurück – und dazu noch nüchtern?

Vielleicht mangelte es Tilou gar nicht an Frauen. Doch wie auch immer, fünf Sonnabendflittchen, zehn Abenteuer, fünfzehn Flirts und zwanzig Ersatzräder – was ist das schon, verglichen mit einer einzigen Frau? Eine einzige, eine richtige, eine echte vermögen hundert nicht aufzuwiegen. Eine, an die er gern denkt, die ihn froh macht. Nicht wie jene andere, die ihn dazu getrieben hatte, sich den Strick umzubinden: wegen eines Francs! Die sich nie nach ihm erkundigt hatte. Nachher!

Ja: ein liebes Frauchen! Egal, wenn sie deine Unterwäsche nicht waschen will, wenn sie nur mit dir spricht. Nicht schreit, nicht weint: spricht! Wenn sie nur lacht, ihre weißen Zähne zeigt, wenn du ihr, nur ihr einen kleinen Witz, eine kleine Geschichte erzählst. Wenn sie nur beim Aufwachen am Morgen ihren Bauch an deinen Rücken schmiegt oder dich mit ihrem Arm umfängt, ihre glatte, zarte, warme Hand auf dein Herz legt. Oder umgekehrt: du dich fest an ihren Rücken schmiegst und deinen Arm um ihren Bauch legst, wenn zum Beispiel in ihrem Bauch sich ein Zipfelchen Mensch kuschelt, das die Familie erweitert.

Eines schönen Tages also (an einem Samstag, einem 2. November; ja, Michel hatte am Tag vorher Blumen aufs Grab seiner Mutter gebracht und die Margeriten gegossen, die er darauf gepflanzt hatte), an jenem zweiten November also half Michel Tilou beim Bau seines kleinen Hauses – als just Célia vorbeiging!

Trotz ihrer Jugend – fünfundzwanzig, sechsundzwanzig vielleicht – hatte Célia Krähenfüßchen an den Augenwinkeln. Ihre Lider waren leicht geschwollen, wie … na ja, wie bei den Rumpichlern. Im übrigen wurde behauptet, sie trinke! Daß die Flasche, die sich in ihrer Plastiktüte abzeichnete, wenn sie aus dem Laden kam, viel wahrscheinlicher »Rum Charette« enthielt als Öl, Essig oder Sojasauce. Beweis dafür war – wurde behauptet –, daß sie nie im Supermarkt einkaufte, wo alle aus der Nachbarschaft sich eindeckten, sondern in Ti-coqs kleinem Kramladen, der fast immer leer und daher viel verschwiegener war. Alles Gerüchte, die das Trottoir-Telefon über Célia verbreitete. Vielleicht waren es bloß Verleumdungen; vielleicht widerte sie der Alkohol sogar an. Aber es ist einfacher, das Meer zu leeren, als bösen Zungen das Tratschen zu verbieten.

Das erste Mal sah nur Michel Célia an Tilous Baustelle vorbeigehen. Zwar trug sie keine schlampigen Klamotten, ihr Haar war nicht zerzaust wie eine Savanne im Wind oder eine Kokospalme nach dem Sturm, dennoch hatte sie offensichtlich nicht Stunden damit verbracht, sich schön zu machen. Zwei widerspenstige Haarsträhnen, ein zerknittertes Kleid, ja, Célia ließ sich eindeutig gehen. Obwohl sie mit erhobenem Kopf und wohlgekurvt vorbeiging, vielleicht etwas zu hochmütig, ein bißchen herausfordernd sogar.

Etwas später – eine halbe Stunde später vielleicht – ging Célia wieder vorbei, in der entgegengesetzten Richtung jedoch. Michel stellte mit einem Blick fest, daß sie ihre zerknitterten Klamotten gegen ein sauberes Kleid getauscht hatte, daß ihr Haar sorgfältig gekämmt war, daß sie anstelle des üblichen Plastikbeutels ein Handtäschchen in der Hand hielt, eine Art großen Geldbeutel, daß sie anstelle der Zehenlatschen Stöckelschuhe trug. Einen Hauch Lippenstift. Und das Parfüm erst: Selbst wenn Michel zu weit entfernt war, um es zu riechen, kitzelte es ihn trotzdem in der Nase.

Mann! Sah die Célia gut aus! Rundes Hinterteil, Tänzerinnenbeine, straffe Brüste, der majestätische Gang der Wasserträgerinnen in den Ländern aus dem Bibelunterricht.

Und diesmal – diesmal –, als sie lauter Anmut und Schönheit ausstrahlte, erblickte sie Tilou. Die Maurerkelle fiel ihm glatt aus der Hand! Am Blick, den die Frau ihm zuwarf … nun, man brauchte keine Karten zu legen, um zu wissen, für wen sie sich schön gemacht hatte.

Von diesem ersten Tag an spazierte Célia jeden Morgen an Tilous Baustelle vorbei. Jeden Morgen? Sie ging ja bloß zu Ticoqs Kramladen, nicht wahr? Stand das kleine Haus, das sie kürzlich gemietet hatte, nicht etwa auf dem Hügel oben? Befand sich der Kramladen nicht weiter unten? Ja, war das denn kein Umweg? Bitte, sie verfügte schließlich selbst über ihre Zeit. Hatte sie sie vielleicht jemandem gestohlen, die Zeit, wo sie doch nur nachmittags arbeitete?

Hol's der Teufel: Ausgerechnet vor Tilous Baustelle, genau vor Tilous Baustelle, verirrt sich – jeden Tag, ausnahmslos – ein spitzer Kiesel in ihrem Schuh, was sie zwingt, anzuhalten, auf einem Bein zu stehen, um ihn zu entfernen. Und sie schleudert ihn verärgert weg, den verflixten kleinen Stein, der sie in den Fuß gestochen hat. Verständlich, daß sie in Tilous Blick Mitgefühl sucht. Und selbstverständlich Mitgefühl findet! Er hat ihretwegen sogar Tränen in den Augen. Und als sie weitergeht, beschützt er sie mit seinem Blick, läßt den Blick nicht von ihr, verschlingt sie mit den Augen von Kopf bis Fuß. Ja, ganz und gar!

Eine Woche vergeht, ein Monat … Michel hätte sich über die Entwicklung der Dinge freuen müssen: War Tilou nicht dabei, das zu finden, was er vermißt hatte? War er nicht etwa bis über beide Ohren verliebt? Und die Frau, war sie nicht etwa für ihn entflammt? Paßten sie etwa nicht zueinander? Waren sie nicht etwa gleich alt? In der gleichen Lage? Waren sie nicht etwa dafür gebaut, sich gegenseitig zu stützen? Nachts? Im Bett?

Zweifellos, zweifellos, sagte sich Michel. Doch diese angebliche Trunksucht, was war damit? (Der Gedanke, daß sein Cousin in Sachen Trinken nicht immer nur Kaffee auf dem Gewissen hatte, streifte ihn nicht einmal.) Und wenn Célia noch andere Fehler hatte? Es gibt Leute, die einen ganz soliden Eindruck machen und die mehr Laster haben als die Werkstatt Schrauben!

Um sich ein ruhiges Gewissen zu verschaffen, beschloß Michel, sich umzuhören. Nicht eigentlich Nachforschungen anzustellen. Bloß ein paar Erkundigungen einziehen. Lediglich bei Ti-coq vorbeischauen, der als Kramladenbesitzer am meisten weiß und sicher aus der Schule plaudert.

Was? Das Berufsgeheimnis verletzen? Ti-coq? Niemals! Kein einziges Wort hat er gesagt. Er hat bloß auf Michels Frage hin Célias Kreditheftchen auf den Ladentisch gelegt, hat dann wortlos dem schuftigen Michel den Rücken gekehrt, als der angefangen hat, im Heft zu blättern.

Glücklicher als Michel, als er den Laden verließ? Sein von Ohr zu Ohr lächelnder Mund sprach Bände. Er ging nicht mehr: tanzte, schwebte! Er redete nicht mehr: sang! Berichtete nicht mehr: erzählte!

Hatte Célia nicht etwa kürzlich Faden und Nadeln gekauft? Eine Frau, die stopft und nicht wegwirft und nicht neu kauft und verschwendet! Begnügte sich Célia nicht etwa vom ersten bis zum letzten des Monats mit Bruchreis, anstatt bis zum Fünfzehnten mit Basmati? Und dann – gottlob! – bezahlte Célia nicht etwa am Monatsletzten ihre Schulden? Und …

Und die Getränke? Diese Geschichte mit dem Trinken?

Das war einmal. Und war vorbei. Seit einem Monat hatte Célia nicht den kleinsten Tropfen Alkohol mehr gekauft! Seit einem Monat? Seit dem 2. November vielleicht? War das nicht der Tag gewesen, an dem …?

Michel war überglücklich. Célia war genau die Frau, die Tilou brauchte. Begehrenswert und taktvoll, ehrlich und sparsam. Sie war die Richtige. Ja, aber Tilou konnte sich einfach nicht entschließen. Und den Heiratsvermittler spielen, dazu konnte sich Michel nicht entschließen.

Er würde auch nicht zu vermitteln brauchen, wie er befürchtet hatte. Eines Abends, als Michels Frau für ein paar Tage zu ihrer Mutter gefahren war, sich etwas zu entspannen, um das Kind zur Welt zu bringen, das sie trug, nahm Tilou all seinen Mut zusammen. An jenem Abend hatten sie gemeinsam gekocht; sie hatten das Fleisch geschnitten, hatten es angebraten, hatten Zwiebel und Tomate gehackt, den Knoblauch zerstoßen … Doch obwohl die zwei Cousins sich immer gegenseitig gemocht hatten, herrschte lastende Stille in der kleinen Küche, die zugleich als Eßzimmer diente: keine erzählte Geschichte, kein Lachen ...

Michel war, verständlich, etwas traurig ohne seine Frau, seine Gefährtin, seine Partnerin und – warum es nicht zugeben? – seine Herzallerliebste, das erklärte allerdings nicht alles. Tilou druckste herum wie jemand, der sich nicht traut, eine Bitte vorzutragen, die ihm zentnerschwer auf dem Herzen liegt. Erst als sie gegessen hatten, als das schmutzige Geschirr (mit Reisresten und Löffeln zwischen den Tellern) im Spülstein gestapelt war, traf die Frage – roh, brutal, gespielt aggressiv – Michel, der, gebückt, einen Lappen suchte, ein Tuch, irgend etwas, um damit den Tisch abzuwischen.

»Schreibst du einen Brief für mich, alter Dummkopf?«

Michel war sprachlos, entgeistert! Nicht über die Art, sondern über die Frage an sich: einen Brief! Michel ist es nicht gewohnt, Briefe zu schreiben. Um ehrlich zu sein: Er hat nie einen geschrieben. Es würde ihm leichter fallen, ein dreistöckiges Haus zu verputzen, als einen Brief zu schreiben, selbst wenn es sich nur um zwei Worte handelte! Einen Brief! Aber warum, zum Teufel, braucht Tilou Briefe in der Welt herumzuschicken? Michel möchte am liebsten rundweg ablehnen.

Und wenn dieser Brief für Célia bestimmt wäre? Katastrophe! Er ist für Célia bestimmt. Michel kratzt sich am Kopf. Er ist nicht einmal imstande zu protestieren. Tilou vielleicht daran zu erinnern, daß er ebensogut lesen und schreiben kann wie Michel. Doch Tilou wird ungeduldig; Michel muß sich wohl oder über entscheiden.

»Wenn es sein muß ...!«

Tilou hatte alles, was es zum Briefe schreiben braucht, in Ticoqs Kramladen besorgt: Papier, Kugelschreiber, Umschlag. Während er eine aufgeschlagene Zeitung auf dem Küchentisch auslegte und die Schreibutensilien darauf anordnete, holte Michel, um seine Ehre zu retten, einen Brief, den er sorgfältig in einer kleinen Schachtel aufbewahrte: den Heiratsantrag, den er hatte schreiben lassen, um seine Frau um ihre Hand zu bitten. Es war ein Brief auf geblümtem Papier; einer jener Briefe, mit denen man in Anzug-und-gestärktem-Kragen und zweifarbigen Schuhen im Elternhaus der Angebeteten vorspricht und den man zusammen mit einem langstieligen Blumenstrauß überreicht. Ein unglaublich altmodischer Brief, der folgendermaßen begann: *Ich greife zu meiner Feder, um Ihnen meine aufrichtigen Gefühle zu bezeugen, die mich gegenüber Ihrer Familie, im besonderen aber gegenüber Ihrem Fräulein Tochter beseelen ...*

Die Lektüre »seines« Briefes ermutigte Michel und flößte ihm Selbstvertrauen ein. Abschreiben, das nicht, nein, aber vielleicht eine Formulierung hier, ein gewählter Ausdruck dort: *Ich greife zur Feder ...* Jeder Brief beginnt doch so, oder? *Greife zur Feder* ist also unumgänglich. *Aufrichtige Gefühle ...* Sind die *aufrichtigen Gefühle* passend und angemessen? *Die mich beseelen ...*, na ja, das klingt ganz hübsch, auch wenn man nicht genau weiß, was es bedeuten soll. Und im übrigen wäre der Brief sonst zu kurz.

Tilou war glatt dagegen. Er wurde fast wütend: »Du hältst uns wohl für total altmodisch, was?« Er wollte auch nicht, daß Michel Tilous Namen darunter setzte: »Kein Name, kein Vorname, sie weiß ja, wer ich bin, oder? Du sagst ihr einfach, daß ich Gefühle für sie hege. Daß ich ... Daß ich ...«

»Daß du mit ihr schlafen möchtest?«

»Auf keinen Fall! Ich will doch nicht, daß sie mich für einen zudringlichen Kerl hält!«

»Sie heiraten möchtest?«

»Nun, also ... daß wir uns in gegenseitiger Achtung zusammentun, in allen Ehren ... und in Freuden ...«

Noch am gleichen Abend schob Tilou im Schutz der Dunkelheit seinen Antrag in die aufgeschlitzte Blechdose, die Célia als Briefkasten benützte. Am nächsten Morgen war er um fünf bereits auf.

Tilou hofft. Er treibt sich auf seiner Baustelle herum, arbeitet aber überhaupt nicht. Er tut nicht einmal dergleichen. Er

15

späht einfach ständig zur Straße hinüber, um Célia ja nicht zu verpassen. Er ist zappelig wie ein Kind, das auf den Weihnachtsmann wartet. Er brodelt wie ein Bohnentopf auf einem Akazienfeuer. Es wäre reine Bosheit, ihn darauf aufmerksam zu machen, daß SIE gewöhnlich erst gegen halb Elf erscheint; ihn daran zu erinnern, daß SIE, so oder so, kaum den Briefkasten öffnen wird, bevor der Postbote kommt.

Célia kam gegen elf Uhr. Ja, kam! Ging nicht etwa vorbei, denn zuerst machte sie auf den Absätzen kehrt, blieb dann aber stehen, wartete in ihrem hübschen neuen Kleid.

Célia wartet also. Doch was ist los? Tilou hat – zur Verblüffung Michels – Stimme und Kehle verloren, ein Kloß steckt in seinem Hals; er ist ebenso stumm wie ein Rind in der Dose. Und weil Célia ebenfalls nichts sagt und weil Michel weiß, daß er um alles in der Welt den Mund halten muß (gestiftete Ehe bringt Herzen Wehe), wird das Schweigen unerträglich.

Plötzlich begreift Michel, daß er überhaupt nichts begreift! Daß er eindeutig zuviel ist. »Was denkst du dir eigentlich, Michel? Steck deinen Löffel nicht in andrer Leute Töpfe. Die Dinge fügen sich ohne dein Zutun von allein. Ja, von allein!«

»Tschüs allerseits. Bis nachher.«

Zwei Tauben liebten sich gar innig...

Eine Stunde ist vergangen, Michel stellt sich ungeduldig Tilou und Célia vor. Beide zusammen natürlich! Küssen sie sich? Händchen haltend? Immerhin, man darf fürs erste nicht zuviel erwarten. Sitzen sie nebeneinander? Sie sind wahrscheinlich zu schüchtern. Nein: Er klatscht seinen Mörtel, sie steht zwei Meter von ihm entfernt, und sie scherzen und lachen miteinander ...

Tilou ist allein. Und grenzenlos enttäuscht: Célia hat den Mund nicht aufgemacht!

»Aber du, was hast du zu ihr gesagt?«

»Nichts!«

Michel greift sich an den Kopf: »Bravo! Sehr schön! Bist wohl auch noch stolz auf dich!«

Doch was nützt es, Tilou abzukanzeln? Sein Gesicht zieht sich auch so schon sechs Meter in die Länge. Michel versucht also, ihn eher zu trösten: »Für wen ist sie denn gekommen? Warum, wenn nicht, um dir ihr Einverständnis zu geben?«

Je mehr Michel versucht, Tilou zu trösten, desto weniger will der getröstet werden. Also sagt er ihm gründlich die Meinung: »Hör mir gut zu: hast zwar den Mut gehabt, dich ihr anonym zu erklären, aber wie soll sie dir antworten? Wie soll sie wissen, daß der Brief von dir kommt? Du machst es ihr wirklich nicht leicht!«

Tilou knurrt: »Du meinst also, sie hat noch andere Eisen im Feuer. Wenn sie noch andere Eisen im Feuer hat, sieht sie mich nicht wieder!«

Tilou nimmt seine Maurerkelle, seinen Mörtelkübel. Er wendet sich traurig und schwerfällig seiner Arbeit zu, unglücklich und niedergeschlagen wie ein ungeliebtes Kind.

Michel zerreißt es das Herz. »Eine andere hätte sich mit 'Rack Mut gemacht, sie aber hat es vorgezogen, nüchtern zu kommen.«

Tilou verzieht trotz seiner Niedergeschlagenheit den Mund zu einem gezwungenen Lächeln. Das »nüchtern« tröstet ihn; es bedeutet, daß Célia ein anständiges Mädchen ist. Michel versichert ihm: »Sie kommt sicher wieder. Ich bin sicher, daß sie wiederkommt.«

Célia kam tatsächlich wieder. Nicht eigentlich wieder: Sie ging einfach wieder regelmäßig vorbei. Wie vorher, außer, daß sie keine Kieselchen mehr in ihrem Schuh suchte. Sie blieb einen Moment stehen, warf Tilou einen langen Blick zu, ging dann ihres Weges weiter.

Tilou seinerseits hörte nicht auf, nach Célia Ausschau zu halten; doch wenn er sie kommen sah, schaute er weg, zog den Kopf ein, erstarrte. Zwar versuchte er hin und wieder, allen Mut zusammenzunehmen: hob den Blick, schaute sie kurz an ... starb vor Verlegenheit, wandte sich ab. Und wenn sie weg war, warf er wütend seine Maurerkelle weg, wollte – tok-tok-tok – mit dem Kopf gegen die Wand schlagen.

Er aß nicht mehr; sein Gesicht war lang und eingefallen wie ein Mangokern. Er ging samstagabends nicht mehr aus; saß stundenlang stumm auf seiner Baustelle. Unterbrach ab und zu unvermittelt sein Schweigen, zischte zwischen den Zähnen: »Sie hat bestimmt geantwortet, aber einem anderen.«

Und Stunden später zu sich selbst: »Irgendeinem beschissenen Weißen!«

Am Abend: »Einem Großkotz!«

Am nächsten Morgen: »Ihr Chef, dieser Dreckskerl, hat sie bestimmt eingewickelt.«

Zum Glück spaziert Célia, unbeirrt, jeden Tag vorbei.

Die Tage verfliegen ... Célia gibt nicht auf.

Die Wochen vergehen ...

Bald die Monate.

Michel verliert die Geduld. Wenn das noch lange so weitergeht, wird er seinen Löffel in andrer Leute Töpfe stecken müssen, wo nichts Gutes köchelt. Michel hat nichts gegen altmodische Liebe einzuwenden, gegen rührende, romantische Liebe: daß die Liebenden einander mit gesenktem Blick stundenlang verlegen am Straßenrand gegenüberstehen, (über Banalitäten) plaudernd, vor allem aber stumm. Er kaut an einem Grashalm; sie zerknüllt ein bereits mehr als zerknülltes Taschentuch. Hin und wieder flüchtige Blicke. Seufzer zwischen den Lächeln, wenn überhaupt von Lächeln die Rede ist. Und das Herzklopfen erst, das man am gegenüberliegenden Ufer des Flusses hört!

Er kennt das alles, Michel.

Doch Tilous Verhalten hatte vielleicht wenig mit altmodischer Liebe zu tun. Vielleicht war es bloß Schüchternheit.

Schüchtern, Tilou? Zweifellos ein bißchen, aber er war doch schon einmal verheiratet gewesen? Hatte doch schon einmal eine erobert? Warum brachte er nicht ein zweites Mal fertig, was ihm schon einmal gelungen war? Wie auch immer: was

Tilou durchmachte, was er Célia zumutete, was er ihm, Michel, zumutete, war nicht zum Aushalten. Nein, Michel würde es nicht ewig aushalten. Was soll er unternehmen? Er weiß es nicht, zum Teufel, aber er wird wohl oder übel handeln müssen.

Zwei, drei Tage später, gegen neun Uhr: jemand ruft auf der Straße drüben. Eine Frauenstimme. Célia! Michel läuft zu ihr hinüber. Sie hat – gut! ein gutes Zeichen! – ihr schönstes Kleid angezogen. Aber vielleicht ist sie bloß auf dem Weg zum Friedhof. Nein: für den Friedhof trägt man in der rechten Hand Blumen, in der linken eine leere Gießkanne. Célia ist nicht auf dem Weg zum Friedhof. Wo steckt denn Tilou? Da kommt er ja, um sich hinter Michel zu verstecken natürlich. Célia nimmt ihren ganzen Mut zusammen. »Es ist noch nicht lange her, da habe ich einen Brief erhalten«, sagt sie entschlossen. »Weiß vielleicht einer von euch, wer ihn mir geschickt hat?«

Michel schaut Tilou an. Tilou senkt den Kopf. Bevor Michel irgend etwas antworten kann, kommt Célia Tilou entgegen, soweit sie nur kann: »Jedenfalls, wenn ihr wißt, wer es sein könnte, sagt ihm bitte, ich sei einverstanden.« Und sie dreht sich auf ihren Absätzen um und kehrt nach Hause zurück.

Tilou hat nicht mit den Wimpern gezuckt. Michel hat die Nase voll: Er hätte die beste Lust, ihn zu versohlen, diese Memme, diesen Kindskopf! Ihn am Kragen zu packen und ins Gras am Straßenrand zu schmeißen.

»Warum hast du nichts gesagt?«

»Angezogen wie ich bin? Ungekämmt und überhaupt?«

Michel hat nicht einmal Zeit, diesem Dummkopf von einem Tilou die Leviten zu lesen; er hat bereits seine Maurerkelle fallenlassen, er stürzt zum Wasserhahn im Hof und zu seiner Seife, die sich in der gewölbten Muschel langsam auflöst. Und es dauert keine Viertelstunde, und er glänzt sauber wie ein druckfrischer Warenhauskatalog und stürzt zu Célia.

Aus dem Französischen von Giò Waeckerlin-Induni

Binéka Danièle Lissouba
Eva und Tarzan

Eva war in den Regenwald gekommen, um hier ein paar freie Tage zu verbringen. Nackt wie Gott sie geschaffen hatte, horchte sie auf den Gesang der Vögel und das Zischen der Schlangen.

Sobald der Papa ihr den Rücken kehrte, nutzte sie das aus, um von all den fremdartigen Früchten zu kosten, die hier wuchsen. Alles ging durch ihre Hände: Zwergbananen, fleischige Guaven, süßes Mangofleisch, köstliche Safoufrüchte, zarte Papayas. Der Papa jedoch war in der Nähe und paßte auf. Er war fürchterlich, der Zauselbart: »Rühr das nicht an!« grollte er ständig mit seiner gewaltigen Stimme. Doch half weder befehlen noch bitten: Zwischen zwei Kokospalmen spuckte Eva die Kerne aus. Sie konnte nicht widerstehen, und deshalb verzichtete sie auf nichts.

Warum auch hätte sie verzichten sollen? Sie erfreute sich einer blühenden Gesundheit. Gott, wie schön sie war, goldig und reizvoll in höchstem Maße! Und die tropische Luft tat ihr gut. Hier vergaß sie alle Sorgen, die sie seit Jahrhunderten vergeblich zu vergessen suchte. Ihre ewigen Streitereien mit Adam, die Kinder, die Küche und das ganze tägliche Einerlei im Paradies. Wie öde! Selbst der Papa hatte Mitleid gehabt: »Hör mal«, hatte er gesagt, »ich hab eine wichtige Konferenz in der Gegend des tropischen Paradieses. Wenn du mir versprichst, brav zu sein, nehme ich dich mit.«

»Oh, wie schön, Papa«, hatte sie gewispert. Dabei ließ sie die Äpfel fallen, die sie gerade gepflückt hatte. Sie rollten alle in die grüne, blühende Wiese des Gartens.

Schluß jetzt mit Apfelmus! Die Vorfreude auf die Reise rötete ihre Wangen, was Adam nicht entging: »Ah, Madame geht auf Reisen. Unsere ewigen Ferien reichen ihr nicht mehr und ich wahrscheinlich auch nicht, was?«

»Oh Adam, bitte nerv mich nicht!«

»Madame haut ab, und wer kümmert sich um die Bälger? Nun? Ich rede mit dir!« hatte er auf dem Höhepunkt seiner Wut gebrüllt. »Du könntest mir wenigstens antworten.«

»Adam«, hatte sie geseufzt, »im Garten liegen jede Menge Äpfel; wenn du sie aufhebst, könnt ihr euch Bratäpfel machen heute abend.«

»Bratäpfel!« Er erstickte fast. »Warum nicht Bratkartoffeln? Ist das alles, was du mir vorschlagen kannst?« Er raste. »Was ist mir nur passiert seit jenem gottverdammten Tag, als du in den Apfel gebissen hast?« Er stammelte, stotterte, der arme Adam. Nicht daß sie ihn nicht mehr liebte, nur, lieber Herrgott, wie sehr langweilte sie sich mit ihm! Sie gähnte. Sie träumte von etwas Neuem, Großem, schön und ungewöhnlich sollte es sein. Eine seltsame Lust! Adam hatte sie lange Zeit angesehen, hatte geschluckt und sich dann abgewandt: »Du hast ja sowieso schon immer getan, was du wolltest«, hatte er eher traurig als bitter zum Schluß bemerkt.

Sie hatte sich schnell verdrückt und war packen gegangen. In ihrem kleinen roten Korb nahm sie ein paar Blätter Weinlaub mit, damit sie bei ihrer Ankunft nicht gleich den Anstand verletzte. Sie kannte die ortsüblichen Sitten ja noch nicht. Hier kletterte jeder in den Bäumen und spazierte nackt herum, einfach toll! Plötzlich fiel ihr ein, daß ihr Vater sie gebeten hatte: »Wenn du morgen früh wach wirst, bin ich nicht da; geh auf keinen Fall hinaus, warte auf mich!«

»Ja, Papa«, hatte sie unter schweren Lidern gemurmelt.

Die Schreiber und die Philosophen, die Gottvater begleiteten (sie schrieben die Geschichte des einzelnen Wesens und die der ganzen Menschheit), hatten bedenklich die Köpfe geschüttelt. Sie schrieben! Sie entschieden über alle Dinge, und das Schicksal war unnachsichtig. Wenn Eva das immer Gleichbleibende nicht ertrug, so bedeutete das, sie war unbeständig, in der Tat. Sie wußte das, kannte ihren kleinen Fehler sehr gut, doch das war nun mal ihre Art, sich von Zeit zu Zeit frische Luft zu verschaffen.

Eva gähnte, reckte sich dann sehnsuchtsvoll und erhob sich von ihrer Matte. Der Morgen leuchtete wunderbar. Nein, sie könnte nicht eingesperrt bleiben, sie mußte hinaus. Nur eben zwei, drei Schritte ... vier, fünf. Es war so schön und warm. Ob sie im Wasser planschen sollte? Ein Flüßchen floß nicht weit entfernt. Wem könnte das schaden?

Kaum gedacht, schon getan. Sie stürzte sich ins Leben, sprang lachend ins Wasser, plötzlich glücklich und ausgelassen. Von Zeit zu Zeit klaubte sie aus ihrem roten Körbchen eine Ananas, eine Avocado oder eine Mango, je nach Wunsch, würzte sie mit Honig und Zitrone, und lustvoll stöhnend verschlang ihr roter, gieriger Mund alles, wobei ihr der Saft am Kinn herunterlief, ihren Hals und ihre Brüste bespritzte. Dann sprang sie erneut ins Wasser, empfand Glück beim Eintauchen ihres herrlichen Körpers, ließ sich in der Strömung treiben und schwamm von einem Ufer zum andern. Eva im Kongo! Plötzlich legte sich Stille über den Wald, der Wind hatte aufgehört, selbst die Vögel schwiegen. Ein furchtbarer Schrei ließ unsre Eva, bereits erschreckt durch die plötzliche atmosphärische Veränderung, vollends erstarren. Dieser nicht enden wollende Schrei drang ihr eiskalt ins Herz. Es war ein unmenschlicher Schrei, wie von einem Wahnsinnigen, ein so entsetzlicher Schrei, daß es war, als habe die Sonne selbst ihn gehört, denn sie verbarg sich hinter dicken Wolken. Die Bäume erschienen jetzt bedrohlich. Eva erschauerte in dem Wind, der sich ganz allmählich erhob.

Sie war ungehorsam gewesen! Wieder einmal! Das war das Unausweichliche in ihrem Schicksal.

»Herr«, bat sie, »hab Mitleid mit mir.«

Und zum elften Mal versprach, schwor Eva, sie werde nie mehr ungehorsam und auf ewig brav sein.

Da kniete sie nun zitternd an den Ufern ihrer Opferung. Sie fror. Sie schlug die Augen auf und sah sich um. Oh Schrecken:

Der Fluß hatte sich in einen siedenden Strom verwandelt, und sie befand sich auf der falschen Seite! Am anderen Ufer konnte sie ihr rotes Körbchen sehen. Sie schluckte krampfhaft.

Es stimmte vielleicht, daß der Papa in seinem Bereich allmächtig war. Hier aber sicher nicht!

Was würde ihr noch passieren? Nackt in einem Gewitter. Eva erhob die Arme gegen den Zorn des Himmels.

Endlich beruhigte sich das Unwetter. Die Tropfen zerplatzten am Boden und fügten sich rhythmisch in das neu beginnende Vogelgezwitscher. Das Leben erwachte wieder. Eva fühlte sich etwas beruhigt, doch mit welchen andern Göttern mußte sie noch rechnen? Wen könnte sie überzeugen, wen verführen?

Wie eine Antwort auf ihr stummes Gebet vernahm sie aus der feuchten Tiefe über dem wallenden Fluß ein Blätterrascheln. Eva schloß die Augen halb und lächelte: Sie faßte wieder Mut, würde sie doch selbst King-Kong verführen!

Nichts geschah. Sie schlug die Augen zum Himmel auf. Zwischen den Blättern der hohen Bäume über ihr erschien – dunkel und fratzenhaft – ein Gesicht. In ihrer Überraschung riß sie Augen und Mund weit auf. Die neuen Götter?

Ein Affe, eine Art Affe sah sie an. Er begann zu brüllen, mit diesem Schrei, unter dem alles erstarrte; dann ließ er sich langsam hinabgleiten und fiel zu ihren Füßen nieder. Er streckte seine schwarzen, behaarten Pfoten nach ihr aus, die so zerbrechlich schien in ihrer schamlosen Nacktheit. Sie sprang auf, wich hastig vor ihm zurück.

Der Affe öffnete ein großes Maul und sagte zu ihr: »Ich Tarzan, du Jane?«

Eva schüttelte den Kopf und schrie hysterisch: »Papa, Papa, zu Hilfe!«

»Ich nicht Papa«, fing der andere wieder an, »ich Tarzan. Du Jane?«

»Ich nicht Jane«, sagte Eva, »ich Eva.«

Der Menschenaffe schien zu lächeln, sogar gerührt zu sein.

»Eva«, murmelte er, »Eva, das erinnert mich dunkel an irgendwas.«

Eva beruhigte sich jetzt. Der Affe war anscheinend nicht allzu böse, außerdem muskulös, mehr sogar als Adam. Er sah sehr stark aus. Und so häßlich war er auch nicht, wenn man all das abzog, was an das Tier in ihm erinnerte.

»Tarzan«, flötete Eva, »ich freue mich, Sie zu treffen. Ich hab mich verirrt und befinde mich auf der falschen Flußseite. Können Sie mir helfen?« fügte sie mit gekünsteltem Stimmchen hinzu.

»Ich Tarzan«, sagte Tarzan und schlug sich gegen die Brust. »Ich König des Dschungels, ich können alles machen für dich!«

»Oh, ist ja einfach genial!« rief die junge Frau und hüpfte vor Freude in die Höhe. Da sie aber vorsichtig war, wollte sie ihn testen: »Siehst du den kleinen roten Korb da drüben am andern Ufer? Den möchte ich gern haben.«

Kaum gesagt, schon geschehen. Sie sah, wie Tarzan an einem Baum hochkletterte, eine geschmeidige Liane ergriff und, indem er immer heftiger schaukelte, über den Fluß hinwegflog, wobei er seinen furchtbaren Schrei ausstieß. Er schnappte sich das Körbchen und stellte es sehr anmutig der ganz verzückten Schönen zu Füßen. Eva war für den neuen Gott gewonnen, in seinen Bann geschlagen; während sie eine Mango kaute, verschlang sie ihn mit den Augen und war so erregt, daß es überall hervorspritzte. Sie lachte ausgelassen und ließ Tarzan alle Früchte aus ihrem Korb probieren. Als sie die letzten Reste zusammengekratzt hatten, nahm Tarzan die bebende Frau in seine Arme und schlug ihr das Abenteuer ihres Lebens vor. So hing also Eva an den muskelbepackten Schultern des Menschenaffen, und der zeigte ihr alle Ecken und Winkel seines eigenen Paradieses. Sie probierte seltene, wilde Früchte, die – weil geheimnisvoll – besonders köstlich waren.

Es wurde Abend. Eva wollte nach Hause; da sie sich jedoch weit vom Fluß entfernt hatten, entschied Tarzan, sie zu sich mitzunehmen. Nichts konnte ihn davon abbringen, weder Evas Schreie noch Bitten, weder Faustschläge noch Tränen.

»Du zu Tarzan kommen, home, Liebling, home, Haus. Du sehen Haus von Tarzan.«

Das war ihr erster Streit.

Das Haus jedoch war schön, gut ausgestattet. Alles war vorhanden: Waschmaschine, einheimisches Fabrikat (Tarzan war entschieden gegen Importprodukte), Solarherd, gut gefüllter Kühlschrank usw. usw. Aber nichts von alledem konnte Eva aufheitern. Sie war verärgert.

Tarzan sagte, er hätte Hunger, und bat sie, ihm ein Omelett zu machen. Eva blickte ihn sonderbar an, schlug dann, ohne mit der Wimper zu zucken, die Eier eins nach dem andern auf, verquirlte sie gewissenhaft, backte sie und warf ihm, als alles fertig war, das Omelett ins Gesicht.

Tarzan lachte sehr. Aus vollem Halse. Haha! Dann hörte er plötzlich auf. Er runzelte die Stirn und stand auf, schnappte sich Eva und verpaßte ihr eine ordentliche Tracht Prügel.

»Du machen Omelett für Tarzan«, grollte er, »schön teigig, wie Jane gemacht hat.«

»Bin aber nicht Jane, bin Eva«, entgegnete sie wütend, »und so mach ich eben Omeletts. Bin verheiratet, mit Adam, ich will zurück ins Paradies meines Landes!« schrie Eva unter Tränen.

»Du wollen weg?« fragte Tarzan erstaunt.

»Ich wollen nach Hause, home. Meine Güte, bist du bekloppt, oder was? Ich hab Kinder, stell dir vor.«

»Du wollen Kinder von Tarzan?«

»Soll das ein Scherz sein? Weißt du, wie du aussiehst?«

»Eva Rassist«, sagte Tarzan stolz, »Jane nicht Rassist!«

»Ach, deine Jane, wenn sie so toll war, warum ist sie dann nicht hier?«

»Jane fort.«

»Fort. Und wo?«

»Ich nicht wissen. Jane schon sehr lange fort, Tarzan warten. Tarzan verzweifelt, sucht Jane.«

Als nun dicke Tränen aus den Augen des Menschenaffen rollten, nahm Eva, die im Grunde unser aller Mutter ist, ihn in die Arme und wiegte ihn sanft wie ein Kind. So schliefen sie ein.

Das Telefon läutete, läutete. Eva öffnete ein Auge. Strahlender Morgen, wie immer; es fing an, sie zu langweilen. Draußen auf der Terrasse schaukelte Tarzan faul in einer Hängematte, die an zwei Lianen hing. Acht, sie hatte mitgezählt, acht Tage war sie hier und tröstete Tarzan mit geworfenen Omeletts. Ihr reichte es. Sie nahm den Hörer ab: »Hallo? Ja, …« Eva sprang plötzlich auf. »Adam, bist du's?«

»Ich bin da, um dich zu holen«, sagte Adam, »die Kinder verlangen nach dir. Ich hab viel nachgedacht, weißt du«, er stotterte vor Aufregung, der arme Adam. »Hab mich auf kleine Gerichte verlegt, mein neues Apfelrezept mußt du probieren!«

»Ach ja?« Eva gähnte. »Das Exotische à la Kokosnuß bin ich jedenfalls leid, will nach Hause.«

»Oh, mein Liebes, du hast mir so gefehlt!«

»Kleine Kinder, diese Männer«, sagte sie, während sie den Hörer auflegte. »Los, Tarzan, auf geht's! Du bringst mich an den Startpunkt zurück! Mein Mann, mein Vater und meine Kinder wollen mich wiederhaben.«

Da Tarzan sich nicht rührte, fügte sie noch hinzu: »Wenn du mich nicht zurückbringst, sorgen die für ein Unglück!«

»Was für Unglück?«

»So was wie große Sintflut.«

Tarzan klemmte sich Eva unter den Arm und brummte: »Du schlechte Frau, du nicht können Omeletts machen, wie Tarzan gern mag. Du nicht wollen Kinder machen mit Tarzan. Du wollen ganzen Tag Apfel und Banane essen, du nicht gut für Tarzan!«

»Um so besser«, schrie Eva, »dann sind ja jetzt alle zufrieden!«

Tarzan und Adam gaben sich im Angesicht Gottvaters die Hand. Dieser betrachtete sie, und ein träumerisches Lächeln spielte um seine Lippen.

»Interessant gewesen, dein Kongreß?« erkundigte sich Eva.

»Nicht übel, ich möchte sagen originell, wir haben nämlich ein neues Konzept erfunden; gute Arbeit, hoffe ich.«

»Wie findest du ihn?«

»Wen?«

»Tarzan.«

»Hm, Adam sieht neben ihm ein bißchen mickrig aus, findest du nicht?«

»Schon, aber was für ein Schwergewicht, der andere!«

Adam bestand darauf, daß Tarzan zum Essen blieb.

»Eine kleine Mahlzeit ganz unter uns«, meinte er. »Übrigens hab ich alles selbst gekocht; sagt mir, wie's euch schmeckt.«

Tarzan ließ sich nicht lange bitten, und alle verbrachten einen schönen Tag zusammen.

Am späten Nachmittag, als Tarzan sich anschickte, nach Hause zurückzukehren, äußerte Adam plötzlich den Wunsch, das tropische Paradies kennenzulernen. Er brauchte es nicht zweimal zu sagen, auch diesmal ließ Tarzan sich nicht lange bitten, und mit einem lauten Siegesschrei trug er den jungen Adam über den Fluß.

Die Sonne ging unter, die Nacht brach herein, der Morgen dämmerte. Adam kehrte nicht zurück.

»Was treibt er denn nur?« fragte sich Eva. Gottvater schien sich nicht zu beunruhigen, er ging seinen Beschäftigungen nach und traf Vorbereitungen für ihre Abreise.

»He!« schrie Eva nach einer Weile, »wir werden hier nicht ewig sitzen bleiben, ich ruf ihn an.«

»Nicht nötig«, erwiderte Gottvater und startete seinen Hubschrauber, »er kommt nicht zurück.«

Angesichts der verdutzten Miene seiner Tochter fügte er hinzu: »Ja, mein Liebling, Adam und Tarzan sind der Entwurf ... für eine neue Vorstellung ... von Leidenschaft.«

»Mein Gott, du bist ja verrückt!« Eva blieb die Luft und die Sprache weg. Schließlich rutschte ihr raus: »Alter Narr! Adam und Tarzan!«

»Sprich bitte in einem andern Ton mit mir!«

»Nie, nie im Leben lasse ich das mit mir machen!« fuhr Eva fort, schutzlos ihrer heftigen Erregung ausgeliefert.

Der Hubschrauber erhob sich langsam über der afrikanischen Welt.

»Warum regst du dich denn so auf?«

»Aber ich, hast du auch mal an mich gedacht?«

»Du?« fragte der Gute Gott gelassen, »du hast doch die Gören und das Haus. Die lieben Kleinen und das Paradies, reicht dir das nicht?«

Eva war baff, der Mund blieb ihr offenstehen, sie sah ihren Vater an: Der war ja ... Der war ja ... ein echter Macho! Sie kühlte ihren Zorn, blinzelte ins Licht und flüsterte:

»Glaubt nicht, daß ihr das mit mir machen könnt!«

So hat alles angefangen. Unsere Urmutter gründete die erste feministische Bewegung der Erde, die Emanzipations-Liga ELEva.

Ja. So hat alles angefangen.

Aus dem Französischen von Sigrid Groß

Maliza Mwina Kintende
Eine Reise wie so viele andere

»Jetzt hierher, kleine Frau.«

Besagte kleine Frau, eingeengt zwischen ihrem Gepäck, betrachtet verwirrt, was sich alles zu ihren Füßen ausbreitet: ein großer Koffer aus Lederimitat und unechtem Gold, eine pralle Reisetasche mit Samtbesatz, eine kleinere Tasche, deren Tragegurte silberbeschlagen und mit vielfarbigen Troddeln verziert sind, lauter äußere Zeichen von Luxus, die dennoch den raschen Verschleiß der Massenware kaum verbergen.

Der Koffer steht ein wenig offen; die Tragriemen der Taschen sind zu eilig zugezogen worden. Was zuerst aufheben? Wie das alles auf einmal mitnehmen? Hinter ihr warten in buntem Durcheinander andere Reisende, warten untätig und ausdruckslos.

»Kommen Sie, etwas rascher, und lassen Sie Ihr Gepäck da, es ist schon durchsucht worden.«

Von dieser Sorge endlich befreit und glücklich bei dem Gedanken, es bald hinter sich zu haben, folgt sie dem Mann zu einer kleinen Tür am Ende der Halle. Eine unbeschriftete Tür, die einzige im ganzen Flughafengebäude, an der nichts angeschlagen ist. Dahinter ein nackter Raum, den das Licht einer Glühbirne schonungslos und peinlich genau zeigt.

Sie tritt hinter dem Mann ein, alle ihre Papiere in der Hand. Er schließt bedächtig die Tür und dreht sich um: ein Gesicht, das keine Empfindung zuläßt.

Augenblicke vergehen, schwer wie ein Mantel aus Blei. Währenddessen blickt der Mann sie an, so als sehe er sie gar nicht.

Sie hält ihm aufgefächert ihre Papiere hin.

»Die Überprüfung der Personalien ist nicht meine Aufgabe ...«

Sie legt Stück für Stück den Personalausweis, ihren Flugschein, die Bordkarte, den Impfpaß, die Taufurkunde wieder zusammen, will gerade alles in ihre Handtasche stecken.

»... hier geht es um ernste Dinge. Was haben Sie in der Tasche versteckt?«

Sie hält sie ihm hin. Er wirft nur einen zerstreuten Blick darauf, mit listiger Miene: Spontaneität und Falschheit gehen Hand in Hand; er kennt seine Leute.

»Und da?«

»Aber ... Nichts!«

Durch ein mühsames Lächeln versucht sie, dem Mann zu zeigen, daß sie sein Ansinnen richtig versteht: als einen Scherz, etwas ungeschickt, aber ohne Bedeutung.

»Das werden wir sehen.«

In zwei Schritten ist er bei ihr. Sie vergrößert durch einen Sprung die Distanz um ebenso viele Schritte. Sie messen sich mit lauernden Blicken.

»Gut, Sie können gehen und Ihre Reise vergessen.«

Sie denkt daran, daß sie schon zweimal von der Abflugliste gestrichen worden ist. Wegen Platzmangels. Todunglücklich ergibt sie sich in die Durchsuchung.

Doch muß sie sich zusammenreißen, um die funkelnden Augen des Mannes zu vergessen, die fiebrigen, feuchten Finger, die in ihrem Oberteil wühlen.

Mit großer Mühe bekämpft sie einen Schauer, hervorgerufen durch das glitschige Gefühl der feuchten Finger. Nacktschnecken haben stets bei ihr diesen nicht zu unterdrückenden Widerwillen ausgelöst; schon der Anblick dieser Weichtiere verursacht ihr eine Gänsehaut. Und nun dieser unausweichliche Ekel!

Was sein muß, muß sein; zweimal ist sie schon von der Abflugliste gestrichen worden.

»Hier ist alles O.K.«, sagt der Mann und tritt zurück.

Während sie fieberhaft ihre Kleidung wieder in Ordnung bringt, schweift sein Blick flüchtig zu einer Ecke des Zimmers. Ein Tisch ohne Stuhl trägt ein dickes Verzeichnis, aufgeschlagen, mit einem Kugelschreiber; eine Flasche, mit Wasser? mit Bier? Der Mann seufzt, richtet seine Gedanken wieder auf die

Frau und sagt mit einem Anflug von Ungeduld in der Stimme: »Legen Sie Ihre Pagne* ab.«

Sie steht da, wie schwachsinnig, und in ihren Ohren dröhnt noch der unwirkliche Befehl.

»Kommen Sie zu einer Entscheidung ...«

Sie betrachtet den Mann, von dessen Gesicht der Schweiß rinnt. Er wischt ihn mit dem Handrücken ab. Ihr ist eher kalt, und ihr noch immer stumpfsinniger Verstand arbeitet in Zeitlupe. Sie reagiert überhaupt nicht, denn etwas in ihrem Kopf murmelt: »Unmöglich ... unmöglich«. Ihr Denken ist bei diesem Wort steckengeblieben, wiederholt es unablässig; dabei wird ihr gar nicht bewußt, daß der andere ihr die Pagne heruntergezogen hat, die Unterhose.

Sie weigert sich, es zu begreifen, ist innerlich ganz zu einem kalten, starren Block geworden, taub für die äußere Wirklichkeit.

»Machen Sie sich's bequem.«

Er betätschelt mit dem Handrücken das Innere ihrer Schenkel und fügt unpersönlich hinzu: »Bloße Formalität, Gesetz ist Gesetz.«

»Gesetz ist Gesetz ... unmöglich ... unmöglich«, sagt sie sich immer wieder, die Kehle ist ihr zugeschnürt, die Augen starren gebannt auf einen Finger des Mannes.

Nein, sie glaubt nicht an die Realität dieses aufgerichteten Fingers, dieses dicklichen, behaarten Fingers, der in einem schwarzen Halbmond endet. Dieser Finger, von einem eigenständigen Leben beseelt, dringt vor ... dringt vor ... eine Ewigkeit lang. Ihre erstarrten Beine versagen ihr jede Rückzugsbewegung; entsetzlich, sie schließt die Augen. Sie verkriecht sich in sich selbst, sammelt alle ihre Gedanken, um diese »Visitation« zu vereiteln, wie sie üblicherweise Prostituierten vorbehalten ist

---

* Pagne – von spanisch paño (Stoff) – bezeichnet in Afrika seit dem 17. Jahrhundert das um die Hüften gewickelte Tuch und wurde im Laufe der Zeit zu einem Synonym afrikanischer Kleidung. (Anm. d. Übers.)

und die sie jetzt erlebt. Tief aus ihrer Kehle steigt heimtückisch ein Kloß auf, der sich angesichts der Lage weigert, in eine Flut von Tränen zu zerplatzen. Ach, weinen können! Alle Muskeln entspannen, die sich verkrampft haben im Aufbegehren gegen dieses Eindringen, gegen diese widerrechtliche Schändung, deren Opfer sie wird. Oder aber schreien wie ein in einer Falle gefangenes Tier. Schreien? Wozu, wogegen, gegen wen? Sie würde außer dem allgegenwärtigen Blick des Mannes den gleichen vervielfacht um das Doppelte der Leute im Flughafengebäude auf sich ziehen. Alles, bloß das nicht.

»Drehen Sie sich um.«

Aus ihrer tiefen Ratlosigkeit dringt nur ein bestürzter Blick hervor, richtet sich auf den Mann. Der bricht ab, zuckt die breiten Schultern und sieht verstohlen zum Tisch hinüber.

Protestieren? Doch gegen wen? Das versteinerte Gesicht vor ihr ist bloß ein Rädchen im Getriebe. Ein unbedeutender Untergebener, Peiniger und Opfer zugleich. Und hinter ihm etwas Verschwommenes, Unwirkliches, eine schwerfällige und blinde Maschinerie, die mit Bergen von Papieren umgeht. An dem Vorhaben, sie zu stürzen, würde alle Willenskraft der Menschheit scheitern. Vorerst muß sie eben durch solche dunklen Augenblicke hindurch. Keine nationale Katastrophe daraus machen.

»Wir wollen fertig werden.«

Weil noch etwas anderes kommt? Klar, daß sie mit allen Fasern ihres Herzens fertig werden will; nur ihre gespreizten Beine bleiben trotzig an den Boden gefesselt.

»Ich jedenfalls hab keine Zeit zu verlieren.«

Gut, nur meine Beine! Der Mann packt sie an den Schultern, schroff dreht er sie halb um. Sie konzentriert ihre Aufmerksamkeit ganz auf die Unebenheiten in der vorgefertigten Wand aus Pappmaché, dieser stillen Zeugin. Und doch verhindert es nicht, daß sie jede Stelle ihres Körpers fühlt, die der Blick des Mannes hinter ihr berührt. Verkrampft erwartet sie einen neuen Übergriff. Denken, an irgend etwas denken. An ihren

Mann, der drüben auf sie wartet, am Ende dieser Scheußlichkeit, nachdem er die Kinder der Männer unterrichtet hat. Der Männer!

Ihre Gedanken ungezügelt davonlaufen lassen aus dieser Hölle! Was für eine Szene: vor der Nase die nackte Mauer und hinter ihr der Atem des andern.

»Fertig, alles in Ordnung.«

Es dauert eine Weile, bis die Worte ihr umherschweifendes Bewußtsein erreichen. Mechanisch zieht sie sich an, findet unter ihren Fingern die vertraute und beruhigende, so beruhigende Struktur des Stoffes wieder. Sie dreht sich langsam um, alle Spannkraft in ihr ist zerbrochen. Der Mann hebt die Nase von dem Verzeichnis, beobachtet sie leicht beunruhigt: »Nehmen Sie es sich nicht so zu Herzen.«

Seine Stimme ist plötzlich heiser, er zuckt nochmals die Schultern und wendet sich ab von ihrem vor Empörung stumpfsinnigen Gesicht. Er packt die Flasche und trinkt daraus, die Augen unter gesenkten Lidern versteckt.

Sie rennt fluchtartig hinaus. Jemand anders kommt herein, und die Schlange rückt einen oder zwei Schritte vor. Von ihrem einen Ende zum andern überall der gleiche matte, unterwürfige Blick, in dem es von Zeit zu Zeit ungeduldig aufleuchtet. Ungeduld, auf die andere Seite der namenlosen Tür zu kommen … Nun ja!

Sie hebt ihr Gepäck auf und geht, den Blicken ausweichend, zu dem Warteraum, dem kleinsten und düstersten. Hier, auf der anonymen Wartebank, kehrt sie in sich selbst zurück. In ihre Persönlichkeit, die sie verlassen hatte, solange die Hände eines Unbekannten sie absuchten.

Drüben entläßt die Sicherheitstür eine Person, noch eine und noch eine. Nun ja, Gesetz ist Gesetz, und keinem bleiben seine Härten erspart.

»Ist der Platz noch frei?«

Eine furchtsame Stimme, den Tränen nahe. Erstaunlich, daß sie von einer kräftigen Frau kommt, von der man erwarten würde, daß sie zu Hause die Hosen anhat. Alles an ihr läßt erkennen, daß sie jener nicht genau zu umreißenden Klasse angehört: weder reich noch arm, äußerst streng bei der kleinsten Verletzung ihrer Rechte, dabei sehr stolz! Die sogenannte Mittelklasse.

Doch die fast flehenden Augen der Frau!

Als ihre Frage zustimmend beantwortet wird, nimmt sie Platz und rafft ihre Pagnen um sich zusammen. Dann blicken beide Frauen sich an, von ihrer Neugier besiegt. Eine rasche Prüfung, ein wenig unsicher und herausfordernd; schließlich lächeln sie zaghaft, um den Schock ihrer Entdeckung abzumildern: Sie auch! Sie sind zu verlegen, um miteinander zu sprechen, dehnen aber den Blickkontakt aus zu einem stummen Dialog. Um nicht rührselig zu werden, lassen sie ihre Aufmerksamkeit – wie in gegenseitigem Einvernehmen – in das Kommen und Gehen der Menge zurückgleiten, in das Bad der Sorglosigkeit, das ihre kleine Insel des Schweigens jedoch nicht zerbricht. Und doch ist diese Insel kein schützender Ort, an den sich ihrer beider Elend flüchten kann; sie zerfällt in kleinste Teilchen Einsamkeit, von denen jedes sich in sich selbst verkriecht. So wie sie beide sich vorhin hinter der namenlosen Tür in sich selbst verkrochen haben.

Die Sicherheitstür läßt weiter einzelne Personen durchsickern wie ein Tropfenzähler, eine nach der andern. Die Bewegung geschieht unbemerkt, nicht weil sie diskret gehandhabt wird, sondern weil niemand sich dafür interessiert.

Plötzlich erhebt sich wie ein kleiner Wirbelwind über dem gedämpften Gemurmel der Menge ein Sprechen in ungewöhnlichem Tonfall; eine Gruppe amerikanischer Touristen purzelt aus einem Reisebus. Behängt mit Fotoapparaten, Kameras und Taschen, aus denen ein Elfenbeinstoßzahn ragt oder eine Skulptur mit künstlicher Patina, drängen sie unter den nachsichtigen Blicken der Zollbeamten in den größten Warteraum, belagern ihn, nehmen ihn ganz in Besitz.

»Oh! Fine ... beautiful country ... kind people ...«

Der kleine Wirbelwind ist zum Sturm geworden. Eine Atmosphäre von Entspannung und ungezwungener Gutmütigkeit unter der Aura buntgemusterter Hemden und verwaschener Jeans mit Sternenbanner. Die Zollbeamten vergessen darüber, die Papiere zu kontrollieren.

»Passagiere des Flugs Q.C. 215 nach Dakar, Paris, New York ...«

Wie Schüler, die man bei einem Fehler ertappt, werden die Zollbeamten plötzlich wach, drücken Stempel auf zwei, drei, zehn ... fünfzig Visa, tasten mit einer Hand, die sich gleichzeitig entschuldigt, ausgebeulte Taschen ab. Ach ja, die Formalitäten, welch unnütze Mühe, Schikanen, die beleidigend sein müssen für diese Gesichter unter dem breiten, gewinnenden Lächeln! Und bald schon geht das amerikanische Völkchen, immer noch lächelnd, mit lässigen Schritten zu einer 747 von PANAM. Der große Warteraum fällt in seinen alten Trott zurück: Durchsuchungen, Stempel, schwaches Protestieren, gegeneinanderstoßende Gepäckstücke. Auf schönes Wetter folgt Regen.

»Letzter Aufruf für die Passagiere des Flugs Q.C. 215 ...«

Ein ohrenbetäubender Lärm aus Vollbremsung und auf Zement knirschenden Reifen übertönt die Stimme der Ansagerin und löst bei den Wartenden fast eine Nervenkrise aus. Ein schwarzer Mercedes mit allem, was einen Ministerwagen ausmacht, hält auf dem Schotter. Seine einzelnen Teile beben noch, als ein junger Mann herausspringt, unter dem Arm eine Diplomatentasche, groß wie ein Koffer. Um der Minister selbst zu sein, ist er zu jung. Ein Vetter? Ein Schwager? Wer kann das wissen, in diesen Kreisen kennt nur Gott sich aus. Er überläßt die Sorge um die Formalitäten seinem Fahrer und folgt den Amerikanern, die sich drüben bereits in den Bauch der 747 drängen. Der Chauffeur muß hinter ihm herlaufen, um ihm die Papiere auszuhändigen, welche die Herren vom Zoll, ohne mit der Wimper zu zucken, gestempelt haben.

Das Erscheinen und Entschwinden des Minister-Vetters? Bruders? hat für eine Weile den grauen Alltag des Wartens zerrissen. Nun bemächtigt er sich aufs neue der Menschen und des Wartesaals.

»Durchsage für die Passagiere des Inlandflugs F. H. 119 ...«

Ein Getöse, jeder atmet auf, versucht, so gut es geht, die Kleider glattzustreichen. Dann gehen alle zum Ausgang hin, an einem Schalter vorbei, letzte Kontrolle, diesmal der Papiere.

Die »kleine Frau« erhebt sich erleichtert von der kleinen Bank, auf der sie kraftlos gesessen hat. In der einen Hand die Papiere, in der andern ihr Gepäck mit sich ziehend, folgt sie den übrigen, die sich in ununterbrochenem Strom zur Abflugpiste hin verlaufen. Das Gepäck ist schwer, und der Abstand, der sie von dem Mauerbau trennt, vergrößert sich nur unmerklich; vor ihr aber steht das Flugzeug und leuchtet hell in der Sonne. Es blendet ihre Augen, die feucht werden von seinem Widerschein; und doch möchte sie den Blick nicht abwenden, geht weiter.

Am Ende der Startpiste dreht sich die Maschine um ihren Flügel, kommt dann zurück und steigt über das Flughafengebäude hinweg.

In der linken Reihe zwischen so vielen anderen Passagieren des Flugs 119 wendet sich eine Frau heftig ab. Sie will das Gebäude nicht sehen, möchte es verleugnen einschließlich der kleinen namenlosen Tür und der drei Minuten, die eine Ewigkeit gedauert haben und noch dauern werden.

Die Maschine fliegt ruhig, als sie ihre Fluggeschwindigkeit erreicht hat. Da erst fängt die junge Frau still zu weinen an, mit kleinen krampfhaften Schluchzern, versucht dabei, ihre hilflosen Tränen zu verbergen.

Kein Zweifel: Es ist nur die Anspannung des langen Wartens, die sich in ihr löst.

Aus dem Französischen von Sigrid Groß

Sony Labou Tansi
Der Eid des Hippokrates

Es ist völlig banal, die rechte Hand zu heben (weshalb die rechte, handeln wir doch mit beiden Händen?) und zu schwören. Man weiß, man wird nicht Wort halten. Das ist Teil des Brauchs. Vielleicht wird man in dem Augenblick, wenn man die Hand ausstreckt, etwas wie Beklemmung spüren, einen leichten Schwindel. Mehr als alles andere beschäftigt einen die Sorge, den Satz vollständig wiederzugeben. Man kontrolliert die Stimme und den Atemrhythmus. Man denkt an die gespitzten Ohren. »Ich schwöre bei meiner Ehre und bei meinem Glauben ...«

Léonora sagte mir, ich sollte an die Kinder denken und an die Schar Neffen, die bei uns wohnen. Wenn ich meinen Job verlöre, müßten wir alle betteln gehen.

»Ich habe einen Eid geleistet.«

»Kein Eid kann dich zum Selbstmord zwingen in einer Welt der Mediokratie, wo Mittelmaß und Dummheit herrschen.«

Ich nehme ihr Kinn und lege meinen Zeigefinger auf ihre weichen Lippen. Als ich das letzte Mal im Knast war, hat sie drei Jahre lang mit niemandem geschlafen: die Hölle. Dann bekam sie die Erlaubnis, einmal pro Woche fünf Minuten zu bleiben. Sie ist mein zweites Ich geworden durch unsere sieben Jahre Skandal und physische Erschöpfung, durch Ungewißheit, Fragen, hitzige Liebe nach vorgegebenem Zeitmaß und in der Falle einer Stimme, die jedesmal wieder dasselbe auf dieselbe Weise sagte: »Madame, es ist Zeit.« Bei meiner Entlassung vor drei Jahren haben wir uns eine ganze Woche lang eingeschlossen, die Kinder waren bei ihrem Onkel in Porto-Novo; sieben Tage und sieben Nächte lang haben wir unser Zimmer nicht verlassen.

Früher war ich Direktor des Postscheckamts. Das reguläre Gehalt, im Viertel Judaslohn genannt, führte bei unsern Entwicklungssuchern zu unmöglichen Gewohnheiten, was die Kunst anging, das Geld zum Fenster hinauszuwerfen. Um das Tempo unrechtmäßiger Ausgaben beizubehalten, legen viele irgendein Stück Papier als Bon in die Kassen. Wir haben, Pardon, wir hatten ein Sonderkonto geschaffen, das sogenannte Konto fünfundvierzig, aus dem Angehörige der parasitären Bourgoisie wie verrückt Summen abschöpften, die sie nie würden zurückzahlen können. Zercani zum Beispiel schuldete dem Postscheckamt neunundachtzig Millionen bei einem monatlichen Gehalt von hunderttausendzweihundertundzwölf Francs. Den Fall Zercani habe ich deshalb behalten, weil er mir das Tor zum Gefängnis öffnete. Ich hatte eine ganz einfache Rechnung über seine Schulden aufgemacht: Würde Zercani sein gesamtes Gehalt an das Postscheckamt zahlen, so brauchte er wenigstens vierunsiebzig Jahre, um seine Schulden zu begleichen. Dabei hatte Zercani nur noch sieben Jahre bis zum Ruhestand.

»Genosse Zercani, Sie können bei unserer Bank kein Geld mehr aufnehmen.«

»Aber es ist ja nicht Ihr Geld, Genosse Afi, das Geld gehört dem Postscheckamt. Und wenn wir dich hier zum Chef gemacht haben, dann um unserer Sache zu dienen und zu nützen.«

»Genosse Zercani, beschimpfen Sie mich ruhig, nur müssen Sie einsehen, daß es meine Pflicht ist, Ihnen das Geld des Volkes zu verweigern.«

»Dieses Volk habe ich mir im Schweiß meines Angesichts angeeignet, und das werde ich dich mit allen Mitteln spüren lassen.«

Wir haben beide gelacht, offen und brüderlich. Danach haben wir uns die Flossen geschüttelt, so herzlich, wie man es bei uns tut. Er ist gegangen. Monate sind verstrichen. Dann hab ich ihn in mein Büro kommen sehen mit seinem feisten, blöden Lächeln; er war staatlicher Inspekteur und kam, um meine Kassen zu prüfen. Als wir die Auseinandersetzung hatten, war er Generaldirektor der staatlichen Viehzucht gewesen.

»Salut, Genosse Afi. Gott schuf die Erde, damit sie sich dreht.«

»Guten Tag, Genosse Zercani. Welcher glückliche Umstand führt Sie her?«

»Ich hab Schluß gemacht mit dem Eid des Hippokrates; bin Finanzmann geworden.«

»Ein schönes Zauberstück, mein Lieber.«

»Die Finanzleute schwören keinen Eid. Deshalb haben sie weniger moralische Verpflichtungen als Ärzte, Apotheker und Veterinärmediziner.«

Er zog den Sessel zu sich heran und ließ sich hineinfallen, schlug die Beine übereinander, packte eine riesige Pfeife aus, entzündete sie und zog träge den Rauch ein.

»Geben Sie mir die Schlüssel zum Safe«, sagte er.

»Das soll wohl ein Scherz sein, Genosse Zercani.«

Er brach in Gelächter aus. Ein kraftvolles, unanständiges Lachen, das Speichelfäden in mein Gesicht schleuderte und mir seine starken, perlmuttfarbenen Zähne zeigte, welche die Frauen sicher liebten. Ich begriff, daß er seine Pfeife nur selten, nur aus Prestigegründen rauchte. Mein Blick verweilte auf seinem Stock aus Ebenholz mit eingelegten Steinen, dann auf seinem Filzhut. Ich übergab ihm die Schlüssel zum Tresor.

»Ihr Kassenstand?« fragte er, die Pfeife zwischen den Zähnen.

Ich brachte ihm alle Bücher. Er stand auf, öffnete den Tresor, wühlte herum, sah die Aktenstöße durch, dann die losen Papiere. Er fand seine eigene Akte, lachte wie ein Possenreißer, seine Augen tauchten in meine; ich mußte lächeln, ohne selbst zu wissen warum. Er vernichtete seine Akte. Mir fiel nichts anderes ein als dieses linkische Lächeln. Er verschloß den Safe wieder, nachdem er sieben Bündel neuer Banknoten eingesteckt hatte.

»Danke, Herr Direktor, ich werde Bericht erstatten.«

Meine Hand hatte er mit derselben Herzlichkeit geschüttelt wie damals, mit demselben feisten und blöden Lächeln. Dann, beim Hinausgehen, flüsterte er mir ins Ohr: »Keine Sorge, Genosse Direktor, ich werde menschlich sein, vollkommen menschlich.«

Mittags hatte ich nichts gegessen, und Léonora war beunruhigt. Sie hatte vorgeschlagen, eine Siesta zu halten. Stand ich denn überhaupt noch mit beiden Beinen in dieser Welt? Alles hing davon ab, was Zercani mit »vollkommen menschlich« gemeint hatte. Auf dem Weg ins Schlafzimmer zu Léonoras Siesta ging ich am Spiegel vorbei: Ich sah aus, als wäre ich dem Tode nahe! Im Schlafzimmer nahm ich meine Bibel und fing an, den einundsiebzigsten Psalm zu lesen. Ich weiß nicht, wie mir geschah: Während Léonora mich streichelte, brach ich in Schluchzen aus. Niemand weiß, wie schwer die Tränen eines Mannes ins Herz einer wirklichen Frau fallen. Gewiß, manche Frauen sind falsch, ich weiß. Sie werden niemals der wahre Hort des Keimens und der Geborgenheit sein. Der Elefant ist ein Elefant, weil er zweiundzwanzig Monde im Bauch seiner Mutter bleibt. So sagen unsere Eltern. Jeder Mensch ist Mensch aus Erde und Frau. An diesem Tag aber konnte selbst Léonora mich nicht zurückhalten. Angst hatte ich nicht. Ich hatte mich für Integrität entschieden: Nun lag ich im Krieg mit den Mediokraten. Hinter mir stand das Volk, von dem der andere behauptete, er habe es sich im Schweiß seines Angesichts angeeignet, es also in seine Gewalt gebracht, verraten, im Stich gelassen; aber – das war mein Trost – keiner könnte die große Hoffnung dieses Volks zum Schweigen bringen. Aus dem Trost wird Hartnäckigkeit, Hartnäckigkeit, die sich in Zuversicht verwandelt, weil ich es jetzt begriffen habe: Die Hoffnung ist Sinn und Ziel der Menschheit. Eine stille Rebellion gegen Mittelmaß und Dummheit der verkündeten, der gebrüllten Macht und des Daseins. Drei Tage später ist Zercani vorbeigekommen und hat mir mitgeteilt, er habe seinen Bericht fertig.

»Viel Glück, Genosse Direktor.«

»Wissen Sie, wie jemand heißt, der auf seine Dummheit stolz ist?«

»Ehrlich gesagt, nein.«

»Das ist ein Mediokrat, Monsieur Zercani. Sie sind ein Mediokrat, ein Trottel aus Fleisch und Blut, ohne Hand und

Fuß, mehr oder weniger schlecht zusammengehaltenes Fett. Beinahe so was wie Köderfleisch zur Jagd.«

Er lächelte freundschaftlich, schüttelte mir die Hand, behielt sie eine Weile in der seinen, ließ sie dann los.

»Manche Fette können Eisen zum Sieden bringen«, sagte er mit einem bei uns typischen Lächeln. »Und wie ich Ihnen neulich schon sagte, ich werde menschlich sein. Sollte Ihnen etwas zustoßen, wird es keine Beschlagnahme geben, höchstens eine Teilpfändung, damit Ihre Familie wenigstens eine Bleibe hat.«

Am nächsten Tag war ich verhaftet. Sieben Jahre lang hab ich auf meinen Prozeß gewartet und bin nur noch eine Strafakte gewesen, die Nummer 5789, die man hervornimmt, vergißt, wegräumt, die man unter dem Arm trägt, dem Richter weiterreicht, dem Anwalt. Einen meiner Anwälte, Maître Daniel, hat man ins erstbeste Flugzeug gesteckt in Richtung seines alten Europas, welches anscheinend nicht begreift, daß auch Afrika das Recht hat, Mist zu bauen. Einen zweiten, Maître Denise, fand man tot in seinem Badezimmer. Die Justiz ist ein auf ewig trübes, schmutziges Wasser, das Geld und Blut einsaugt, auf ewig durch widerliche Rücksichtnahmen befleckt. Zum Glück sind unsere Gefängnisse paradiesisch: Man hat dort die Bibliothek, einen Tennisplatz und die Abendschule. Als eine Herausforderung hatte ich mir geschworen, Veterinärmediziner zu werden, der Beruf, den Zercani aufgegeben hatte. Und im Gefängnis schloß ich mein drittes Studienjahr ab, Spezialgebiet Nahrungsmittelpathologie.

Einen Prozeß hat es nicht gegeben, dafür eine Begnadigung. Und weil unser Land Gefangene, die mit einem Diplom entlassen werden, unterbringt, haben sie mich an die Spitze der für die Hauptstadt zuständigen, unabhängigen Abteilung des staatlichen Amtes für Hygiene gestellt. Ich bekam ein paar Probleme mit der staatlichen Gesellschaft für die Wasserversorgung: Sie verkaufte ein absolut ekelhaftes Wasser, von den Leuten in den Wohnvierteln »Moskito-Brutstätte« genannt, und als sie anfingen, uns »städtische Drecksbehörde« zu schimpfen, konnte ich ein paar Kollegen überzeugen, und wir haben uns bis zum Ende durchgekämpft. In einem weiteren harten Ringen hatten wir das Ministerium für Gesundheit und Soziales gegen uns; wir haben erreicht, daß der Schwerpunkt auf die Präventivmedizin gelegt wurde, statt Jahr um Jahr zwanzig Milliarden für Arzneimittel auszugeben. Wir haben an den Schulen Hygiene als neues Unterrichtsfach eingeführt. Jetzt nennt man uns je nach Wohnviertel »Enfants terribles« oder »Scheißegegner«. Man klatscht Beifall, wenn wir vorbeikommen. Das ist irgendwie schön. Und ich bin froh zu wissen, daß das ganze Volk meine Geschichte mit Zercani kennt: Alle sind stolz auf mich, und wenn ich irgendwo anhalte, um einen Schluck zu trinken, ist was los.

Léonora ist gekommen und hat sich auf meinen Schreibtisch gesetzt, während ich meinen Bericht schreibe über eine vollständige Beschlagnahmung wegen Tuberkulosegefahr.

»Du wirst dir wieder Feinde machen, Afi.«

»Ich kann nicht zulassen, daß der Kerl vierhundert Tonnen Tuberkulose an die verkauft, die mein Studium bezahlt haben. Da kenne ich kein Pardon.«

»Sie sind immun gegen die Erreger.«

»Das behauptet man immer. Und doch sterben täglich welche daran.«

»Sie sterben nicht an der von Tieren übertragenen Tuberkulose.«

»Das sollen wir glauben.«

»Du bleibst immer derselbe.«

Sie weint. Ich versuche sie zu trösten. Wenn niemand mehr für die Wahrheit kämpft, ist das beschissen. Manche Seelen sind Wahrheits-Seelen; für sie gibt es keinen anderen Weg. Manche Körper sind Macht-Körper; sie lieben nur die Macht, können nichts anderes lieben. Sie sind der Macht, also dem, was für sie großartig und schön ist, ganz und gar verfallen.

Léonora weiß, daß wir kämpfen müssen, doch sie weiß nicht mit welchen Waffen. Mit Tränen? Davon kannst du Ströme vergießen, Meere kannst du vergießen und wirst doch die Welt nicht verändern; deshalb wird Gott keine Rechenschaft von dir verlangen. Denn Gott ist ein Gott des Herzens und des Handelns. Die Welt verändern, die Welt verändern, die Welt verändern. Hier liegt der Schlüssel zur Nächstenliebe, der Schlüssel zur Hoffnung und zum Glauben.

Ich betrachte Léonora, die vor drei brennenden Kerzen ihr Abendgebet spricht. Sie ist schön im Angesicht Gottes.

»Das ist der Grund, warum wir die Welt verändern müssen. Der demütige Mensch ist schön; doch sein ganzes Herz ist voller gewaltiger Pläne.«

Sie sieht mich an. Ich weiß, daß sie mich nicht versteht. Sie möchte in Frieden leben, denn das, was passiert, passiert nur den anderen. Das Kind, das im Krankenhaus getötet wird, ist das Kind der anderen; der Tote, dem man ein Begräbnis verweigert, ist bloß der Körper eines anderen; der Mann, der wegen Nichtigkeiten gefoltert wird, ist bloß der Mann der anderen; das Mädchen, das gestern abend vergewaltigt wurde, ist nicht unsere Tochter; im Grunde genommen passieren solche Dinge nur den anderen; einen Straßenkehrer hat man an die Spitze einer Krankenstation gestellt, er sucht das Schulterblatt am Fuß und tötet durch seine Unwissenheit viele Menschen, doch die, welche er tötet, sind bloß die anderen; ein Teil der Abiturprüfungen wird für die Cousins von Zercani wiederholt, weil sie am Tag des Examens ihre Tante betrauert haben, wirklich kein Grund zum Scherzen; so etwas passiert immer nur den anderen. Und nun will Monsieur Aureliano Lima vierhundert Tonnen verdorbenes Fleisch verkaufen. Als erster ist Gaston Mela in den Kühlraum gegangen. Zwei Stunden ist er dort geblieben.

»Monsieur Aureliano Lima, Ihr Fleisch ist nicht für den Verzehr geeignet.«

»Wir werden uns schon verständigen können«, hat dieser ihm in einem Französisch mit starkem amerikanischen Akzent geantwortet.

»Es hat nicht nur einen Stich, sondern es enthält auch Spuren von Tuberkulose.«

»Wir werden uns schon verständigen können«, hat Monsieur Aureliano Lima lächelnd gesagt. »Wissen Sie, bei fünfzehnhundert Francs pro Kilo ist dieses Fleisch ein Vermögen.«

»Vollständige Beschlagnahme, Monsieur Aureliano Lima.«

»Zehn Prozent, Monsieur Mela?«

»Vollständige Beschlagnahme.«

»Zwanzig Prozent.«

»Ich habe einen Eid geleistet, Monsieur Lima, den Eid des Hippokrates.«

»Fünfundzwanzig Prozent. Die ich Ihnen sofort aushändigen kann, als Scheck.«

»Die Sache hat für Sie nicht die gleiche Bedeutung wie für mich, Monsieur Lima.«

»Dreißig Prozent.«

Die beiden sind aus dem Kühlraum gekommen. Ich war im Gespräch mit dem Geschäftspartner von Monsieur Lima. Wir sprachen über den Preisanstieg, das Aufbrechen der Vorratslager, über das Schweinefleisch, das sich nicht mehr verkaufen läßt, seit die Angehörigen der Religion des Propheten einen Toten wiedererweckt haben und alle in der Region auf einmal nach Art von Mohammed beten.

»Nun?« habe ich Gaston gefragt.

»Vollständige Beschlagnahme.«

Der Geschäftspartner von Monsieur Lima hat hinter seinem Bürotisch verrückt gespielt. Er hat nach einem Glas Wasser der Sorte Perrier verlangt. Dann hat er sich mit großer Mühe eine Zigarre angesteckt. Sein weißes Hemd ist naß gewesen von Schweiß.

»Wir haben vierhundert Tonnen da drin«, hat er gemurmelt.

Ich habe Gaston befohlen, den Kühlraum abzuschließen und die Schlüssel zu verwahren. Gaston hat den Raum verschlossen, die Schlüssel aber nicht behalten wollen. Er hat sie mir gegeben.

»Sehr gut«, hab ich zu ihm gesagt. »Hol die Lastwagen.«

»Vierhundert Tonnen zu fünfzehnhundert Francs das Kilo«, Monsieur Aureliano Lima platzt vor Wut.

Ich bin hinausgegangen. Gaston ist mir gefolgt. Das war gestern um sechs Uhr abends.

Léonora hat mir gerade einen Kaffee gebracht und schaut zu, wie ich ihn Schluck für Schluck trinke. Sie hat gebadet und riecht sehr gut. Ich küsse sie auf den Mund. Wir sind ein altes Ehepaar und haben doch nie aufgehört, uns wie Jugendliche zu benehmen und ständig miteinander herumzuflirten. Fünf Ehejahre. Wenn ich sie nicht umarme, setzt sie sich neben mich, singt, zieht den Atem tief ein, spielt mit meinem Haar, strahlt um mich herum. Ich weiß, was jede ihrer Gesten bedeutet, kenne den Duft ihrer Verspieltheiten. Sie bringt mein innerstes Wesen zum Leuchten, ich weiß nicht durch welchen Zauber, und ihre Worte sind stets Freuden für mich, Feste.

»Du bekommst wieder Schwierigkeiten. Du glaubst doch nicht, daß sie vierhundert Tonnen Suppenfleisch opfern, wo die Stadt vor Hunger stirbt.«

»Ich tue meine Pflicht; sollen sie tun, was ihnen richtig erscheint.«

Es schellt an der Tür. Léonora ist öffnen gegangen und zurückgekommen. Ihr Gesicht ist von Angst entstellt. Schluchzend umarmt sie mich.

»Es ist der Handelsminister. Und der Minister für Viehzucht ist bei ihm. Der Präsident will dich sehen; wie es scheint, bringst du eine Hungersnot über das Volk!«

Sie haben mich zum Präsidentenpalast geführt. Keiner von ihnen hat ein Wort gesprochen. Und dann haben sie mich in diesem Wartesaal zurückgelassen, dem Ehrensalon. Um die Zeit totzuschlagen, betrachte ich den Teppichboden.

»Doktor Afi«, hat der Protokollchef geschrien, als wären wir zu vielen hier im Raum.

Ich habe mich erhoben und bin ihm über einen Gang gefolgt, auf dem die Monitore mein Bild zurückwarfen. Als ich den Audienzraum betrat, wurde ich von einem Leibwächter durchsucht; er hat mir mein Feuerzeug abgenommen, ein Geschenk von Léonora, das mir immer Glück gebracht hat. Der Protokollchef hat mich zum Sitzen aufgefordert und sich dann zurückgezogen.

Ich denke an den Wortlaut des Hippokrates-Eides. Und sage mir zum Trost: »Hinter mir steht das Volk, alle, denen Monsieur Aureliano Lima seine Tuberkulose verkaufen wollte.« Meine Großmutter fällt mir ein, die vor Jahren an Tuberkulose gestorben ist. Während meiner harten Gefängniszeit ist sie mir im Traum erschienen. Sie trug stets ihre schwarzweißkarierte Pagne und ein Kopftuch in den gleichen Farben. Sie erschien mir wie ein Bild der beiden Realitäten dieser Welt: der wirklichen Realität und der magischen Realität, beide untrennbar verbunden, wie der Saft und der grüne Baum nicht voneinander zu trennen sind.

Als der Präsident hereinkam, bin ich aufgestanden, um ihm meine Achtung zu bezeugen. Er wirkt verschlossen und kann nicht stehenbleiben; ständig geht er auf und ab, vielleicht, um seinen Zorn wiederzukäuen. Er hat geräuschvoll gehustet.

»Doktor Afi, darf man erfahren, für wen Sie arbeiten?«

»Herr Präsident, ich schulde Ihnen Gehorsam und Respekt, und aus diesem Gehorsam und Respekt heraus bitte ich Sie untertänig, Ihre Frage genauer zu stellen.«

Wieder hat er gehustet, diesmal weniger heftig.

»Ich will wissen, wer Sie dafür bezahlt, daß Sie unsere arbeitende Bevölkerung in den Hunger treiben.«

»Habe ich das Recht, meine Verteidigung darzulegen, Herr Präsident?«

Er sieht mich an. Er versucht, meinem Blick standzuhalten. Ich fürchte jedoch, daß er meine Haltung nur für Anmaßung hält. Ich senke den Kopf, er hat »pst, pst« gemacht. Dann habe ich hingesehen, es war nur sein Esel, den er rief. Das Tier ist gekommen. Er läßt es an seinen Fingern lecken.

»Ich höre.«

»In den meisten Ihrer Reden, Herr Präsident, kommt ein Satz vor, der für mich von wesentlicher Bedeutung ist; dieser Satz gibt mir Vertrauen und Hoffnung: Vertrauen in uns selbst und Hoffnung, daß morgen ein neuer Tag anbricht.«

Ich bin verstummt. Er hat mich angesehen, ist nähergekommen, hat mir zugelächelt. Ich weiß, er wird jetzt fragen. Im Dialog gibt es zwei Zeiten: die Zeit zu reden und die Zeit zu hören.

»Und welches ist dieser magische Satz, Doktor Afi?«

»Sie sagen, Herr Präsident, und ich glaube zutiefst, daß Sie recht haben: ›Wer eine Sache nicht untersucht hat, darf nicht urteilen.‹«

»Wollen Sie damit sagen …«

»Daß dieses Fleisch verdorben ist und tuberkuloseverseucht. Hier sind die Schlüssel, Herr Präsident, überzeugen Sie sich und töten Sie mich, wenn ich lüge. Sie wissen, was es unser Land kostet, Beamte auszubilden. Und wenn diese einmal ausgebildeten Beamten dann für immer der Schmach und Verleumdung preisgegeben sind …«

Er hat mir einen Grand Marnier eingeschenkt. Ich hab ihm in aller Bescheidenheit zu verstehen gegeben, daß ich keinen Alkohol trinke. Und als wir bei Monsieur Aureliano Lima angekommen sind und ich den Kühlraum geöffnet habe, konnte keiner ihn betreten, so stank es darin.

Als ich nach Hause kam, fand ich Léonora und die Kinder weinend, meinen alten Vater, meine alte Mutter, Léonoras Vater, ihre Mutter, meine Tanten, ihre Tanten … Alle weinten. Als ich ihnen meinen Orden zeigte, haben sie ihre Tränen getrocknet. Oberster Kommandeur der staatlichen Ordnung. Wir haben die Auszeichnung gefeiert, und Léonora hat zwei ganze Nächte für unsern Präsidenten gebetet.

Aus dem Französischen von Sigrid Groß

Emmanuel Dongala
Jazz und Palmwein

>*»The next day the spaceships landed.*
Art Blakey records was what they were looking for.«
LeRoi Jones (Imamu Baraka), Tales

1

Es waren nur zwei leuchtende Kugeln am Himmel, die umeinander tanzten wie ausgelassene Glühwürmchen. Zuerst flogen sie langsam über die Frau hinweg, die auf ihrem Feld arbeitete, dann landeten sie sachte neben ihr. Sie lief in panischem Schrecken davon, als zwei Wesen den Schiffen entstiegen und sich ihr näherten, und ließ alles zurück, was sie an Wertvollstem besaß, einschließlich ihrer Eselin. Die Geschöpfe, zwei an der Zahl, gingen auf die Eselin zu; sie legten die Hand auf den Nabel (bei ihnen Zeichen des Respekts?), senkten den Kopf, und eins von ihnen drückte auf den Knopf seiner Minikassette, aus der ein Satz in Suaheli hervorkam: »Können Sie uns zu Ihrem Präsidenten führen?«

Die Eselin aber scheut, stürzt in Richtung des Dorfs, die beiden Geschöpfe hinter ihr her im Glauben, sie habe verstanden und bringe sie zu dem Präsidenten der Menschen.

Unterdessen hatte die Frau das Dorf erreicht, atemlos, mit entblößter Brust, das Gesicht von den Dornen des Buschwalds zerfetzt; schreiend kam sie gelaufen und trommelte das ganze Dorf zusammen: »Schnell, schnell«, schrie sie, »fliegende Untertassen, seltsame Wesen. Sie sehen den Menschen ähnlich, sind aber blau, ein hartes Stahlblau; ihre Gesichtszüge gleichen unsern, doch ihre Haare sind grün. Sie laufen mit ruckartigen Bewegungen und jagen einem Angst ein.«

Das ganze Dorf wurde lebendig. Die Kinder versteckten sich

unter den Betten; die Frauen hängten überall Amulette und Gris-gris auf und flüchteten in die Häuser und unter die Betten; die Männer bewaffneten sich mit Pfeilen, mit Bogen, mit Lanzen, während die alten Kämpfer, um eine Strategie zu erproben, die sie während zweier Weltkriege im Dienst ihres Mutterlandes erlernt hatten, ihre alten Jagdgewehre hervorholten und sich um die Siedlung herum aufstellten.

Und die Eselin kam wiehernd gelaufen, blieb dann plötzlich stehen, den Körper von Kugeln und Pfeilen durchsiebt. Auch die beiden Geschöpfe hielten an; es blieb ihnen keine Zeit mehr, zu sprechen oder ein Zeichen zu geben, sie waren von Kugeln, Pfeilen und Lanzen durchbohrt und sanken hin, das eine mit dem Gesicht zur Erde, das andere auf den Rücken, während türkischblaues Blut in dicken Klumpen aus den zahlreichen Wunden hervorquoll. Ihre toten Körper trockneten sofort ein, wurden pulverförmig, und der blaue Staub verschwand sogleich unter den Blicken der verblüfften Dorfbewohner. Im selben Augenblick erhoben sich die beiden Raumschiffe, als hätten die an Bord zurückgebliebenen Wesen das Schicksal ihrer Gefährten erfahren, und entschwanden in der Dämmerung des Abendhimmels.

2

Sie kamen von überall her. Von allen vier Seiten des Horizonts her kamen sie, zogen Streifen über den Himmel, blinkten und vollführten einen ausgelassenen Tanz, bevor sie sich auf dem festen Boden niederließen. Dutzende, Hunderte, Tausende von Raumschiffen landeten so und bedeckten die Savanne des Kongobeckens, überschwemmten die andere Seite des Flusses bis nach Kinshasa. Die in den Fluß stürzten, wurden sofort überflutet oder mitgenommen, langsam zuerst, dann plötzlich vom heftigen Strudel erfaßt und zu den großen Wasserfällen stromabwärts fortgerissen, wo sie an den gewaltigen Granitblöcken zerschellten. Andere explodierten bei Berührung mit dem Wasser in einer Lichtgarbe, welche die schlafenden Flußpferde und Krokodile zornig grollen ließ, während die Wasservögel auf die Seerosen flüchteten und ängstlich piepten.

Sie kamen immer noch zu Dutzenden, zu Hunderten, zu Tausenden; der Horizont war von ihnen bedeckt. Sie stürzten auf Brazzaville, auf Kinshasa. In Brazzaville stürzten sie auf Hochhäuser, wurden zerschmettert, fingen Feuer. Drei stürzten auf den Palast des Präsidenten der Republik, durchschlugen das Dach und drangen in sein Schlafzimmer, bevor sie explodierten; ihm blieb nur noch Zeit, seine Tressen mitzunehmen auf die Flucht.

Sie stürzten auf die Botschaft der UdSSR, stürzten auf den Platz des Friedens, stürzten auf das Gebäude des Radiosenders, der nicht mehr senden konnte, so stark war die Luft elektrisch aufgeladen.

Das war der Anfang des Schreckens.

3

Die Vereinigten Staaten schlugen vor, was sie »saturation bombing« nannten: jene Art von Bombenteppich, den sie in Deutschland, vor allem in Dresden, erprobt und in Vietnam perfektioniert hatten, und wenn ein paar Einheimische dabei ihr Leben ließen, was machte das schon; letztendlich drehte sich nicht nur die Erde weiter trotz des Massakers an Zehntausenden, sondern Amerika war sogar erste Weltmacht geworden.

Die Russen dagegen waren für die gute, alte Methode: massives Eingreifen mit Lastwagen und Panzern, was in Ungarn, der Tschechoslowakei und Afghanistan so erfolgreich gewesen war. China schlug angesichts des Ernstes der Lage vor, das Kongobecken mit Millionen von Menschen zu überschwemmen; wenn ein paar Millionen von ihnen getötet wurden, blieben immer noch genügend viele übrig, um die Eindringlinge zu besiegen, die allem Anschein nach nur Papiertiger waren.

Kuba, unterstützt durch Vietnam und Nordkorea, schlug vor, die Taktik des Guerillakriegs anzuwenden: dringt der Angreifer vor, ziehen wir uns zurück, zieht er sich zurück, dringen wir vor, auf diese Weise erkennen wir seine Stärken und seine Schwächen. Südafrika wiederum machte den ganz einfachen Vorschlag, Stacheldrahtzäune zu ziehen, eine Art Verwoerd-Linie um das verseuchte Gebiet, und regte an, entlang dieser Grenze reinrassige Soldaten aufzustellen; und wenn man schon dabei war, man täte gut daran, in dieser verseuchten Zone alle Schwarzen einzupferchen, alle Araber, Chinesen, Indianer, Inder, Papuas, Malaien, Eskimos, … (Er mußte innehalten, um wieder Luft zu schöpfen, so lang war die Aufzählung). Der Delegierte von Namibia wies darauf hin, daß das mehr als drei Viertel der Menschheit wären, der Delegierte von Südafrika jedoch entgegnete, der Herr aus Namibia gebrauche das Wort »Menschheit« in einem zu weiten Sinn, und selbst wenn er den von jenem gegebenen Sinn akzeptierte, wäre es kein zu großes Opfer, um die weiße Rasse zu retten. Die afro-asiatischen Delegierten verließen als Zeichen des Protests den Tagungssaal.

Sie kamen weiter zu Dutzenden, zu Hunderten, zu Tausenden. Das Kongobecken war bereits überschritten: Duala, Abidjan, Tenkodogo, Timbuktu … Sie bedeckten jetzt den gesamten nördlichen Teil des Kontinents. Auch in den Süden drangen sie vor und bedrohten unmittelbar die berühmten Minen von Katanga, jetzt Shaba.

Immer noch herrschte totale Ratlosigkeit. Der sowjetische Delegierte beschuldigte die Vereinigten Staaten, nichts getan zu haben, um die Invasion zu vereiteln; ihn würde es nicht im geringsten wundern, versicherte er, wenn er erführe, daß sie selbst hinter allem steckten; die Tatsache, daß die sowjetische Botschaft in Dongola im Sudan neunundneunzigmal getroffen wurde, wäre nur ein zusätzlicher Beweis, um diesen Verdacht zu erhärten. Der amerikanische Delegierte parierte und stellte klar, die Botschaft seines Landes in Boko sei ebenfalls getroffen worden. Auch sei allgemein bekannt, daß die Russen nur versuchten, die Arbeit des UN-Sicherheitsrats zu hintertreiben. Wer weiß, vielleicht steckte hinter alldem ein großes Komplott, um die Welt zu sowjetisieren? Der sowjetische Delegierte möge sich aber an den Satz erinnern: »Lieber tot als rot!«

Der Delegierte von Swaziland, mit seinen dreiunddreißig Kindern (darunter Fünflinge) und seinen vierzehn Frauen an die endlosen Streitereien eines Harems gewöhnt, unterbrach den russischen und den amerikanischen Delegierten, eine Debatte von solcher Bedeutung sollte nicht zum Zweiergespräch werden. Jedenfalls sei es sinnlos, noch länger über die Ursache der Katastrophe zu palavern, er nämlich habe die Geister der Vorfahren befragt, die alles über die menschlichen Leiden wüßten, und habe die Antwort erhalten: Alles, was geschah, war Hexerei und von den weißen Rassisten eingesetzt, um die Völker anderer Hautfarbe auszumerzen, so wie sie die Gelben in Song-My und My-Lai, die Schwarzen in Sharpeville und in Soweto, die Schwarzen Panther in den Vereinigten Staaten ausgemerzt hatten. Diese Worte, die vom Sender der Vereinten Nationen über den künstlichen Satelliten Terra I direkt übertragen wurden, riefen in Harlem große Erregung hervor, und militante Black Power-Gruppen demonstrierten mit Bildern von Malcolm X, Lumumba, Nelson Mandela und Paul Robeson.

Der französische Delegierte als Repräsentant des ewigen Frankreich, Vorkämpfers für die Dritte Welt, für ein »Afrika den Afrikanern« und die kartesianische Logik, warnte die Versammlung davor, einen ausschließlich russisch-amerikanischen Beschluß anzunehmen, das wäre noch katastrophaler als die Bedrohung, die gegenwärtig auf der Weltbevölkerung lastete; von dieser These ausgehend, wollte er beweisen, daß die bewaffneten Interventionen seines Landes in Afrika wohlbegründet seien, mußte jedoch unter den Buhrufen der afro-asiatischen Delegierten aufhören.

Immer noch Ratlosigkeit.

Im Norden waren sie über Europa, über Amerika. In Aulnay-sous-Bois am Stadtrand von Paris stürzten sie auf das Gartenhaus von Monsieur und Madame Millet. In Litchfield, einer amerikanischen Kleinstadt in Connecticut, stürzten sie auf das Haus von Doktor Huvelle, der in Panik bei seinem Nachbarn, dem englischen Architekten, Zuflucht suchte.

Sie stürzten immer noch auf Afrika herab; in Zentralafrika kamen sie mitten hinein in die französische Intervention; auf den Komoren platzten sie in die Ermordung des Staatschefs durch ein vom Imperialismus gekauftes Selbstmordkommando. Sie waren über den Minen von Shaba, und man sah welche in den Fluß Limpopo stürzen.

Der belgische Delegierte drängte auf eine sofortige Entscheidung, selbst wenn man sie im Rahmen der NATO einseitig träfe. Als die Nachricht der Invasion von Johannesburg eintraf, erhob sich der Delegierte Südafrikas, sein Gesicht hatte die Farbe eines blutigen Steaks verloren und war weiß wie ein Leintuch; er sei bereit, erklärte er, einem konstruktiven Vorschlag zuzustimmen, selbst wenn er von einem Nichtweißen käme. Der Delegierte von Kenia erhob sich und empfahl, man möge versuchen, wie es die afrikanische Tradition verlangt, den Stammeschef der Eindringlinge zu finden; ihn würde man bitten, die Ältesten seines Volks einzuladen und sich mit ihnen auf dem Dorfplatz um den großen Baum zu setzen; sie könnten dann vor einigen Kalebassen mit Palmwein palavern. Währenddessen würde man sie in aller Ruhe beobachten.

Der Vorschlag wurde einstimmig angenommen.

4

Das war die Lösung! Palmwein und Jazz. Der Palmwein versetzte sie in einen aufgeschlossenen Zustand (Ergebnis von Studien, die in den Forschungslabors von Beaujolais, Frankreich, durchgeführt worden waren), und sie tranken ihn leidenschaftlich gern. Unter der Musik von John Coltrane versanken sie zuerst in einen reglosen Zustand, danach in eine Art Nirwana (Forschungslabors von Katmandu, Nepal), was der kosmischen Musik von Sun Râ* schließlich ermöglichte, sie ganz zu verflüchtigen (Forschungslabor Wernher von Braun, Vereinigte Staaten, in Zusammenarbeit mit den Forschungslabors Gagarin, Moskau). Nichts anderes half. Man konnte sie weder verwunden noch durchbohren noch verbrennen. Sie mochten weder Whisky noch Wasser noch Frauen. Nichts! Palmwein und Jazz!

Millionen Schallplatten von John Coltrane wurden heimlich gepreßt. Nie zuvor blühten tropische Landwirtschaft und Palmweinindustrie so auf, und noch nie hatte die Welt so viele Bodenkundler und Diplomlandwirte gebraucht. Sun Râ wurde überall wie ein König behandelt, und noch nie hatte sein Sonnenorchester so viel arbeiten müssen.

5

Der Festtag kam. Um den zehnten Jahrestag der Eroberung der Erde zu feiern, die »Große Eroberung«, wie sie in offiziellen Verlautbarungen genannt wurde, waren alle Präsidenten und Regierungschefs der Erde in der Hauptstadt des Kongo versammelt, dem Ausgangspunkt der Kolonisation. Der Staatschef von Südafrika wurde unter der Bedingung zu der Feier zugelassen, daß er Sun Râ, den jetzt alle Welt abgöttisch verehrte, auf keinen Fall mehr die Hand schüttelte. Trotz seiner Tränen und Kniefälle blieb das Verbot bestehen. Und es wurden Ansprachen gehalten, in denen man den Mut, die Kenntnis, den Verstand, die Weisheit usw. der Eroberer aus dem Weltraum rühmte und daß die Erde ohne sie nicht das wäre, was sie heute ist. Der amtierende Präsident der Organisation

---

* amerikanischer Jazzpianist und Orchesterleiter. Seine Big Band (gegr. 1955) war stilbildend für den Free Jazz (Anm. d. Übers.).

Afrikanischer Einheit hielt diese große Rede: »Wir Erdenwesen sind auf der kosmischen Leiter kulturelle Mischlinge und versuchen, uns das Beste aus beiden Welten anzueignen: auf der einen Seite den grenzenlosen intellektuellen und wissenschaftlichen Beitrag unserer berühmten Eroberer und Freunde aus dem Universum, die sich an den Sonnen von Wega und Sirius erhellen; auf der andern Seite die Kultur der Erde, wo sich alles nach dem binären Rhythmus von Tag und Nacht aufbaut, eine Kultur des Mondscheins – Zeit der Liebe, des Sex und anderer nicht wissenschaftlicher Beschäftigungen – und eine Kultur des Sonnenscheins – Zeit der Einsamkeit, der Entfremdung und wissenschaftlicher Beschäftigungen.« Und so ging es weiter mit den Reden der Hauptmann-Präsidenten, der Oberst-Präsidenten, der General-Präsidenten, der zivilen Präsidenten, der Dichter-Präsidenten und auch noch der Dichter-Minister.

Am Ende der Feierlichkeiten kam die Stunde des Zechgelages. Der Stammeschef der Eroberer erinnerte spaßhaft daran, daß es in den irdischen Legenden einen Gott namens Bacchus gebe, den Schutzpatron des Weins; um ihre Achtung vor den irdischen Traditionen zu zeigen, wollten sie nun diesem Gott huldigen und das einzig wirklich Angenehme kosten, was sie auf der Erde angetroffen hätten, den Palmwein. Ein irdischer Delegierter erhob sich sogleich und meinte, es gebe noch eine andere nicht weniger bedeutsame Tradition auf der Erde, nämlich seinem Gastgeber einen feuchten Kuß auf den Hals zu drücken, was er auch tat. Der Chef der Eroberer hob sein Glas und begann zu trinken. Nun stürzten sich alle auf die Milliarden Hektoliter Palmwein, die kostenlos in der Welt verteilt wurden Und sie tranken, tranken, tranken …

Mit einem Mal brachen von überall her, aus den Häusern, aus dem Innern der Erde, aus dem Weltraum die verzaubernden Saxophonklänge von John Coltrane hervor. Und die Geschöpfe wiegten mit glasigen Augen den Kopf hin und her; bald sah man auf Hunderten von Quadratkilometern nur noch

Körper in Trance, wie von einem gewaltigen Tanz der Besessenheit erfaßt. Sogar der Präsident der Vereinigten Staaten konnte nicht widerstehen, er klatschte in die Hände, hämmerte mit seinen Cowboystiefeln auf den Boden und sang laut in seiner Muttersprache: »*I've got the rythm, man! And soul!*« Der Präsident der Vereinigten Sozialistischen Sowjetrepubliken, der auch nicht zurückstehen wollte, tanzte mit großen georgischen Schritten und schrie dazu: »Towaritsch, towaritsch«. Nun wurde Sun Râ mit seinem Raketenorchester gestartet. Als er die Lichtgeschwindigkeit erreichte, verflüchtigte sich alles Unirdische und verschwand im Weltraum*.

Und die Menschen tanzten jetzt ganz unter sich, lagen sich in den Armen und sangen aus Freude über ihre wiedergewonnene Freiheit. – So kam es, daß Sun Râ als erster Jazzmusiker und erster Schwarzer Präsident der Vereinigten Staaten wurde. So kam es auch, daß man von nun an jedes Jahr den besten Palmweintrinker zum Generalsekretär der Vereinten Nationen ernannte. Und so kam es schließlich, daß der Jazz die Welt eroberte.

Epilog:
Ein Jahr nach diesem Abenteuer wurde John Coltrane vom Papst heiliggesprochen unter dem Namen »Saint Trane«. Der erste Teil seines Werks *A Love Supreme* trat in der katholischen Messe an die Stelle des *Gloria*.

Aus dem Französischen von Sigrid Groß

---

* Ein merkwürdiges Ereignis aus dieser Zeit bleibt bis heute unerklärlich: Der Delegierte von Südafrika wurde plötzlich fleckenlos weiß und verflüchtigte sich dann. Mehrere Hypothesen wurden aufgestellt, es scheint bei den Überlegungen jedoch um folgende zwei Fragen zu gehen: a) War es die Wirkung des Palmweins? b) War er fremd auf der Erde der Menschen? In Erwartung einer unwiderlegbaren wissenschaftlichen Antwort wurde eine Verwoerd-Linie (präventiver Sperrgürtel) um das Land gezogen. Diese Abriegelung existiert noch heute.

Séverin-Cécile Abega
Die Papaya

Wenn du dich zehn Meter über dem Erdboden auf einem
äußerst schwachen Papayabaum befindest, der jeden Augenblick zu brechen droht und dich dann vier scharfen Wachhun-
den mit abstoßenden Reißzähnen ausliefert, Hunden, wie nur
Villenbewohner sie haben können, stark und bösartig, mit
einem Wort: Raubtiere, die hochspringen und verzweifelt versuchen, dich in Stücke zu reißen, dabei grollen wie Donner,
von irgendeinem bösen Hexer auf dich losgelassen, zehn Meter
über dem Erdboden mit voller Blase, die gleich alles laufen lassen und dich mit Urin und Scham übergießen wird, um das
Maß übervoll zu machen in einer Lage, die gerade lächerlich
genug ist, um jeden armen Teufel zu demütigen, der so übel
dran ist — dann kann wohl ohne Furcht vor Übertreibung
behauptet werden, du steckst in einer gefährlichen Situation.

Wegen einer Papaya: der Gipfel des Lächerlichen!

Soweit Abanda denken kann, ist das Pflücken einer Papaya
niemals verboten gewesen. In seinem Dorf trug man lediglich
Sorge, sie nicht auszurotten, um ihr Wachsen kümmerte man
sich gar nicht. Niemals hatte Abanda gesehen, daß jemand sich
bückte, um einen Papayabaum zu pflanzen, auch sein Vater
nicht und der Großvater noch weniger. Die Papayabäume
wuchsen zwischen dem Unkraut frei in den brachliegenden
Pflanzungen. Wenn ein Eigentümer entschied, ein Feld sei
genügend erholt und könne wieder genutzt werden, so teilten
die Papayabäume das Schicksal ihrer gewöhnlichen Gefährten:
Der gleiche Hieb der Machete mähte sie nieder wie ihre Nachbarn, die Unkräuter; das war gar nicht beschwerlich, so weich
war ihr Stamm.

Die Frucht, die Papaya, wurde, obwohl sie sehr schmack-
haft und saftig ist, beinahe mißachtet.

Nein wirklich, nie hätte man jemandem verboten, eine Papaya zu pflücken, außer vielleicht, wenn der Eigentümer des Felds mit dem Papayabaum – keiner konnte sich ernsthaft als Eigentümer eines Papayabaums bezeichnen – Schweine züchtete, denn Papayas sind die Lieblingsnahrung dieser gefräßigen Tiere und großen Abfallverwerter. Wer übrigens so etwas zu tun gewagt hätte, und sei es auch, um die Früchte für seine Ferkel zu behalten, mußte mit sehr harter Kritik von Seiten des ganzen Dorfs rechnen, denn gepflückt hatte die Papaya fast immer ein Kind, das auf das Abendessen wartete. Die Kinder selbst kümmern sich, was die Papayas angeht, wenig um die Meinung der Erwachsenen. Sie finden die Früchte lecker, einladend, leicht zu finden, leicht zu essen: Du schneidest sie auf, entfernst die Kerne, und schon hast du deine Mahlzeit. Manchmal gab es auch Erwachsene, die Angst hatten, mit einer Papaya ihren Mund zu beschmutzen, weil die Frucht einer Klasse unterhalb der Avocados entstammt, auch unterhalb der Bananen, der *Sa*-Früchte, der Kokosnüsse. Man mußte sie fast zum Essen zwingen, die Jäger und Bauern mitten im Buschwald, die – weit weg von einem Dorf – nichts fanden, um ihren Durst zu stillen und ihren fordernden Magen zu beruhigen, dem die lange Entbehrung hart zusetzte. Dergleichen war zufällig und kam nicht oft vor. Unter solchen Umständen sollte man das Pflücken einer Papaya verbieten? Gern bot man sie an, denn wer immer darum bat, brauchte sie gewiß nötig.

Doch wie all das diesen Ungeheuern erklären, die nur das eine im Sinn hatten: den Eindringling, der sich am Besitz ihres Herrn vergriff, in Stücke zu reißen und – genauso unerfreulicher Gedanke – zu verschlingen? Vielleicht, daß sich ihre Herrin, die soeben aus dem Haus getreten war, ein dicker Fettkloß in glänzender Haut, ganz Backen, Hintern und Brüste, verständnisvoller zeigen und ihre fleischfressenden Bestien zurückrufen würde. Abanda erhoffte es in seiner gefährlichen Höhe, denn er sah, daß die gewaltige Person den Blick zu ihm hob. Der Schrei, den sie ausstieß, zerstreute alle seine Illusionen. Bestürzt glaubte er, sich verhört zu haben: »Haltet den Dieb!« schrie die Frau noch einmal mit ihrer tranigen Stimme. »Jean, ruf die Polizei. Ein Dieb ist dabei, uns auszurauben.« Das Läuten des Telefons ließ ihn fast hinabstürzen. In seiner Verwirrung dachte er, seine Blase habe nachgegeben. Er hätte sich gewünscht, daß man wenigstens die Hunde zurückrief, damit er von seiner Vogelstange heruntersteigen konnte; um seinen persönlichen Komfort allerdings kümmerte sich keiner. Im übrigen bestand da, wo er sich aufhielt, mit den unter ihm tobenden Zerberussen – vier an der Zahl für eine so kleine Hölle – keine Gefahr, daß er vor dem Eintreffen der Polizei entkommen könnte. Es sei denn, man sähe auf seinem Rücken ein Paar Flügel wachsen. Das aber ist ein Vorrecht der Engel, und solches himmlische Geflügel existiert nur in der Bibel. Er war keine biblische Gestalt, das wußte Abanda.

Die Lage war weitaus schmerzlicher als alles, was er bisher erlitten hatte, seit er in der Stadt arbeitete, und er war erst drei Tage hier. Sein Cousin war extra ins Dorf gekommen, um ihn zu holen, denn er hatte Arbeit auf einer Baustelle für ihn gefunden, nachdem er lange mit dem Vorarbeiter geredet und ihn mit Bier überzeugt hatte.

So war Abanda als Hilfsarbeiter eingestellt worden in der Firma eines Griechen mit unaussprechlichem Namen, ein Glatzkopf, behaart wie eine Vogelspinne, der den Mund nur auftat, um zu schimpfen oder zu befehlen, das Ganze mit den übelsten Flüchen ausgeschmückt, die ein menschliches Ohr je gehört hatte.

Die Hilfsarbeiter bilden die unterste Rangstufe auf einer Baustelle und werden von jedermann herumkommandiert, den Maurern, die sich als ihre direkten Vorgesetzten betrachten, den Zimmerleuten, die sich niemals selbst die Mühe machen, ein Brett zu holen oder Nägel, solange ein Hilfsarbeiter in Sicht ist, den Vorarbeitern, für die sie zu Laufburschen werden, gar nicht zu reden vom Chef, der sie zu seiner persönlichen Bedienung benutzt, wenn sein Boy bei der Arbeit fehlt oder überlastet ist.

Der Hilfsarbeiter wird auch als erster entlassen, übrigens das einzige ihm zuerkannte Privileg, wenn das Personal reduziert werden soll oder nach einem Streik. Und wenn er einmal eine Stelle verloren hat, findet er nur schwer eine neue, denn die einzigen Fähigkeiten, die man für diese Art von Arbeit benötigt, Tauglichkeit und robuste Gesundheit, sind weit verbreitet.

Das also war der Arbeitsplatz, den man ihm im Dorf so überschwenglich gelobt hatte, für den er dort weggegangen war und den er nun drüben auf der Baustelle innehatte. Es war eine schmerzhaft wunde Stelle in seinem Leben. Er, der niemals nach dem Befehl eines anderen marschiert war, sollte nun so vielen Leuten gehorchen, sogar erbärmlichen Typen, die er mit einem Schnipsen hätte umstoßen können! Die Schubkarre hatte ihm die Hände zerschunden, seine kräftigen Bauernhände, und das Transportieren von Sand, Kies, Steinen und Mörtel seinen Rücken steif werden lassen und Schmerzen verursacht, neu belebt durch seine akrobatische Stellung oben im Papayabaum, die er aber nur behutsam zwischendurch verändern konnte, denn unter jeder plötzlichen Bewegung drohte der sich in der Spitze verdünnende Stamm zu brechen und ihn abzuwerfen. Ein Sturz, der ihn sicherlich betäubt und – unter Schmerzen zuckend – den rachsüchtigen Reißzähnen ausgeliefert hätte, die ihn unten erwarteten.

Die Stimme der Dame, die weiterschrie, um Leute zusammenzutrommeln, erinnerte ihn an das Geräusch des schlecht geölten Rads seiner Schubkarre, ein scheußliches Knirschen, das ihm die schmerzhafteste Migräne seines Lebens in den Schädel gepfropft hatte. Sie rief alle Hausbewohner zum Krieg auf. Ihr Mann stand abwartend und böse grinsend da, einen unsympathischen Knüppel in der Hand. Die Frau selbst bewachte den Papayadieb, mit einem Küchenmesser bewaffnet und bereit, ihn beim geringsten Fluchtversuch wie einen Schinken zu zerschneiden. Die Kinder schrien um die Wette und zeigten mit den Fingern auf Abanda hoch oben im Papayabaum.

Der Mann klemmte seinen Knüppel unter die Achsel und fing an, in seinen Zähnen zu stochern. Er kam vom Essen. Er war ein Reicher und hätte nicht begriffen, daß eine Papaya die ganze Mittagsmahlzeit für diesen Mann sein sollte, der da zwischen Himmel und Hunden hing. Abanda hatte wirklich nicht genug Geld, um sich einen Teller Reis und Fisch bei der Händlerin auf der Baustelle zu leisten. Wohl hatte er fünftausend Francs aus dem Dorf mitgebracht, die ganzen Ersparnisse seiner alten Mutter. Goldene Berge hatte er sich von all diesem Geld versprochen, seine Hoffnungen aber sehr bald begraben müssen. Die Fahrt allein hatte schon fünfhundert Francs gekostet. Sein Cousin hatte ihm geraten, den Rest für Notfälle aufzuheben, solange er seinen ersten Lohn noch nicht erhalten hätte. Zu Hause im Dorf glaubte man, das Leben in der Stadt sei ganz wunderbar, man esse dort dreimal am Tag wie die Paschas statt zweimal wie im Dorf und man schlafe in traumhafter Bequemlichkeit. Die feuchte Bruchbude, die sein Vetter für sechstausend Francs gemietet hatte, war ohne jede elektrische Installation, und nirgendwo im Haus beugte ein Wasserhahn seinen Schnabel. Die Kost war dürftig und rationiert. Abanda schlief im selben Verschlag wie die aus dem Dorf mitgebrachten Bananenbüschel sowie die Wassereimer und Töpfe, auf einem harten und niedrigen Bett mit einer Pagne als dem einzigen Bettzeug. Man hatte ihm mitgeteilt, mittags herzukommen sei sinnlos, denn um diese Zeit gebe es hier nichts zu essen. Er müsse sich selber zurechtfinden.

Als er am Morgen vorbeikam, hatte er in diesem von Hecken und Gittern umzäunten Grundstück die goldgelbe Papaya entdeckt. Sie reifte langsam in der Sonne, eine fortwährende Herausforderung, eine nicht zu übersehende Versuchung für Leckermäuler und für einen vom Hunger gebeutelten Magen wie der von Abanda.

Wer hat jemals das Pflücken einer Papaya verboten? Abanda war ohne zu zögern und ganz ruhig in das Grundstück eingedrungen und auf den Papayabaum geklettert. Erst als er in der Spitze angekommen war, hatte er das wütende Bellen der vier Hunde gehört, die unverzüglich den Baum belagerten und alle Welt alarmierten.

Auf der Straße hatten sich Gaffer angesammelt, die lachten und mit Fingern auf ihn zeigten. Abandas Lage war nicht dazu angetan, ihn die Komik der Situation würdigen zu lassen; er wußte nur, in den Augen dieser Menschen war er ein Dieb.

Doch was war das für ein Ort, wo die Menschen einer armseligen Papaya, Nahrung für Schweine, eine solche Bedeutung beimaßen? Abanda sagte sich, sie äßen wohl schlecht zu Hause. Übrigens hatte er schon bei seinem Cousin bemerkt, daß das Leben hier in der Stadt gar nicht rosig war. Ein Kilo Fleisch kostete einen die Augen im Kopf und ein ansehnlicher Fruchtast mit Kochbananen ungefähr tausend Francs. Man hatte ihm erzählt, ein Hilfsarbeiter verdiene rund zehntausend Francs im Monat, den Gegenwert also von zehn Bananen-Fruchtästen.

Hoch oben auf dem Papayabaum, von blutdürstigen Bestien belagert und von einer verständnislosen Menge verhöhnt, von Verhaftung bedroht und mit einer Blase, die gleich ihre Absperrungen öffnen würde, sagte Abanda sich, daß er wohl einen Alptraum durchlebte und jeden Augenblick in seinem Bett aufwachen müßte, im Dorf. Wie sehr wünschte er sich, jetzt zu Hause in seinem Dorf zu sein, weit weg von all diesen Nöten, weit weg von Hunger und Hunden, von dieser ausgelassenen und spottlustigen Menge, von Scham und Erniedrigung. Er fragte sich, warum er eigentlich in die Stadt gekommen war. Es ging ihm so gut im Dorf, dort, wo ihm nie jemand Schwierigkeiten bereitet hätte wegen einer gewöhnlichen Papaya.

Im übrigen war er, da er doch träumte, im Dorf. Falls er nicht träumte, war es um ihn geschehen, denn drüben hatte soeben das Polizeiauto in unheilvollem Blau angehalten und drei Polizeibeamte abgeliefert: zwei elend dürre, junge Kerle und einen dickbäuchigen mit Schnurrbart, der ganz naßgeschwitzt war. Sie durchschritten die Menschenmenge, erreichten die Eingangstür und gaben den Befehl, man solle die Hunde festmachen. Diese wurden beruhigt und an die Kette gelegt, um der Sicherheit der Sicherheitskräfte willen. Das wäre jetzt der Zeitpunkt zum Wachwerden gewesen. Er wachte aber nicht auf! Also war er wach. Die Verzweiflung zog ihm die ausgehungerten Eingeweide zusammen, ließ seine Augen naß werden von brennend heißen Tränen.

Wegen einer Papaya! Nein, das konnte nicht wahr sein. Seine Freiheit flog ihm davon wegen einer Papaya. Man befahl ihm, herunterzusteigen, was er bereitwillig tat, denn er konnte nicht mehr. Er hätte eine Fahne sein müssen, um so lange in der Luft hängen zu bleiben. Abanda fühlte sich nicht zur Fahne bestimmt, er wünschte nur, in seinem Dorf zu sein. Also fing er an, den Polizisten, die ihn mitnahmen, zu erklären, daß es nur eine gewöhnliche Papaya war, die ihn hergeführt hatte, aber niemand hörte ihm zu. Um ihn herum wurde hämisch und widerwärtig gegrinst, man umringte ihn, rempelte ihn an, versuchte, ihn zu schlagen. Er leistete keinerlei Widerstand. Folgsam ließ er sich von den Polizisten abführen und versuchte, ihnen zu erklären …

Das ist Psychologie: Wenn du jemanden hast, der sich wehrt, der ausschlägt und Luftsprünge macht, so wird dein Griff mit jedem seiner unvermittelten Sprünge enger, deine Aufmerksamkeit bleibt fest auf ihn gerichtet und lauert auf einen möglichen Fluchtversuch. Wenn aber jemand alles mit sich geschehen läßt, schläft jegliches Mißtrauen nach und nach ein, und dein Griff lockert sich unbewußt. Abanda wußte dies seit seiner frühesten Kindheit aus den Erzählungen seines Großvaters, eines Veterans der Zwangsarbeit, der leidenschaftlich gern seine verschiedenen Ausbrüche aus den Zwangsarbeiterlagern geschildert hatte. Er spürte, wie die Hände, die ihn abführten, allmählich schlaff wurden. Die Menge folgte ihnen nach. Der dickbäuchige Polizist war zurückgeblieben, um mit der Eigentümerin des Papayabaums zu reden. Vor ihnen befand sich niemand.

Ein Satz, und er war befreit. Zwei Sprünge, und er tauchte in das Elefantengras ein, das die Straße säumte. Hinter ihm stieß die Menge hysterische Schreie aus. Die Polizisten stürzten mit einigen Gaffern hinter ihm her. Jedoch waren sie Städter und er einer aus dem Buschwald. Er wußte, wie man durch hohes Gras und Gestrüpp rennt.

Wenige Minuten, und er hatte sie weit hinter sich gelassen. Im übrigen waren seine Verfolger nicht besonders eifrig gewesen.

Seine erste Sorge war, sich zu erleichtern, denn es war ein Wunder, daß er bis jetzt die flüssige Last hatte aushalten können, die seinen Eingeweiden hart zusetzte. Er begoß reichlich das Buschwerk, in dem er sich aus Furcht vor möglichen Verfolgern immer noch verbarg, dann brach er zusammen, überwältigt von den Emotionen der letzten Ereignisse, der körperlichen und geistigen Erschöpfung, der Qual seiner Kreuzschmerzen. Auf diesem grünen Inselchen zwischen Gräsern, zweimal so hoch wie ein Mensch, fühlte er sich sicher. Lange blieb er liegen, versteckt, kraftlos, von jedweder materiellen Wirklichkeit weit entfernt. Dann setzte er sich hin, den Kopf in den Händen. Er hatte immer noch Hunger. Seine letzte Mahlzeit, das trockene, altbackene Brot vom Frühstück, das ihm das Zahnfleisch abgepellt hatte, war nur noch eine ferne Erinnerung. Im Dorf hätte es um diese Tageszeit etwas zu essen gegeben. Natürlich war die Abendmahlzeit noch nichts Gewisses, doch gab es Obst und ein paar Reste vom Vortag. Daß er nicht im Dorf war! Er hatte sich von den schönen Kleidern seiner Cousins aus der Stadt verlocken lassen, von den Nahrungsmitteln, die sie mitbrachten, wenn sie ins Dorf kamen: Fleisch vom Metzger, Fische aus dem Meer und viele andere Erzeugnisse, die bei den Zwischenhändlern sehr teuer waren: Seifenstücke, Stoffe, Rotwein, Liköre. Er war so naiv gewesen, zu glauben, diese Waren kosteten in der Stadt fast nichts und die Arbeit sei dort einträglicher und nicht so mühsam wie im Dorf.

Abanda dachte an das beengte Zusammenleben, zu dem er gezwungen war, an die knapp zugeteilte Nahrung, die Hunde fielen ihm ein, das blaue Polizeiauto, Vorzimmer der Gefangenschaft, und der Köder des baren Geldes, den man ihm unter die Nase gehalten hatte, verlor seinen Reiz. Er würde nicht in Unterwerfung, Hunger, Erschöpfung und Kreuzschmerzen ausharren für den Gegenwert von zehn Fruchtästen mit Kochbananen. In einem Jahr wäre das nur der Wert von hundertzwanzig Bananenästen, der Ertrag des Anbaus einer alten Frau. Eine Lappalie mit einer Machete und einer Axt!

Er dachte an das Stück Land seines Vaters. Der Buschwald breitete sich dort seit dessen Tod mit dreifacher Geschwindigkeit aus. Bei seinen Onkeln mütterlicherseits gab es Bananensprößlinge im Überfluß. Auch die Nachbarn im Dorf konnten welche für ihn auftreiben.

Er erhob sich. Da er die Stadt nicht kannte, wußte er nicht, wo er sich befand, und die hohen Gräser verbargen jeden Bezugspunkt vor ihm; er wußte aber, was zu tun war. Er hatte seinen Weg gefunden, seinen Weg!

Mit einer Papaya als Mittlerin.

»Du bringst es im Leben nie zu was. Du wirst immer so bleiben: arm, ohne Ehrgeiz, ein Taugenichts, denn du bist vor der Arbeit und dem Geld davongelaufen. Du bist und bleibst einer aus dem Busch«, schloß sein Cousin verärgert und voll Bitterkeit. Er hatte Abanda gefunden, der seine Sachen gepackt und sich schon Buschmesser und Axt, dazu eine Feile gekauft hatte von dem aus dem Dorf mitgebrachten Geld.

Er würde auf ewig ein Mensch des Buschwalds bleiben, das stimmte; aber ein Taugenichts und ohne Ehrgeiz? Das war eine andere Sache. Arm vielleicht, er strebte nicht nach Reichtum. Alles, was er sich wünschte, war, sein eigener Herr zu sein. Eines Tages würde er seine Preise denen aufzwingen, die ihm Befehle hatten aufzwingen wollen. Er würde denen Früchte verkaufen, die ihm wegen einer gewöhnlichen Papaya so hart zugesetzt hatten. Er würde seinem Cousin zeigen, daß man auf andere Weise ehrgeizig und etwas wert sein konnte, als auf einer Baustelle elend hinzusiechen.

Er würde in einem Jahr mehr verdienen als den Preis für hundertzwanzig Bananen-Fruchtäste. Im Dorf hatten die Palmbäume vielerlei Verwendung: Es war noch nicht so weit, daß die Dorfbewohner aufgehört hätten, Palmwein zu trinken oder die Köchinnen kein Palmöl mehr gebrauchten oder daß man vergessen hätte, wie nützlich Körbe aus Palmfasern sind. Der Kakaopreis war gestiegen, und es gab noch unbearbeitetes Buschland, wo die Kakaopflanzen wunderbar wachsen würden. Und auf seiner Bananenplantage würden mehr als hundertzwanzig Bananenstauden stehen. Die Mango- und Orangenbäume wuchsen gut auf dem Land seiner Vorfahren. Ebenso die Avocadobäume.

Seine Mutter glaubte an den schlechten Scherz eines Nachbarn, der sich über die Faulheit ihres vor der Arbeit in der Stadt davongelaufenen Sohns lustig machte, als sie am Morgen nach Abandas Rückkehr vom Quietschen einer Feile auf einem Buschmesser geweckt wurde. Der das Geräusch hervorrief, war ihr im Erwachen vorausgeeilt, ihr, die sich beim ersten Hahnenschrei erhob und so jeden Morgen der Wiederkehr des Lichts auf die Erde zuvorkam. Sie ging nachsehen.

Es war Abanda, der seine neue Machete schärfte.

»Wenn er nur aushält«, flehte sie im Gebet, das sie jeden Morgen zu Gott dem Schöpfer sandte. Ihr Bitten jedoch war unnötig. Abanda würde standhaft bleiben, solange in seinem Gedächtnis die Erinnerung an jene Hunde fortdauerte, die ihn wegen einer gewöhnlichen Papaya fast zerrissen hätten, solange er an das blaue Polizeiauto dachte und an die gewaltige, fette Dame. Jede Papaya, die er sah, würde ihm diese Erinnerungen zurückrufen. Und daß die Papayas aus dem Land verschwinden würden, stand nicht zu befürchten.

Aus dem Französischen von Sigrid Groß

Khady Sylla
Die Mauer und die Häuser

Gorgui hob die Wasserkanne auf. Er richtete den Strahl auf seine Füße, die schwarz waren von Staub. Ein kühler Schauer durchlief ihn. Noch einmal spendeten ihm die Waschungen ihre wohltuende Wirkung. Er breitete seine Gebetsmatte aus und stellte sich, dem Osten zugewandt, an deren äußerstes Ende zum zweiten Gebet des Tages. Die Koranverse erfüllten ihn mit Klarheit.

Nichts war mehr außer dieser inneren Stimme, die angesichts des Himmels den Text psalmodierte. Gorgui war mit dem heiligen Buch so lange vertraut, daß er auch alles Verborgene darin begierig aufspürte; dabei war er des Arabischen nicht mächtig und kannte nicht die Bedeutung sämtlicher Wörter. Sie endeten für ihn diesseits des Sinns, das Wort blieb göttlich.

Am Nachmittag war der Autobahnzubringer wenig befahren. Die Autos glitten, von Lichtreflexen übersät, in großer Eile über den Asphalt. Gorgui setzte sich auf die Matte und zog seine Gebetskette hervor. Er saß da mit Blick auf den metallenen Strom, dessen rauhes Brummen den Anfang seines letzten Gebets ganz überdeckte. Jetzt konnte er sich in seinen eigenen Worten unmittelbar an Gott wenden und ihm seine Sorgen unterbreiten. Zuerst dankte er dem Herrn für seine Barmherzigkeit, die er ihm in der Gnade offenbarte, an diesem Tag lebendig und hier zu sein zu diesem Gebet; dann nahm Gorgui die Sache in Angriff, die ihm seit dem Vortag auf der Seele lag: der Bau der Mauer.

»Herr«, sprach er in Gedanken, »die Maurer setzen bald den letzten Stein auf die große Mauer, mach, daß sie rasch fertig werden, denn diese Mauer soll mir zugute kommen; ich bin an der Reihe, den Nutzen daraus zu ziehen; du, der du allmächtig bist, bring jeden böswilligen Versuch zum Scheitern, mir mein Gut wegzunehmen. So lange warte ich schon darauf.«

Gorgui wohnte in dem neuen Stadtteil an der Brücke. Als man ihn aus dem Elendsquartier im Zentrum der Stadt verjagte, in dem er so viele Jahre gelebt hatte, wollte er lieber hier wohnen als in der weitabgelegenen Vorstadt, wo man ihm ein Grundstück zugeteilt hatte. Er hatte sich für die Nähe zum Plateau entschieden. Gorgui stand auf, schüttelte seinen Kaftan. Die Stunde des Gebets hatte ihn unterwegs überrascht, und er war am Straßenrand seiner Pflicht nachgekommen. Er überquerte die Brücke und gelangte in die eine und einzige Straße des Ghettos.

Das Wohnviertel bestand aus zwei Reihen Häusern. Die meisten waren Elendsbaracken, zufällig und auf gut Glück aus allem zusammengebaut, was man hatte auftreiben können: Holz- und Wellblechstücke, alte, platt geschlagene Konservendosen. Auf der andern Seite der Autobahn fand täglich der Markt von Colobane statt, einer der lebhaftesten in der Hauptstadt; jeden Tag konnte man in seinem bunten Treiben die meisten Bewohner des Stadtteils antreffen; manche verkauften ein bißchen hier und da zusammengetragenes Gemüse, andere bettelten, um ihre schmale Kost sicherzustellen, manche liefen umher und hielten Ausschau nach einem Schmuckstück, das nachlässig um den Hals einer üppigen, reichen Angeberin hing.

Die Gebetskette noch in der Hand, raffte Gorgui die Enden seines Bubus zusammen; in seinen Händen vermischte sich der schwere, gestärkte Kleiderstoff mit der eisigen Kühle der geweihten Perlen, die seine Finger während der Gebete weitergestreift hatten. Er ließ noch die Kette, das WORT, hinabgleiten, während er mit großen, raschen Schritten auf das Haus des Siedlungsvorstands zuging. Ehrlich gesagt, das Brückenviertel machte einen erbärmlichen Eindruck angesichts der neuen Straße, die vom Stadtzentrum zum Flughafen führte und in der Sonne glänzte. Die rabenschwarzen Bänder der Autobahn lösten sich im Gekräusel der Sanddünen auf; die rostigen

Wellbleche der Siedlung paßten nicht dazu, leugneten die Pracht der Straße. Man hatte angenommen, das behelfsmäßige Wohnen würde rasch verschwinden; doch wuchs die Siedlung von Tag zu Tag. Das Barackenviertel hatte seinen Vorsteher, und es wurde sogar davon gesprochen, bald eine kleine Moschee zu bauen. Worauf gründete sich die Langlebigkeit dieser Ansiedlung, die gar nicht hätte schlechter gelegen sein können? Man sprach von Unterstützung an hoher Stelle, durch den Neffen eines der Bewohner, der angeblich eingegriffen hatte, als die politische Führung eine Umsiedlung beschloß. Diese Hypothese zeigte jedoch eine augenfällige Schwäche; welcher Mann in herausragender Position würde es denn ertragen, daß ein wenn auch entferntes Mitglied seiner Familie an einem solchen Ort wohnte? Also war man auf Unterstützung durch geheime Mächte verfallen. In der Siedlung sollte es einen Mann geben, der außergewöhnliche Fähigkeiten besaß; worüber sich niemand wunderte, denn die meisten Bewohner entstammten einem Volk, dessen Angehörige für ihre Neigung zu Hexerei bekannt sind.

Mehr als ein Autofahrer konnte sich, wenn er vorbeifuhr, des Ausrufs nicht enthalten: »Sie sind ja immer noch da! Man schafft es wohl nie, sie umzusiedeln!« Nur selten, ein- oder zweimal im Jahr, fuhr ein Konvoi, der einen angesehenen Besucher zum Präsidentenpalast brachte, über die Autobahn.

Irgendein eifriger Beamter fand eine wunderbare Lösung, um die Ansiedlung zu verstecken. Bei jeder solchen Gelegenheit wurde auf ihrer ganzen Länge eine Mauer errichtet, hoch genug, daß man die dahinter verborgenen, wackligen Elendsbaracken nicht erahnte. Die erste Mauer hatte die Straße in helle Aufregung versetzt; die Alten sprachen von der Schmach, und einige junge Leute hatten lange über die Schändlichkeit eines solchen Vorgehens debattiert.

Zwei Tage, nachdem der Konvoi vorbeigefahren war, wurde die Mauer abgerissen. Damals hatte einer der Bewohner einen genialen Einfall. Er sammelte die Trümmer ein, darunter heile

Ziegelsteine, und baute daraus in massiver Bauweise zwei große Zimmer, die, als er sie erst gekalkt hatte, so ehrbar und bürgerlich aussahen wie nur möglich. Von nun an wartete man auf die Mauer; jedesmal wurde sie einer Familie zugesprochen. Regelmäßig wurde nach ihrem Abriß aus den Trümmern ein kleines, massives Haus gebaut mit quadratischen Fenstern und Zinkblechdach.

Gorgui ließ sich von der Woge der Begrüßungen tragen, die seine Ankunft im Empfangszimmer des Siedlungsvorstands begleitete. Hier trafen die Männer regelmäßig zusammen. Alle kannten sich seit mehreren Jahren. Der große Raum besaß zwei Fenster. Eins ging auf die Straße. Die Landschaft an dieser Peripherie der Stadt war geprägt durch Sanddünen. Die lange Reihe der Baracken lief wellenförmig auf die Dünen zu. Das Haus des Siedlungschefs stand auf einem leichten Abhang. Vom Fenster aus konnte man die ganze Straße überblicken. Zu jeder Zeit konnte man das Treiben dort verfolgen. Manche Bewohner saßen vor ihren Türen und schwatzten miteinander von einer Straßenseite zur andern. Ein paar junge Leute saßen neben dem Laden des Mauren im Schatten eines Baums und tranken Tee. Man konnte das geschäftige Hin und Her der Frauen von Tür zu Tür verfolgen und die Spiele der Kinder im Sand.

Das zweite Fenster hatte Aussicht auf die Autobahn. An diesem Tag wurde sie von der großen Mauer verdeckt. Gorgui fand die Mauer wundervoll. Zum ersten Mal sah er sie mit Besitzeraugen an. Seine Gedanken kreisten um das Bild eines grünen Häuschens (er hatte beschlossen, das Opfer zu bringen und es anzustreichen).

Der Patriarch Mor Fall war da, ein hagerer Greis, gekrümmt unter der Last seiner Jahre. Dann war da Abdou Diop mit seinem lauten Lachen und der intellektuelle Ablaye, der sich, um mit seiner Bildung zu protzen, stets in köstlich-schlechtem Französisch ausdrückte. In der klaren Helligkeit des Raums entrollten die Begrüßungen sachte ihren samtenen Teppich.

Ein jeder erkundigte sich nach der Gesundheit des andern, nach der Familie, dem Alltäglichen.

Von Zeit zu Zeit klangen Namen auf, gingen von Mund zu Mund: Diop, Faye, Fall, Sow. Einen Menschen nennen hat die gleiche Bedeutung wie ihn emporheben oder ihn ehren.

»Der Chef ist in die Stadt gefahren; wir haben ihn nicht angetroffen, als wir gekommen sind, aber ich denke, er wird bald zurück sein«, begann Abdou.

»Ich bin sicher, er muß jeden Augenblick kommen«, überbot Mor Fall, »setz dich, Gorgui. Wir werden bestimmt über deine Angelegenheit sprechen, denn, so es Gott gefällt, profitierst du diesmal von der Mauer.«

»Ich bin an der Reihe, und das freut mich«, gab Gorgui zu.

»Wer würde sich unter diesen Umständen nicht freuen?« fragte Ablaye Sow.

Gorgui deutete ein Lächeln an; eine Auseinandersetzung mit seinem ältesten Sohn kam ihm in den Sinn und ärgerte ihn.

»Die Kinder sind gegen die Mauer«, sagte er. »Gestern noch hab ich mit Laye, meinem Sohn, darüber gesprochen. Sie meinen, wir sollten uns wehren und nicht hinnehmen, daß man uns versteckt. Er hat seinen Standpunkt leidenschaftlich vertreten, und, mein Gott, was er gesagt hat, ist nicht ohne Logik, obwohl er noch so jung ist.«

Abdou Diop antwortete zuerst mit seinem lauten Lachen. Gorguis Naivität überraschte ihn immer aufs neue.

»Der Geist dieser jungen Leute ist vom Virus der Revolte verseucht«, erwiderte er schulmeisterlich. »Sie lehnen sich gegen alles auf, sogar gegen uns, ihre Väter. Du läßt dich von deiner Nachsicht hinreißen, Gorgui; man braucht ihnen gar nicht zuzuhören.«

»Aber nein«, eiferte sich der Patriarch. »Gorgui hat recht. Der Geist der Kinder ist leicht wie eine Feder; bläst man zu heftig hinein, fliegt er davon, einfach so.«

Um seine Worte durch eine Geste zu unterstreichen, nahm der alte Mann ein Stück Papier, drehte ein Kügelchen daraus und schleuderte es in die Luft. Es hob sich, zitterte, fiel zu Boden. Entzückt von seiner Demonstration, blickte der Alte einen nach dem andern schelmisch an.

Unterdessen traf der Siedlungsvorstand ein. Die wohltuende Welle der Begrüßungen erhob sich aufs neue, nahm ihn auf, erfreute ihn.

Über die Tatsache, daß die Mauer regelmäßig gebaut und wieder abgerissen wurde, schien sich keiner zu wundern. Bei der Aufsichtsbehörde der Verwaltung kamen solche Verirrungen nicht selten vor. An einigen waren eifrige Beamte schuld, die ihre Sache zu gut machen wollten. Mit anderen wurden weniger löbliche Praktiken verschleiert: Veruntreuung von Geldern und verschiedene andere Gaunereien. In diesem Fall nun schien sich im Stadtteil selbst niemand über die Absonderlichkeit zu beklagen.

Die Einrichtung der Baustelle wurde stets mit allgemeiner Freude aufgenommen. Die Handwerker brachten neues Leben mit. Die Straße war erfüllt vom zusätzlichen Kommen und Gehen, und ein Wind der Erneuerung blies den Staub aus dem Viertel.

Der Siedlungsvorstand schien nach Worten zu suchen.

»Ich bin nicht ohne Grund in der Stadt gewesen; ich bin sogar aus einem ganz bestimmten Grund hingefahren. Um offen mit euch zu reden, der Minister hatte mich kommen lassen.« Alle hingen sie an seinen Lippen.

»Im Ministerium hat man mir mitgeteilt, man habe entdeckt, daß es sinnlos ist, immer wieder die gleiche Mauer zu bauen und abzureißen. Sie führen gerade Verbesserungsmaßnahmen durch. Die Mauer wird nie wieder abgerissen.«

Gorgui fiel fast auf den Rücken. Nie wieder, wieso, nie wieder? Und sein Haus? Er fuhr sich langsam mit der Hand übers Gesicht. Schweiß rann in dicken Tropfen an seinen Schläfen herunter. Plötzlich schien ihm der Widerschein der Sonne auf der Mauer den Weltraum zu verschließen. Es kam ihm auf einmal vor, als sei dahinter nichts mehr. Nicht einmal mehr die

Autobahn mit ihrem funkelnden und schrillen Strom der Fahrzeuge, ihrer langsamen und geschmeidigen Entfaltung oberhalb der Sanddüne. Die Hitze schien ihm unerträglich. Er stand auf, um sich zu verabschieden. Er würde die nächste Zusammenkunft abwarten und dann das Wie und Weshalb der veränderten Situation erörtern.

Der Vorsteher der Siedlung begleitete ihn bis zur Straße.

Er versuchte, ihm noch Hoffnung zu bewahren.

»Du wirst sehen, Gorgui, uns fällt etwas ein, was wir dagegen tun können. Wir setzen Himmel und Erde in Bewegung, nehmen mit allen Kontakt auf, die uns helfen könnten; wir lassen das nicht mit uns machen.«

Es schien Gorgui, als gebe es jetzt nicht mehr viel zu erwarten. Seine Füße gruben sich in den Sand. Die Nachricht hatte, noch bevor sie auf ihn wirkte, anscheinend die ganze Welt verändert.

Nur mit Mühe wachte Gorgui aus seinem Mittagsschlaf auf. Sein ältester Sohn Laye stand im Hof und rief: »Vater, ich hab sagen hören, daß die Mauer diesmal nicht abgerissen wird.«

»Das stimmt«, antwortete er.

»Macht nichts, die Kinder haben schon ihren Spaß daran. Sie zerkratzen sie mit Drahtstücken und bemalen sie mit vielen Bildern.«

Der Gedanke, daß die Kinder bereits mit der Mauer spielten, ließ Gorgui lächeln.

Aus dem Französischen von Sigrid Groß

Ali Moussa Iye
Der Mann, der Perlen weinte

Der Mann geht durch die Hauptstraße der Stadt. Seltsame Furcht im Takt seiner Schritte. Der Schotter kreischt unter der sanften Berührung seiner glatten Sohlen. Ein von Abgasen verhangener Himmel senkt sich auf den grauen Kamm der Betontürme herab. Kälte. Im Schweigen der Gesichter, die eng an den mit Rachezeichen zerkratzten Mauern vorbeistreifen. Kälte im Wind, der durch freie Breschen entflieht. Baumskelette drängen sich in schlammigen Ecken zusammen, um dem Würgegriff des Asphalts zu entgehen, der die verlassenen Plätze bedeckt. Die Luft atmet den Modergeruch von Einsamkeit, Zukünftiges bleibt in der Schwebe. Es ist kalt, sehr kalt, wie nach einem Unglück.

Eine Schar Kinder geht vorüber, läßt eine Pfütze Leben zurück. Der Blick der Unschuld, von den jungen Menschenkindern auf sein Anderssein geworfen, gibt ihm neue Kraft. Der Fremde deutet ein dankbares Lächeln an. Plötzliches Geschrei. Es erhebt sich hinter ihm und kommt rasend schnell näher. Er wendet sich um, und das Herz stockt ihm vor Angst. Sie sind es! Die Reinheits-Fanatiker! Die, von denen er glaubte, er habe sie hinter sich gelassen in der Anonymität des Winters, unter dem geflickten Mantel, der seine Geschichte zudeckt und seine Suche verbirgt.

Sie zeigen mit Fingern auf ihn und rücken in dichtgedrängter Horde vorwärts, stimmen ihren rituellen Gesang an. Der Fremde bleibt stehen, ist bald eingekreist wie ein gejagtes Tier von Gestalten ohne Gesicht. An der Stelle des Mundes klafft ein Loch, aus dem Wortstöße, umhüllt von Speichel, hervorschießen. Es sind die Todesschwadronen, Stoßkeil der Miliz, die sich erhoben hat, um die Strahlende Zitadelle zu retten. In ihren Augen der Haß. In ihren Händen der Tod. Unzählige behandschuhte Finger stürzen sich wie ein Heuschreckenschwarm auf den Mann, bemächtigen sich seines Körpers. Aus den Strophen ihres schaurigen Gesangs hört der Mann ihre Absichten heraus: » ... Reinheit ... Ratten ... Rasse ... entmannen ... Unmensch ... « Verse, welche die Furcht der belagerten Zitadelle abweisen sollen.

Die Kleider des Fremden fliegen in Fetzen, und der nasse Schotter spiegelt seine Nacktheit wider. Ein Zurückschrecken durchfährt die Horde. Verblüfft lassen die Milizionäre ihre Skalpelle los: Der Mann hat gar keine Geschlechtsteile.

Der Anführer faßt sich und beruhigt seine Truppe. Das ist ein Konterstreich der Barbaren, ein Hexenzauber, man muß mit dem Messer suchen, zwischen den Beinen wühlen. Erneute Hast, Klingen zischen durch die Luft, bevor sie sich in das Fleisch graben. Neues Erschrecken in den Reihen: Der Mann blutet nicht.

Nun tritt der Anführer vor und stellt sich der Herausforderung. Er packt den Unbekannten an den Haaren und speit ihm seinen Haß entgegen.

»Unmensch, woher kommst du? Wohin gehst du? Und wer bist du überhaupt, daß du unsere Messer verhöhnst?«

Nach einer Stille, die ewig zu dauern scheint, spricht der Mann endlich, in sich hinein, zu sich selbst. Er kommt von weit her, sagt er, von sehr weit, von da, wo die Sonne den Menschen ihre Gesetze auferlegt. Er sagt, er ist vor einem gewissen Schicksal geflohen und sucht nach einer Oase, wo er seinen Durst nach Gerechtigkeit stillen kann. Er ist nur auf der Durchreise in dieser ungastlichen Stadt, ist schwach und hungrig. Er fragt, ob es eine Zuflucht gibt für Reisende, die von der Kälte überrascht werden.

Die Verzweiflung des Fremden macht der Horde neuen Mut.

»Wir müssen es mit Feuer versuchen!« schreit einer der Milizionäre.

»Ja, das reinigende Feuer!« erwidern die andern im Chor und stimmen erneut ein passendes Lied an.

Der Anführer verteilt die Aufgaben. Der Mann wird an einen Pfahl gestellt und mit dicken, ölbeschmierten Stricken festgebunden. In diesem Augenblick füllen sich seine Augen mit einer seltsamen Flüssigkeit, und diese läßt im Augenwinkel einen Lichttropfen entstehen. Ein Leuchten sprüht aus seinem Blick und blendet den Milizionär, der das Streichholz anreißen soll. Die ganze Horde verfolgt den schwindelerregenden Sturz der Lichtträne. Eine Perle, dick wie eine Murmel, fällt auf den Gehweg, springt sechsmal vom Asphalt wieder hoch und bleibt dann unter der linken Schuhsohle des Chefs liegen. Sogleich folgt ein Hagelschauer schimmernder Perlen, die zwischen die unbeweglichen Füße der Milizionäre schlüpfen.

Der Anführer der Bande bezwingt als erster die allgemeine Verblüffung. Er hebt einige der Perlen auf, betrachtet sie prüfend und erstickt einen Fluch. Seinen Männern gibt er ein Zeichen, sich fernzuhalten, er selbst jedoch tritt näher an den Fremden heran. Mit gesenkter Stimme fragt er ihn freundlich, ob die Perlen, die er weint, echte Perlen sind. Der Mann, dem übel wird unter dem widerlichen Atem des Anführers, nickt zustimmend, damit er weggeht. Der Chef lächelt. Barsch dreht er sich zu seinen Männern um und brüllt: »Alle, die den Barbaren angefaßt haben, müssen sofort zur Zentralstelle laufen und sich desinfizieren! Es ist, wie ich dachte: Er ist mit dem Perlmutt-Virus infiziert, der schrecklichen Krankheit, welche die Genitalien zerstört und das Blut im Körper gerinnen läßt. Sicher kommt er aus einem der von der Epidemie fast entvölkerten Länder. Schnell, beeilt euch! Ich kümmere mich persönlich um diese wandernde Gefahr, werde den Mann ins Quarantänelager bringen, damit er keinem mehr schaden kann.«

Wie ein aufgeschrecktes Spatzenvolk räumt die Horde den Platz. Ein Lächeln erscheint auf den Lippen des Anführers. Freundschaftlich legt er eine Hand auf die Schulter des Mannes.

»Wie du gesehen hast, hab ich dir das Leben gerettet! Diese Bande von Schwachköpfen wollte dich lebendig verbrennen. Komm jetzt mit, ich bringe dich in Sicherheit.«

Der Mann wird im Fischerhaus des Anführers versteckt, am Ufer eines von den Fischen verlassenen Flusses, der jetzt den mutierenden Pflanzen überlassen ist. Der hölzerne Unterschlupf dient dem Chef der Miliz als Junggesellenwohnung, hierhin bringt er gelegentlich junge Opfer von Razzien, um seine Bedürfnisse zu befriedigen. So belohnt die »Bruderschaft der Reinheits-Fanatiker« den Eifer ihrer verdientesten Mitglieder. Der Boden der Hütte ist übersät mit unerlaubten Zeitschriften, mit besudelten Werkzeugen der Lust. Große Plakate schmücken die Wände, rühmen die Tugenden der Reinheit und rufen zur Verteidigung der Zitadelle auf.

Der Anführer stellt den Unbekannten vor einen Tisch, der mit allen Arten von Lebensmitteln gedeckt ist. Er gibt sich honigsüß, tauscht seine Härte gegen Gutmütigkeit ein, die nicht zu seinen Zügen paßt. Er fragt ihn, ob es bei den … Barbaren üblich sei, Perlen zu weinen. Hartnäckig will er wissen, ob der Mann nicht zufällig noch andere … wertvolle Sekrete weinen kann. Der Fremde antwortet ruhig. Art und Form der Tränen hängen von seinem Seelenzustand ab. Nicht alle Leiden sind gleich, und so ist es auch mit den Tränen. Diese ausweichenden Antworten befriedigen den Chef der Miliz nicht, er will unbedingt wissen, was die Barbaren mit den ausgeschütteten Schätzen anfangen.

Der Fremde erzählt, in seinem Land, am Ende von Sand und Salz, fertige man gewöhnlich aus seinen Tränen große Grabmale, um die Erinnerung an geliebte Wesen wachzuhalten, die der Tod hinwegnahm. Doch komme es auch vor, daß Künstler sich dieser so leicht erhältlichen Tränen bedienten, um daraus Werke ihrer Phantasie zu erschaffen.

Der Anführer wird ungeduldig; all diese Geschichten helfen ihm nicht, das Geheimnis der Tränen zu durchschauen, das

Sesam-öffne-dich der Pupillen, die das begehrte Perlmutt verschließen.

»Hör zu, Fremder«, sagt er, mit seiner Geduld am Ende, »ich will jetzt wissen, was dich am meisten zum Weinen bringt, dich persönlich.«

Der Mann durchbohrt ihn mit seinem Blick. Offensichtlich hat ihn die Unverfrorenheit der Frage verletzt.

»Bei uns stellt man einem Menschen niemals eine solche Frage«, entgegnet er aufgebracht und verschließt sich dann ganz in Schweigen.

Tage um Tage vergehen, der Unbekannte weigert sich mitzuhelfen. Sein Kerkermeister versucht alles, um ihn zum Weinen zu bringen. Er erzählt von seiner unglücklichen Jugend als Scheidungskind, mit Spielzeug überhäuft, doch dem Bann des Fernsehens preisgegeben. Er spricht über die Krebsgeschwulst, die seine Eingeweide zerfrißt und vor der die Medizin die Waffen gestreckt hat, dabei die Schuld für ihr Scheitern der Umwelt zuschiebt. Nichts, nicht eine Perle springt auf den kalten Zementboden der Hütte. Er führt den Fremden durch die Windungen seines Ehelebens, beschreibt ihm die rauhe Einsamkeit, die ihn in die Reihen der Fanatiker getrieben hat. Nichts, kein Leuchten erhellt die Augen des Mannes. Er gesteht ihm die Greueltaten ein, die von den Milizionären immer wieder an den Opfern begangen werden, die ihnen ins Netz gehen, und wie die Justiz die Fälle der aufgedunsenen Leichen, die bisweilen im Fluß auftauchen, zu den Akten legt. Noch immer nichts. Der Fremde bleibt kalt wie Marmor vor den traurigen Bekenntnissen. Jetzt wird der Anführer böse und beschließt, ihn mit Gewalt zum Weinen zu bringen. Erst probiert er die Qual des Hungers aus, vergebens. In wahnsinniger Wut greift er zur Folter und geht das ganze Register des Milizsoldaten durch. Nicht eine Träne begleitet das Stöhnen des Mannes.

Erschöpft, verzweifelt über so viel Böswilligkeit seines Gastes und mit seiner Kunst am Ende, fällt der Anführer schließlich in Depression. Er läßt Zusammenkünfte zur nationalen Besinnung aus, die den Glauben der Milizionäre an die Reinheit festigen sollen und ihre Überzeugung, der überlegenen Klasse anzugehören. Immer seltener beteiligt er sich an der »Jagd auf Barbaren«, früher sein Lieblingssport. Seine »Corps- und Geistesfreunde«, wie sie sich untereinander nennen, sind besorgt über sein Benehmen und die Reinheit seines Gedankenguts. Ein Klarstellungs-Ausschuß tritt ohne sein Wissen zusammen, um über seinen Fall zu entscheiden. Bei den Schwadronen der Zitadelle sind Schwache nicht beliebt, ebensowenig Andersartige und solche, denen die Gesellschaft von Barbaren lieber ist als die ihre.

Eines Tags stürzt der Anführer stockbetrunken und schwankend in das Fischerhaus. Aus seinem Blick ist der Haß gewichen und hat der Ratlosigkeit Platz gemacht. Er richtet sich eher schlecht als recht vor dem Fremden auf, der am mittleren Pfosten angebunden ist. Zusammenstoß der Blicke, dann Stille. Der Folterer ermißt die unbeugsame Entschlossenheit seines Opfers. Er fühlt sich mit einem Mal ohnmächtig vor diesem Felsen an Willenskraft, der ihn herausfordernd ansieht und seine Träume von Reichtum zunichte macht. Ihm wird bewußt, daß ein unerwartetes Glück ihm entgleitet. Er sieht sich weiter in seiner erbärmlichen Rolle als Söldner des Hasses dahinvegetieren, der die Leere in seinem Leben damit ausfüllt, Schreckgespenster auf den Mauern einer rissigen Zitadelle zu jagen. Plötzlich bricht er in Schluchzen aus wie ein verwöhntes Kind, dem man sein Spielzeug wegnimmt.

»Fremder, warum läßt mein Schmerz dich kalt? Bitte, hilf mir, hab Mitleid mit mir ... Erinnere dich doch, ich hab dir das Leben gerettet ... Ich könnte dir weiterhin behilflich sein, weißt du ... dir zum Beispiel helfen, daß du ein Reinheits-Zertifikat bekommst und hier bleiben kannst ... Bitte, wein doch ... wein für mich ... Nur ein bißchen, gerade soviel, daß aus mir jemand wird ... Bitte, Fremder, wein für mich!«

Schluchzen erstickt seine Stimme. Er fällt vor dem Mann auf die Knie und umarmt seine Füße, während er ihn anfleht zu weinen. Der Unbekannte erträgt diese Szene nicht länger; Erinnerungen, die schwer sind von Trauer, ziehen an ihm vorüber. Seine Augen trüben sich von Tränen, und ein Perlenregen ergießt sich über den Rücken des knienden Milizsoldaten.

Ein gewaltiger Fußtritt läßt die Tür der Hütte erzittern. Drohend taucht die Horde der Milizionäre auf. Ihr neuer Anführer tritt vor und bringt den Kopf seines Vorgängers unter seinen Stiefel. In dieser Pose des Jägers wendet er sich feierlich an seine Truppe:
»Hier seht ihr die Entscheidung unseres Rates bestätigt. Unser Urteil war also richtig. Das Bild, das ihr vor Augen habt, spricht für sich selbst. Der, dem wir unser volles Vertrauen schenkten, hat unsere Sache verraten. Er ist ins Lager der Bastarde übergelaufen und Anhänger des Hexers geworden, der so tut, als ob er Perlen weint. Am Ende ist er in Abartigkeit gesunken, in erniedrigende Habgier und hat dabei die Zitadelle in große Gefahr gebracht … Er verdient die Strafe, die Verkommenen seiner Art vorbehalten ist. Nehmt ihn euch vor und auch den Barbaren! Ich kümmere mich um die verfluchten Perlen, damit sie dahin kommen, wo sie nie mehr jemanden vom rechten Weg abbringen. Los, an die Arbeit!«

In den Reihen der Milizionäre rührt sich keiner. Brüllend wiederholt der Chef seinen Befehl. Nichts bewegt sich in der Horde außer den Blicken; diese umkreisen argwöhnisch die Perlen, welche in der Hand ihres Anführers schimmern. Unwillen, zuerst nur gemurmelt, wird lauter, Flüche brechen hervor. Der Chef weicht zurück, ist jedoch rasch von seinen Männern umzingelt.
»Auch der wollte uns übers Ohr hauen, der Schuft!« schreit ein Milizionär.

»Er wollte sich verdrücken und den Schatz ganz für sich allein behalten, der Verräter!« fügt ein anderer hinzu.

»Korrupt wie sein Vorgänger, große Sprüche für die andern, aber die Vorteile für sich selbst!« überbietet ein dritter.

Knäuel bewaffneter Hände stürzen sich auf den neuen Anführer und zerfleischen ihn. Dann folgt ein wilder Ansturm auf die blutbefleckten Perlen.

Mensch der du leidest
Mensch der du weinst
Sag mir doch, Bruder
Warum nimmst du Wohnung
In dieser Welt des Wahnsinns
In dieser Welt der Wölfe
Wo man Menschen wie Gummi verbiegt
Und Tränen als Traumperlen züchtet
Wann, Bruder
Wann schlägt für unsere Leiden
Das Glöckchen der Ruhe, des Friedens?

Aus dem Französischen von Sigrid Groß

Étienne Goyémidé
Schwarze Rache

Das Dorf Poumale, zehn Kilometer von dem hübschen Städtchen Grimari entfernt an der Straße nach Bangui gelegen, scheint buchstäblich erdrückt unter der schrecklichen Gluthitze des Februar. Die Sonne hat seine Senke zerfressen, und doch speit die Erde unvermindert weiter die erbarmungslose Hitze aus, die einem die Füße schmoren läßt bis zu den Waden.

Ouandé-Otikpo zerdrückte auf einem flachen Stein Schnupftabak. Mit dieser Tätigkeit war er so beschäftigt, daß er den Radfahrer nicht bemerkte, der schweißbedeckt mit quietschenden Bremsen angehalten hatte und ihm jetzt ein »bala mo Kotazo« zurief, das den Bauern hochschrecken ließ. Ouandé-Otikpo erwiderte den Gruß, stand auf und streckte dem jungen Mann die linke Hand hin.

»Sie sind doch Monsieur Ouandé-Otikpo, der Vater von Ngaoda Paul, dem neuen Lehrer in Mbres? Der Unterpräfekt hat eben ein Telegramm von seinem Kollegen in Fort-Crampel bekommen und mich losgeschickt, um Sie von seinem Inhalt in Kenntnis zu setzen.«

Er kratzte sich am Kinn, zog das Telegramm aus der Tasche und hielt es dem Alten hin.

»Es ist traurig, Vater. Es ist schrecklich, Vater. Das Telegramm sagt, daß Paul heute morgen plötzlich gestorben ist. Eigentlich ohne krank zu sein.«

Der Alte nahm das Blatt Papier, blickte es starr an. Kein Muskel zuckte in seinem Gesicht.

»Ich habe verstanden. Danke, mein Sohn, danke.«

Ruhig setzte er sich wieder hin und nahm, nachdem er das Telegramm gefaltet und unter einen Fuß des Schemels gelegt hatte, seine Tätigkeit wieder auf.

Ouandé-Otikpo war klein gewachsen, hager und sehnig. Alle im Dorf achteten ihn. Als er jung war, hatte er sich gewünscht, viele Kinder, Töchter und Söhne, zu haben, das Oberhaupt einer großen, einer sehr großen Familie zu sein. Ach, die Natur hatte seinen Wunsch nicht erhört und ihm nur ein einziges Kind geschickt, einen Jungen, Ngaoda Paul. Dieses Kind liebte er wie sein Augenlicht. Ngaoda war sein rechter Arm. Er war kostbarer für ihn als sein Geschlecht. Was er nur konnte, hatte er getan, um dem kleinen Paul die bäuerlichen Lebensverhältnisse zu ersparen. Er hatte ihn in die Schule geschickt. Der Kleine hatte ihn mit glänzenden Erfolgen geehrt und erfreut und es geschafft, Lehrer zu werden. Ouandé-Otikpo war glücklich darüber. Vor genau fünf Monaten hatte Paul seine erste Stellung in Mbres angetreten. Als er fortging, hatte er zu seinen Eltern gesagt: »Wenn ich mich eingerichtet habe, schicke ich euch Geld, um das Dach des Hauses zu erneuern; danach kommt ihr beide und ruht euch bei mir aus.«

Genau das hatte der Kleine vor fünf Monaten gesagt und war in ein Lastauto gestiegen, das ihn nach Mbres bringen sollte. Lächelnd hatte er es gesagt und sie zuvor umarmt; das war fünf Monate her. Und jetzt, was teilte man ihm da mit? Daß der Kleine ganz allein in der Ferne gestorben war, in Mbres! Niemand, der ihn beweinte. Völlig gleichgültig würde man ihn dort begraben.

Er nahm das Telegramm wieder hervor, faltete es auseinander und betrachtete es lange, als gelte es, irgendein Geheimnis zu entdecken. Vernichtet legte er es an seinen Platz zurück: »Paul ist tot. Die Natur hat mich blind gemacht. Der Tod hat mich entmannt. Nach mir wird niemand mehr sein. Mein Name wird mit mir ins Grab eingehen und seinen Platz der Finsternis überlassen.«

Er stand auf, ging ins Zimmer und nahm einen kleinen Lederbeutel hervor, der durch die Zeit und verschiedene Schichten von Karitébutter schwarz geworden war. Diesen schwarzen Lederbeutel gaben die durch den unbezähmbaren Geist bestimmten Männer der Familie von Generation zu Generation weiter. Dieser kleine Beutel wurde nur geöffnet, wenn man ihn dem Erben weiterreichte. Doch es gab keinen Erben mehr, weil Paul nicht mehr war. Ouandé-Otikpo nahm den Beutel, stellte sich in die Mitte seines Hauses und sprach mit lauter Stimme:

»Du wußtest es vor mir. Du wußtest vor mir, daß er fort ist. Ich bin sicher, nicht du hast ihn geholt. Sie haben ihn zu dir hinabgestürzt, und du hast ihn aufgenommen. Er war es, wie du weißt, er war es, der dir dienen sollte nach mir. Er ist nicht mehr. Kehre zurück, kehre dahin zurück, wo du herkommst. Kehre zu den Quellen des Lebens zurück. Doch bevor du gehst, schlag zu, schlag einmal, zweimal, dreimal, viermal, fünfmal zu. Schlag zu auf alle in der Familie der Missetäter. Schlag zu und beginne mit den Jüngsten, den Stärksten, mit denen, die die Zukunft der Familie sichern sollten. Schlag zu, schlag erbarmungslos zu. Schlag zu, schlag auf Männer und Frauen gleichermaßen zu.«

Daß solche furchtbaren Worte, den Hütern des Beutels von Generation zu Generation weitergereicht, von einem dieser Hüter außerhalb des feierlichen Übergaberituals gesprochen wurden, geschah zum ersten Mal.

Nachdem Ouandé-Otikpo dieses gesagt hatte, nahm er seine Tasche aus Raphiabast, legte den kleinen Beutel hinein, zog seine Sandalen an, die grob aus altem Reifengummi geschnitten waren, streifte eine abgetragene Weste über und eine ebensolche Hose und ging aus dem Haus. Er blieb stehen, nahm den Tabak, den er zuvor zerdrückt hatte, füllte ein Fläschchen damit und stellte es in seine Tasche. Er legte noch seinen Dolch dazu und setzte sich vor dem Haus auf einen Hocker.

Die Sonne war nur noch eine große, leuchtend rote Scheibe und würde gleich hinter dem hohen Berg Massengué-Mandja verschwinden. Sanwé kam von der Quelle, wo sie den Maniok weiterverarbeitet hatte, den sie dort rösten ließ.

Ouandé-Otikpo bat seine Frau, sich zu ihm zu setzen. Eine Zeitlang herrschte Schweigen, dann: »Sanwé, was sagte der Kleine im letzten Brief, den er uns schickte?«

»Er sagte, es geht ihm gut, und seine Arbeit …«

»Nein, das meine ich nicht«, unterbrach Ouandé-Otikpo sie. »Irgendwas über eine Frau.«

»Ach so, ja. Er sagte, daß vier junge Leute aus ein und derselben Familie ihn beschuldigen, mit der Frau des einen geschlafen zu haben. Daß es eine Lüge ist. Er schrieb noch, daß er sich Sorgen macht, weil sie geschworen haben, ihn auf die eine oder andere Art umzubringen.«

»Ja, das ist es, Sanwé. Sie hatten geschworen, ihn auf die eine oder andere Art umzubringen. Das war es.«

»Warum betonst du diesen Satz so?«

»Sanwé, du mußt mir jetzt gleich drei *Chicouanges** zubereiten und gut gesalzene Erdnußpaste. Wenn du damit fertig bist, füllst du mir die Kürbisflasche mit Wasser und tust etwas von unserem Salz hinein, genau so, wie wenn wir auf die Jagd nach wilden Tieren gehen. Heute nacht mache ich mich auf den Weg nach Mbres. Doch zuvor muß ich noch zur Quelle der Vorfahren. Warte draußen, bis ich zurückkomme. Du bist eine großartige Frau; stell mir keine Fragen und sprich zu niemandem darüber.«

Die Nacht, eine mondlose Nacht mit Sternenhimmel, war sehr rasch auf die Sonne gefolgt. Ouandé-Otikpo verschwand in der Dunkelheit. Seine Frau Sanwé ließ er vor der Tür zurück, den Kopf voller Fragen.

Als die Menschen zwei Runden geschlafen hatten, nach Mitternacht also, erschien er wieder. Sanwé war seinen Weisungen gefolgt und erwartete ihn vor dem Haus. Sie war starr vor Kälte. Ouandé-Otikpo trat zu seiner Frau, nahm das Päckchen

---

* Werden aus Maniokknollen zubereitet und ersetzen das Brot.

mit Lebensmitteln, steckte es in seine Tasche aus Raphiabast, befestigte den Dolch an seinem Gürtel.

»Sanwé«, sagte er, »ich breche nach Mbres auf. Ich muß hingehen. Ich gehe zu Fuß. Ich muß hingehen. Den Beutel habe ich schon zur Quelle der Vorfahren gebracht, denn es ist niemand mehr da, ihn zu hüten. Hörst du, Sanwé, niemand mehr! Sie haben ihn umgebracht. Sie haben den Kleinen umgebracht. Sie haben ihn heute morgen umgebracht. Du mußt ganz genau meine Anweisungen befolgen: Kein Schrei. Keine Träne. Du schläfst auf der Erde. Du badest erst, wenn ich zurück bin. Kein Wort, zu wem auch immer. Sanwé, Sanwé, nach dir und mir gibt es niemanden mehr. Dunkelheit. Nur noch Dunkelheit. Ngaoda Paul ist heute morgen gestorben, plötzlich und ohne krank zu sein. Sie haben ihn umgebracht. Sie haben den Kleinen umgebracht. Ich gehe jetzt.«

Ouandé-Otikpo tauchte in den Mango- und Guavenbäumen an der Straße nach Dekoa unter. Irgendwo in den Häusern des Dorfs fing jemand zu husten an, dann wurde es still. Es mußte ein Uhr morgens sein.

Der kleine Mann lief mit zusammengebissenen Zähnen. Er lief und kümmerte sich nicht um die ausgefahrenen Spuren. Er lief, ohne sich wegen der Raubtiere Sorgen zu machen, deren Gebrüll er im Unterholz vernahm.

Es war die Stunde, in der böse Geister und Zauberer aller Art sich treffen. Es ist nicht gut, wenn man zufällig auf einen solchen Sabbat stößt.

Glücklicherweise war Ouandé-Otikpo für derlei Umstände gewappnet. Er blieb stehen, zog eine Art Zwiebel aus der Tasche, riß ein paar »Blättchen« ab und zerkaute sie langsam; den Saft daraus schluckte er hinunter, spuckte die Überreste in seine rechte Hand und rieb sich damit Gesicht und Körper ein.

Mit solchem Tun hatte Ouandé-Otikpo bereits alle bösen Geister auf seinem Weg unschädlich gemacht. Er lief, er lief und kümmerte sich nicht um die Irrlichter, die manchmal in die Dörfer zu eilen schienen und dann plötzlich verschwanden.

Der Tag und die aufgehende Sonne überraschten ihn unterwegs. Wie viele Kilometer hatte er zurückgelegt? Er hielt nur inne, um einen Schluck zu trinken, nur einen Schluck, dann lief er weiter. Während des Tags verlangsamte weder die große Hitze seinen Lauf noch die unzähligen Mücken, die um seinen Kopf kreisten.

Bei Einbruch der Nacht erreichte er den Amtssitz von Dekoa. Der alte Mann hatte in einem Zug die einhundertzehn Kilometer zurückgelegt, welche die beiden Unterpräfekturen trennen. Ouandé-Otikpo war ohne Rast fast neunzehn Stunden gelaufen, getragen von seinem Schmerz.

Er bat jemanden, ihm den Weg zur Schule zu zeigen. Dort wollte er sich ausruhen und am frühen Morgen seinen Weg fortsetzen. Er stellte sich einer Gruppe von Lehrern vor, und sie empfingen ihn herzlich. Sie wußten über den Tod ihres jungen Kollegen Bescheid und teilten dem Vater mit, der Leichnam sei von Mbres überführt und auf dem großen Friedhof in Crampel begraben worden.

Ouandé-Otikpo verbrachte die Nacht unter dem Vordach, den Rücken an die Wand gelehnt, ohne etwas anderes zu essen als ein kleines Stückchen von den *Chicouanges,* das er mit einem Schluck seines Wassers begoß.

Wie tags zuvor brach der alte Mann genau um ein Uhr morgens wieder auf. Hatte er wirklich geschlafen? Niemand könnte es sagen. Ihm blieben fünfundsiebzig Kilometer zurückzulegen. Ouandé-Otikpo lief allein mit seiner Verzweiflung und mit seinem Schmerz. Er lief, um das Grab dessen zu sehen, der ihn vor drei Tagen noch mit dem Namen Vater hätte anreden können. Er wollte die Erde sehen, nichts als die Erde, danach würde er zurückkehren. Fast wäre er in Schluchzen ausgebrochen, doch die Macht des Schwurs hinderte ihn daran. Nicht eine Träne brach hervor, und der alte Ouandé-Otikpo lief mechanisch weiter zum Grab seines einzigen Sohnes Ngaoda Paul, Stern seiner Augen, sein rechter Arm, sein Geschlecht, in jener fremden Stadt Fort-Crampel.

Er erreichte den Ort gerade, als das Signal zum Einholen der Flagge geblasen wurde. Man führte ihn zum Direktor der großen Schule. Der Herr dieser Anstalt war mit mehreren seiner Kollegen anwesend. Sie empfingen ihn liebenswürdig und teilten ihm mit, sie seien zum ehrenden Gedenken an ihren jungen Kollegen Ngaoda Paul zusammengekommen. Der alte Mann bedankte sich und setzte sich in eine Ecke.

Als die Lehrer auseinandergegangen waren, nahm Symato, der Direktor der Schule, neben dem Alten Platz und berichtete ausführlich, was er über die Tragödie wußte. Dabei erfuhr Ouandé-Otikpo, daß sein Sohn in einen wilden Eber »verwandelt« und von Leuten getötet worden war, die ihn beschuldigten, er habe mit ihrer Frau geschlafen. Daß zwei der vier Täter, die alle zur gleichen Familie gehörten, von der Polizei festgenommen und im Gefängnis von Fort-Crampel inhaftiert worden seien. Symato schloß, alles sei so schnell gegangen, daß niemand habe eingreifen können, um Paul zu retten.

Der Alte nickte zustimmend und verschloß sich in einem Schweigen, in das nichts mehr eindrang. Wie tags zuvor und trotz der inständigen Bitten des Direktors verbrachte Ouandé-Otikpo die Nacht unter dem Vordach, den Rücken an die Wand gelehnt.

Bei Sonnenaufgang bat er Symato, ihn zum Friedhof und an das Grab zu führen. Sie waren bald dort. Mit dem Handrücken fegte der Alte Erdklumpen weg, die hier und da herumlagen; nach Augenblicken der Versunkenheit zog er einen kleinen Kupferring aus der Tasche, legte ihn an der Kopfseite aufs Grab und sprach, als wende er sich an einen Lebenden: »Ich bin gekommen, um dich zu holen, Kleiner. Du hast hier nichts mehr zu suchen. Der Weg ist weit. Du bist bestimmt sehr müde, ich weiß. Ruh dich aus. Morgen vor dem ersten Schrei des Rebhuhns brechen wir auf. Sie erwarten dich alle dort an der Quelle. Morgen hole ich dich ab. Ruh dich aus, Kleiner.«

Ohne noch etwas hinzuzufügen, ging er, gefolgt von Symato, zum Schulhaus zurück. Der Rückweg vollzog sich in tiefstem Schweigen. Den ganzen Morgen blieb der Alte am selben Platz unter dem Vordach, den Rücken an der Wand. Er aß nichts von dem, was man ihm brachte. Er begnügte sich mit dem Stückchen *Chicouange*, der Erdnußpaste und seinem Wasser, dem einheimisches Salz beigegeben war.

Am Nachmittag kam Symato und teilte dem Alten mit, der Unterpräfekt wolle ihn sehen, um die Frage der Hinterlassenschaft von Paul zu regeln. Beide begaben sich zur Unterpräfektur, wo sie sogleich empfangen wurden. Nachdem der Unterpräfekt dem Alten sein Beileid ausgesprochen hatte, erklärte er ihm, die beiden mutmaßlich Schuldigen seien im Gefängnis, doch handele es sich nur um eine Maßnahme zur Einschüchterung, und sie würden wieder freigelassen, denn kein Artikel des zentralafrikanischen Gesetzbuchs stelle Handlungen unter Strafe, die auf Fetischglauben oder Hexerei beruhten. Er ging dann zu der von dem Verstorbenen hinterlassenen Habe über: ein Koffer mit Kleidung, ein Bett, eine Matratze, Küchengeschirr sowie eine Summe von einhunderttausend Francs, die rechtmäßig dem Vater von Ngaoda zustand.

Der Alte bedankte sich höflich bei dem Unterpräfekten und ersuchte ihn, alle Sachen den Gefangenen oder den Kranken im Hospital zu überlassen. Das Geld betreffend, bat er darum, man möge es denen auszahlen, die sein Sohn durch den Ehebruch, wie man annahm, verletzt hatte. Das sagte er, um sein Andenken reinzuwaschen und ihm den Weg der Vorfahren zu öffnen. Schließlich erbat er vom Unterpräfekten die Erlaubnis, diejenigen zu sehen, welche allem Anschein nach seinem Sohn nach dem Leben getrachtet hatten. Dem Gesuch wurde stattgegeben, und wenige Minuten später betraten zwei große und kräftige junge Männer in Begleitung eines Wärters das Amtszimmer.

Der alte Ouandé-Otikpo betrachtete erst den einen und dann den andern eine Zeitlang und sagte in unbewegtem Ton: »Ich beglückwünsche euch. Ihr seid Männer.« Er erhob sich von seinem Platz, grüßte respektvoll den Unterpräfekten und verließ das Büro. Symato folgte ihm, und sie gingen zum Schulhaus zurück. Bis zur Schlafenszeit sprachen sie sehr wenig, oder vielmehr sprach Symato, und der Alte antwortete ihm einsilbig. Als es Zeit war zu schlafen, sagte der Alte zu dem Schuldirektor: »Mein Sohn, ich werde niemals vergessen, was du für deinen Bruder Ngaoda Paul getan hast. Aus tiefstem Herzen danke ich dir dafür. Wenn du morgen früh aufwachst, versuche nicht herauszufinden, wo ich bin. Die Sonne wird mich schon auf dem Heimweg antreffen. Noch einmal danke! Du kannst jetzt schlafen gehen.«

Aufs neue verschloß er sich in seinem Schweigen, den Rücken an die Wand gelehnt, sein Blick war ausdruckslos gerade hinaus in die Sternennacht gerichtet.

Symato ging in sein Schlafzimmer und fragte sich, was für eine Art von Mensch dieser kleine Alte wohl sein mochte, der anscheinend keinerlei körperliche Bedürfnisse hatte. Mit derlei Fragen tauchte er ins Land des Schlafs ein, wo er alles vergaß.

Unter dem Vordach, den Rücken an die Wand gelehnt, verpaßte Ouandé-Otikpo nichts von all den geheimnisvollen Erscheinungen der nächtlichen Welt. Als das Kreuz des Südens die Mitte seiner Bahn erreichte, aß er ein Stück *Chicouange* und etwas Erdnußpaste, trank drei Schluck von seinem Wasser, packte alle Gegenstände wieder in die Tasche, stand auf und ging fort. Er ging geradenwegs zum Friedhof. Am Grab seines Sohnes rief er mit ganz natürlicher Stimme: »Steh auf. Es ist Zeit zu gehen. Du hast hier nichts mehr zu suchen, Kleiner. Laß uns gehen.«

Er nahm den Kupferring, den er tags zuvor auf das Grab gelegt hatte, steckte ihn behutsam tief in seine Tasche aus Raphiabast und ging, ohne sich umzudrehen, fort. Es mußte ein Uhr morgens sein.

Der alte Ouandé-Otikpo lief wie ein Metronom, ohne sich ein einziges Mal umzuwenden. Wann immer er ein wenig rastete, nahm er den kleinen Kupferring aus der Tasche, sprach geheimnisvolle Worte, legte ihn behutsam auf einen Stein und setzte sich dann nieder. Diese kleinen Pausen dauerten nie länger als zehn Minuten, dann nahm der Alte seinen Ring und seinen Weg wieder auf. Er lief den ganzen Rest der Nacht, den ganzen folgenden Tag und die ganze folgende Nacht, wobei er immer weniger aß und trank. Bei Anbruch des dritten Tages war er noch ungefähr fünf Kilometer von seinem Dorf entfernt. Es blieb nur noch ein Waldgürtel zu durchqueren.

Ouandé-Otikpo schlug einen rechten Winkel nach links und folgte dem Wasserlauf stromabwärts. Unter den Bäumen war es noch dämmrig. Der alte Mann bewegte sich leicht und behende. Noch einmal bog er nach links ab und befand sich bald auf einer trockenen Grasebene. Als er bemerkte, daß der Horizont sich purpurrot zu färben begann, beschleunigte er den Schritt und gelangte bald mitten in ein anderes Waldgebiet. Hier ging er langsamer und folgte dem Bachbett bis hin zur Quelle. Auf einer Anhöhe zwischen drei hohen Bäumen entsprang das Wasser aus drei Erdlöchern und ergoß sich in ein Becken.

Ouandé-Otikpo stieg hinauf; auf dem Gipfel hockte er sich nieder, das Gesicht dem Quellbecken zugewandt, und nahm den kleinen Kupferring aus der Tasche.

»Komm, Kleiner. Du bist am Ziel. Du mußt müde sein, sehr müde. Ich verstehe dich. Bald wirst du bei den Deinen sein. Sie werden dir zu essen und zu trinken geben. Komm, Kleiner, komm.«

Er nahm den Kupferring in seine rechte Hand, erhob sich und stieg zum Rand des Quellbeckens hinab. Dort fuhr er fort: »Ich bin nun zurück. Ich bringe den mit, den ihr erwartet. Wir sind Tag und Nacht gewandert, ohne zu schlafen. Jetzt ist er hier. Nehmt ihn auf. Er ist von eurem Blut. Vorher jedoch, ich beschwöre euch, schlagt zu, schlagt einmal, zweimal, dreimal, viermal, fünfmal zu. Schlagt zu in der Familie der Missetäter. Schlagt zu und fangt mit den Jüngsten und Stärksten an. Schlagt zu, schlagt zu.«

Ganz vorsichtig ließ er den Kupferring in den kleinen See am Fuß der Anhöhe gleiten. Es sprudelte, dann entstand eine Kräuselung, die rasch wieder verschwand.

Nachdem Ouandé-Otikpo diesen Ritus vollzogen hatte, stieg er wieder hinauf und setzte sich kerzengerade auf den Gipfel der Anhöhe. Vögel und Grillen zerrissen mit schrillem Geschrei die Stille der heiligen Stätte. Die Sonne stand gewiß schon hoch am Himmel, doch konnte man sie wegen des dichten Blattwerks nicht sehen. Wie eine Buddhastatue saß der alte Ouandé-Otikpo da, den Blick starr auf den See gerichtet.

13 Uhr. Eine bleierne Sonne schoß ihre unbarmherzigen Pfeile auf die Stadt Crampel. Die Erde schien zu kochen unter der vereinten Kraft der Sonne und der von den Felsen zurückgeworfenen Strahlung. Die Haustiere suchten nach Schattenplätzen. Bei den Menschen schien alles Leben zum Stillstand gekommen. Die Bewohner von Crampel erinnerten sich nicht, je eine solche Trockenheit erlebt zu haben. Die Gefangenen, die normalerweise bis 15 Uhr arbeiteten, hatten ihren Strafdienst unterbrochen und waren ins Gefängnis zurückgekehrt. Die Wärter saßen schwatzend unter einem Mangobaum und fächelten sich Luft zu.

»Kommt mir vor, als sähen wir bald ein Gewitter. Die Luft ist drückend«, sagte einer von ihnen.

»Was redest du von Gewitter? Es ist keine Wolke da.«

»Keine Wolke, meinst du? Und wie nennst du das, was über unsern Köpfen steht?« fuhr der erste fort und zeigte auf einen kleinen Haufen weißer Federwolken.

»Es müßte regnen! Dann geht's uns besser!«

13 Uhr 25. Die Ansammlung von Wolkenfetzen wurde dichter und schien sich genau auf das Verwaltungsviertel hinzubewegen. Bald verdeckte sie die Sonne und breitete einen wohltuenden Schatten über der Erde aus.

Plötzlich hörte man Lärm, der nachhallte und dabei an Stärke zunahm. Man hätte meinen können, Kinder rollten leere Fässer über steinigen Boden. Aber kein Kind konnte die drückende Hitze ertragen. Kein Zweifel, dieser Lärm kam vom Himmel, genau von dorther, wo die Sonne aufgeht. Jeder sah forschend zum Horizont. Der Lärm hörte so schlagartig auf, wie er angefangen hatte. Etwa zwanzig Sekunden später fielen dicke Regentropfen und hörten unvermittelt wieder auf.

Ein Blitz von ungewöhnlicher Schärfe zerriß den durch einen furchtbaren Donnerschlag buchstäblich erschütterten Himmel.

Alle Wärter, die unter dem Mangobaum gesessen hatten, waren von ihren Plätzen geschleudert worden. Der Mangobaum selbst war in zwei Teile gespalten, aus denen weißer Dunst entwich. Ein Geruch wie von Schießpulver verbreitete sich in der Luft. Aus dem Innern des Gefängnisses, dessen großes Tor weggerissen war, drangen Schreie und Röcheln. Eine Zelle brannte. Man stürzte hin, um die Insassen zu retten.

Zur allgemeinen Bestürzung fand man die Brüder Sana und Yakon, die wegen der Ermordung des jungen Lehrers Ngaoda Paul inhaftiert waren, nicht mehr vor. Dabei hatte die Wache sie nach dem Mittagessen doppelt eingeschlossen. Man stellte fest, daß das Dach der Zelle weg war. Von jenseits der hohen Gefängnismauer kamen Schreie des Entsetzens. Dort hatte man soeben die beiden Brüder entdeckt, auf einem großen Stein gegenüber dem Gefängnis lagen sie ausgestreckt: vollständig nackt, Geschlechtsteil und Zunge gräßlich herausgerissen, das Gesicht fast verkohlt. Zwei grauenvolle Leichname. Von allen Gefängnisinsassen hatten nur diese beiden sterben müssen. Die anderen kamen mit ein paar Prellungen davon.

Die Wolken lösten sich sehr rasch auf, und die Sonne überflutete wieder den Raum, als sei nichts geschehen.

Die Obrigkeiten des Bezirks, allen voran der Unterpräfekt, kamen herbei und konstatierten die vom Blitzschlag verursachte Verwüstung. Ein Gefängniswärter machte sich unverzüglich mit dem Fahrrad auf den Weg nach Mbres, um den Verwandten der Opfer die traurige Nachricht zu überbringen. Nach ungefähr vierzig Kilometern begegnete er einem Kollegen, der auf seinem Fahrrad eilig in Richtung Fort-Crampel fuhr. Der aus Mbres Kommende rief ihm zu: »In unserm Ort hat sich etwas Furchtbares ereignet, heute nachmittag, um 13 Uhr 30. Die beiden Brüder eurer Gefangenen sind vom Blitz in Stücke gerissen worden, und man schickt mich ...«

»Was? Was sagst du da? Vom Blitz? Um 13 Uhr 30? Die beiden Brüder in Stücke gerissen? Aber ... aber das ist genau die Botschaft, die ich nach Mbres bringen soll! Den Verwandten mitteilen, daß unsre zwei Gefangenen heute nachmittag um 13 Uhr 30 vom Blitz erschlagen wurden.«

Die beiden Wärter blickten sich benommen an. Es gab für sie nichts mehr zu sagen.

Oben auf der Anhöhe an der »Quelle der Vorfahren«, tief im dichtesten Wald verborgen, saß Ouandé-Otikpo und sah mit starrem Blick zu dem Becken hin, in das sich das Wasser der Quelle ergoß. Kein Muskel seines Gesichts bewegte sich. Die Sonne hatte soeben den zweiten Teil ihres Laufs begonnen. Plötzlich kam ein Wirbelsturm vom rechten Ufer her und verebbte am Rand des kleinen Sees. Vier tote Blätter, vom Sturm mitgerissen, legten sich gleichzeitig auf die Wasseroberfläche. Sogleich geschah etwas Wunderliches: An Stelle der toten Blätter bildeten sich vier Geysire. Das Wasser überzog sich mit vielfachen Wellen. Der alte Mann stieß einen Seufzer der Erleichterung aus. Seine rechte Hand tauchte in die Tasche, nahm einen zweiten Kupferring hervor sowie die Reste der Nahrung und die Wasserflasche, die ihm während seiner langen Reise nach Crampel hilfreich gewesen waren. Er stieg zum Rand des Beckens hinab, versenkte die Kürbisflasche, die Nahrungsmittel und ...

»Ich bin der letzte. Der allerletzte. Wenn ich sterbe, ist niemand mehr da, der mich zu euch bringt, ich werde nur noch ein umherirrender Geist sein. Nehmt mich an; nehmt mich auf. Ich bin der letzte. Der allerletzte.«

Er öffnete die rechte Hand, und der Kupferring glitt ganz sacht und mit einem leichtem Sprudeln auf den Grund des Wassers. Ouandé-Otikpo erhob sich, nahm seine Tasche wieder auf und entfernte sich von der Quelle, ohne zurückzuschauen. Er lief eine Weile in dem Waldgürtel, trat dann zu einem großen Baum und setzte sich, den Rücken an den Stamm gelehnt.

Die Nacht war vorgerückt, als der alte Mann das Dorf erreichte. Ouandé-Otikpo rief nach Sanwé. Sie öffnete die Tür. Wortlos blickten die beiden sich an. Der Alte ging zu der Stelle, wo er vor dem Fortgehen die schrecklichen Worte gesprochen hatte, zog sich aus und legte sich direkt auf den Boden, den Kopf auf seiner Tasche. Danach rief er seine Frau und sagte: »Sanwé, laß mich ein ganz klein wenig schlafen. Morgen bei Tagesanbruch kannst du den Dorfbewohnern den Tod des Kleinen mitteilen. Ich bin müde, sehr müde, Sanwé. Laß mich ein wenig schlafen. Nur ein ganz klein wenig.«

Und er schloß die Augen.

Aus dem Französischen von Sigrid Groß

Véronique Tadjo
Im Vogelflug

1

Der Mann war wunderbar, und seine Hände lächelten jeden an,
der sie zu betrachten wußte. Seine langen Finger und die
Schönheit seiner Gesten weckten Poesie. Doch ganz besonders
war es seine Stimme, die zum Träumen anregte. Eine Stimme,
die zuhören konnte und reden und in der Klang und Rhyth-
men miteinander tanzten.

In seinem Blick war etwas Ungewöhnliches und auch in der
Art, wie er seinen Körper trug. Im Nacken lag seine ganze Kraft.

Das Haus, in dem er wohnte, hatte ein spitzes Dach und
weiße Fenster. Die Mauern waren aus roten Ziegeln gebaut.
Zur Straße fiel ein kleiner Garten ab.

Der Mann war reich. Reich durch sein Leben. Reich durch
seine Familie. Das Lachen seiner Kinder erfüllte die Luft und
schmückte die Wohnung aus. Es war eine Welt für sich.

Die beiden trafen sich auf einem Flughafen. Sie kam von weit
her, er war gekommen, sie, wie vereinbart, abzuholen. Auf dem
Heimweg zeigte er ihr die Bauwerke der Stadt. Sie bewunder-
te deren Schönheit, sprach aber wenig.

Als er die Tür öffnete, wurde das Haus von Freude durch-
flutet. Sie begrüßte jeden, dann stellte er ihr Gepäck in ein Zimmer. An diesem Abend war die Mahlzeit besonders schön hergerichtet. Eine weiße Decke lag auf dem Tisch.

Ihr Zimmer gefiel ihr gleich. Das Bett war bequem. Grün-
pflanzen standen am Boden, und das Fenster ging in den
Garten hinaus. Sie sah, daß es dort einen Grillplatz gab. Ein
Kinderfahrrad lehnte an einem Baum.

Am Tag nach ihrer Ankunft gab man ein Essen im Freien.
Freunde kamen dazu. Es war ein schöner Tag, denn die Sonne

strahlte hoch am Himmel. Als sie ihm dabei zusah, wie er das Feuer entfachte, wußte sie, sie würde ihn lieben.

Jeden Tag empfand sie Sehnsucht nach ihm. Nachts, wenn sie ihre Tür schloß und allein blieb, konnte sie oben im Schlafzimmer Stimmen hören. Sie lauschte angespannt dem Geräusch der Schritte auf dem Parkett, dem Wasser, das aus einem Hahn lief, der Badewanne, die sich leerte. Wenn der Schlaf nicht kam, las sie, bis sie über den Seiten einschlief.

Ihre Tage verbrachte sie damit, in der Stadt spazierenzugehn oder ihn zu betrachten, wie er in seinem Atelier arbeitete. Gern sah sie still zu, wie seine geschickten Hände mit dem Holz hantierten, es streichelten und ihm vielfältige Formen gaben.

Eines Morgens schrieb sie auf einen Zettel, den sie ihm gab, die wenigen Worte: »Ich bin hoffnungslos in Sie verliebt.« Als er das las, brach er in Lachen aus, und doch wußte sie bereits, sie hatte gewonnen.

Danach ging alles schnell. Anfangs trafen sie sich allein in der Stadt, dann verbrachten sie Nachmittage zusammen. Abends kehrten sie stets getrennt heim. Manchmal kam er als erster, andere Male sie. Wenn sie sich dem Haus näherte und seinen Wagen vor der Eingangstür stehen sah, fühlte sie immer ihr Herz klopfen.

Oft sprang sie auf, wenn sie in ihrem kleinen Zimmer meinte, laute Stimmen zu hören, und die Adern an ihren Schläfen begannen, wie Trommeln zu schlagen. Dann kam es ihr vor, als hörte sie schwere Schritte auf der Treppe und als würde die Tür gleich heftig aufgestoßen.

Doch waren die Abende ruhig. Laute Stimmen gab es nur im Fernsehen. Die warmen Nächte bedeckten ihre Laken mit Schweißperlen.

Da die Zeit langsam dahinlief, half sie den Kindern bei den Hausaufgaben. Sie beugte sich über die Bücher, verbesserte Fehler und las in Heften, deren Seiten mit kindlichen Handschriften bedeckt waren. Es kam auch vor, daß sie mit seiner

Frau spazierenging. Sie liebten beide die Natur und verbrachten viel Zeit damit, Blumen zu bestaunen, die in der Sommersonne leuchteten.

So kam es, daß sie im gleichen Maß, wie die Wochen vergingen, immer mehr Sympathie füreinander empfanden. Sie planten die Mahlzeiten gemeinsam und teilten sich die Haushaltspflichten. Es schien, als seien sie Freundinnen.

Eines Tages wurde sie durch diese Situation krank. Die schlaflosen Nächte zehrten an ihr. Sie wußte nicht mehr wohin. Sie mußte fortgehen aus diesem Haus und niemals zurückkehren. Die Stadt war ihr zum Gefängnis geworden, ihr Aufenthalt hier mißglückt. Sie fühlte sich verfolgt, geschwächt, verwundet. Sie ertrug die einsamen Abende nicht mehr. Nicht mehr das Lächeln, das sie nicht erwidern konnte, die Gesten, die sie selbst nicht mehr zustande brachte.

Sie entschied, daß es ihre letzte Verabredung sein sollte. In dem Hotelzimmer sagten sie sich Worte des Abschieds.

Warum mußte es gerade an diesem Tag passieren? Warum mußte seine Frau sie beim Herauskommen sehen?

Das Haus soll verkauft werden. Sie hat sich scheiden lassen und das Sorgerecht für die Kinder erhalten.

Es war eine ungute Sache. Man hatte dir geraten, nicht dorthin zurückzukehren. Du hättest in eine andere Stadt oder ein anderes Viertel ziehen sollen. Warum das gleiche wiedertun? Was hast du dir erhofft? Im Grunde wußtest du genau, daß nichts mehr daraus werden konnte, daß alles gesagt war und das Schönste letztendlich vorbei, endgültig vorbei. Und was hätte es dir denn gebracht? Du konntest doch wählen.

Es war von Anfang an eine ungute Sache. Diese an den Haaren herbeigezogene Liebesgeschichte, daraus konnte nichts werden. Er ist gekommen, du hast ihn getroffen, es hat nicht geklappt. Es war aus, warum also zurückkehren?

Du hast dir gesagt: »Es wird sich zeigen. Wir werden Freunde sein.« Doch was einzig noch war wie vorher, das war die

Spannung, diese schillernde Täuschung. Die Erinnerung, die nicht verlöschen wollte.

Gewiß, für dich war es verbraucht. Manchmal erinnertest du dich, doch die Dinge waren nicht gleich geblieben. Die Tage hatten sich gewandelt. Selbst die Stadt erschien reizlos mit ihren großen, weißen Gebäuden und den wohlangelegten Gärten.

Du schwammst in der Zeit, als gebe dein Schlaf nach. Verloren der Glaube. In dir lebte die Erwartung. Morgen würde alles neu beginnen. Du wärst wieder da und sonst nichts. Nichts.

Und die Erwartung war so stark, so fest. Als der andere gekommen ist, hast du an einen Kopfsprung ins Meer geglaubt. Du spürtest das Wehen der Brise. Dein Herz wurde weit. Es war doch nicht alles tot.

Aber man hatte dich gewarnt, es war ein ungute Sache. Kein Platz mehr für schöne Gefühle. Zeit für den Groll. Für böse Worte. Enttäuschung.

Nun siehst du, daß du nicht hättest zurückkehren dürfen. Es gibt keine hellen Morgen, nur Nächte dumpfen Schlafs.

Manchmal kommt es dir vor, als habe die Zeit nicht existiert, als sei alles ganz anders gewesen. Du möchtest, daß es nur euch zwei gibt. Doch seit der Abreise war es eine ungute Sache.

Ein Begehren, so stark, daß es mein Haus verbrannte, alle Felder verwüstete und sich bis zum Wald ausbreitete. Es blieb nichts übrig als das betäubende Klopfen meines Bluts. Die Zukunft war eine durchgestrichene Seite.

Nichts existierte als dieser Augenblick. Die festliche Stimmung. Girlanden an den Wänden des Himmels. Nur noch meine Seele, die Stufen zu einer anderen Geschichte ersteigend, die mit der unsern nichts mehr zu tun hatte. Eine Art Erzählung, deren Ursprung man nicht kennt.

Es war wie Gewitterabende, wo man eingehüllt ist vom Regen. Das vibrierende Geräusch der ersten Tropfen. Und danach eine Art Sintflut, die alles hinwegreißt; umknickende Bäume, fliehende Schatten. Geruch nach Erde.

Das Morgen hätte übrigens schön sein können. Es wäre ein Strandtag gewesen mit die-Haut-wiegender-Sonne. Du hättest mich schön gefunden, und ich hätte dem Wind meine Träume aus tausendundeiner Nacht erzählt.

Ich erinnere mich an das Lachen, das meine Seele bezwang. Es war wie ein frischer, leuchtender Regen, der die Langeweile auslöscht und die rückwärts laufenden Tage und den Winter im Herzen.

Ich möchte nur das Schöne bewahren, doch unablässig klopfen die häßlichen Erinnerungen an mein Gedächtnis. Die daraus vertriebenen. Unablässig kehrt die Nacht zurück, in der wir sprachen, während die Worte kaum herauswollten und jede Silbe die Klarheit zerschlug. Ich stellte Fragen, die nach einer Antwort verlangten. Und zwischen den Sätzen immer wieder Schweigen. In meiner Brust ein Orkan.

Ich kann nicht umhin zu denken, daß das Leben eine Stufe ausgelassen hat und irgend etwas durcheinander geraten ist. Worte, zu hart, zu spät gemurmelt, fallen in den Abgrund. Für immer verloren.

Ich muß weggehn. Du siehst ja, ich will eine andere Welt. Die Dinge haben sich verändert. Ich suche dich und finde nur deinen Schatten. Auf einmal ist dein Geruch für mich zu stark. Dein fremder Körper hat seine Wärme verloren.

Heute warte ich auf einem Flughafen, wo die Menschen als Paare reisen. Der ganze Nachmittag liegt vor mir. Das Flugzeug verspätet sich. Ich kann die Stunden nicht mehr zählen.

Ich habe mein hübsches Ensemble angezogen. Ich trage die Ohrringe, die du mir schenktest. Ich habe meinen Ring auf den andern Finger gesteckt. Dort hinten, am Ende des Horizonts, wartet jemand auf mich, auf einem andern Flughafen.

Es ist ein Ghetto. In einer Großstadt der Vereinigten Staaten. Washington, D. C. Er ist schwarz. Sich davon freimachen. Um jeden Preis.

In der Zeitung las ich, daß ein Mann seine ganze Familie umgebracht hat. Alle in kleine Stücke zerschnitten: den Vater, die Mutter, die kleine Schwester. *This is a bad neighbourhood.* Schlechte Gegend.

Der Bus ist dreckig. Die Sitze aufgeschlitzt. Auf der Straße sieht man Jungen, die warten. Auf was? Sie sehen aus ... nicht besonders ... Eben arm.

In der Damentoilette der Howard University hab ich ein Graffiti entziffert: *My man is a freak. My nigger is hot.*

In Washington tauchen überraschend mitten in der Stadt Eichhörnchen auf. Hoffnung in einer noch schönen Stadt. Jeden Morgen setzt sich ein Vogel aufs Fenster. Er hat einen blauen Schwanz.

Die Parks sind mit dichtem Rasen überzogen. Blühende Gärten. Ein Schwarzer geht vorbei, das Radio ans Ohr gepreßt. Er hört WHUR. Hier ist das Land der Musik. Ich kaufe ein, esse, schlafe und denke in Musik. Michael Jackson: *Thriller.* Donna Summer: *She works hard for the money.* In meinem Kopf.

Ich habe Angst zuzunehmen. Die Riesenportionen Eis, die Cornflakes mit Honig. Im Fernsehen Lachen, wenn man lachen soll. Beifallklatschen, wenn man klatschen soll.

Washington ist ruhig. Manchmal hört man sonntags in den verlassenen Straßen die Sirene eines Krankenwagens. Ein Hubschrauber fliegt über das Viertel. Seine starken Scheinwerfer zerteilen die Nacht. Sie suchen einen Mann.

Die Stadt erscheint schön. Das Weiße Haus ist weiß. Man hat wieder Dutzende von Dealern festgenommen: Grass, Kokain, Heroin.

Der Bus Nummer 36 bringt mich nach Hause.

Eine Grenze gibt es nicht.

2

Marcory poto-poto, Marcory-Morast. Ich sehe ein rotznäsiges Kind die Straße hinunterlaufen, die schwärzlichen Schlamm ausschwitzt. Ich sehe die aufgekrempelte Hose. Die Schuhe in der Hand. Ich sehe bis zu den Knien hochgehobene Pagnen. Nackte Füße, verdreckt durch den übel zugerichteten Boden. Die Taxis bleiben zwischen den Pfützen stecken.

Ich sehe eine Gruppe Kinder darauf warten, daß Autos in die Falle gehn. Sie haben nackte Oberkörper, und der Regen begießt sie wie wildwachsende Pflanzen.

Marcory poto-poto. Ich sehe, wie die kranke Stadt mit dem Tode ringt. Ich sehe Häuser, Kneipen, Bars, zweifelhafte Typen.

Ich sehe eine Frau *Aloco** zubereiten. Heißes Öl. Die Bananen röten sich. Ihre Füße sind schmutzig. Der Qualm brennt in ihren Augen. Ein Kind wartet auf seine Portion. Es hat fünf Francs. Dafür gibt es drei *Alocos.*

Ein *Abogi** erhitzt sein Wasser, die Brotstücke sind auf dem Tisch verteilt. Zwei Männer sitzen da und essen schweigend.

Ich sehe einen Hund. Er hat die Räude. Er durchwühlt die Abfälle.

Es wird dunkel. Ich sehe einen Mann sich waschen. Sein Rücken leuchtet im Halbdunkel wie eine Riesenliane. Seine Bewegungen sind kraftvoll, und das Wasser tönt wider in endlosem Platschen.

Die Männer in Anango-Hemden haben ihre Petroleumlampen angezündet. Der kleine Marktplatz sieht aus wie eine Versammlung von Zauberern.

Es ist warm, es ist dunkel, und ich denke an Akissi.

Schwanger werden, daran hatte sie niemals gedacht. Jetzt ist es zu spät. Sie muß es verbergen. Muß die durchdringenden

---

* in Palmöl fritierte Bananenscheiben (Anm. d. Übers.)
* Gastwirt, der sein Lokal am Straßenrand unter freiem Himmel hat (Anm. d. Übers.)

Blicke der Frauen im Haus übersehen. Nein, was sie beunruhigt, ist der Blick ihrer Mutter, er durchstöbert ihre Gedanken und schleicht sich in ihren Schlaf.

Tag um Tag fühlt sie ihre Brüste praller werden. Ihr ganzer Körper verändert sich. Sie kann dabei zusehen, wie sie eine andere wird. Sie versteht dieses Leben nicht, das in sie eingedrungen ist und all ihre Kraft verzehrt. Sie will es nicht zulassen.

Der Krankenpfleger des Viertels hat seine Unfähigkeit erwiesen. Er hatte versichert, die Spritzen würden ihren Körper wieder normal werden lassen, doch nichts ist geschehen. Nichts.

Der Ort, den eine Freundin ihr genannt hat, ist leicht zu finden. Es ist eine Baracke mitten im stillgelegten Sägewerk. Ein Geruch nach gesägtem Holz hängt noch in der Luft. Die Geräusche der Stadt scheinen von sehr weit zu kommen. Sie steckt die Hand in die Tasche, und ihre Finger umklammern das Geld, das man ihr geliehen hat. Sie braucht mit dem Mann nicht zu sprechen. Muß ihm nur das Bündel zerdrückter Scheine geben.

Der Abend bricht herein. Sie beobachtet den Himmel, der sich schwarz färbt. Die Gesichter der Wartenden um sie herum sind steinerne Masken. Sie setzt sich. Als sie an der Reihe ist, steht sie wortlos auf.

Sie kann kaum etwas erkennen. Der Raum sieht schmutzig aus. Blutgeruch steigt in ihre Nase. Die Frische des Harmattan ist verschwunden. Die Hände des Mannes sind feucht und bestimmt.

Der Schmerz ist dumpf. Tief. Sie steht auf. Alles dreht sich. Sie erbricht.

Marcory poto-poto. Ich sehe die Jugendlichen des Viertels. Jungen, die schon Männer sind. Die Hendrix, Pépito, Johnny heißen und die ein kleines Orchester haben.

3

Man muß die Stimme derer hören, die mit Worten wie aus Erde schweigen. Keine aseptische Sprache, sondern rasches Leben im Galopp, das vergangene Bilder umgestaltet, verbrauchte Syntax, schwammig gewordenes Denken.

Jedes Wesen hat seine Geschichte. Hört nur zu, jemand fängt an zu erzählen:

»Es ist drei Uhr. Ich werde zu spät kommen. Um die ganze Stadt zu durchqueren, brauche ich eine halbe Stunde. Mit diesem Bus, der nicht kommt, kriege ich Probleme. Die Proben ermüden mich. Jeden Tag zur gleichen Zeit. Heute ist die zweite Szene dran. Ich trete darin auf. Ich stelle das Volk dar. Symbolisch. Ich tue vieles: Ich bebaue das Land. Ich fische. Weit werfe ich mein Netz aus. Ich jage. Ich tanze. Die Trommeln sind laut und rhythmisch. Meine Schritte ihrem Rhythmus angepaßt. Mein Oberkörper gestrafft. Der Hals hochgereckt. Und dann »stop«, die Arme zum Kreuz ausgebreitet. Der Held kämpft für mich. Gegen den Monarchen.

Ich verstehe nicht alles. Obwohl Er uns den Sinn der Szenen erklärt. Wir diskutieren auch in Gruppen, doch alles verstehe ich nicht.

Es ist heiß. Mir läuft der Schweiß wie Wasser herunter. Mein Kopf schmerzt. Ich werde das Warmmachen versäumen. Er muß mir das Geld für den Bus zurückgeben. Ich muß mit Ihm über mein Wohnungsproblem reden. Ich will nicht länger in dem Haus wohnen. Es ist zu laut da. Im Hof ist die Toilettentür kaputt. Es stinkt.

Das Viertel ist riesig. Doch ich kenne fast niemand. Die Leute kommen nur zum Schlafen her. Morgens, wenn die Sonne sich allmählich entzündet, sehen die Bushaltestellen aus wie Marktplätze.

Wenn ich an das letzte Stück denke, das wir gespielt haben, empfinde ich Schmerz. Ich verliere den Mut. Ich habe nicht einmal mehr Lust, zu den Proben zu gehen. Wäre es nicht Seinetwegen, ich würde aufhören. Doch Er zählt auf uns alle.

Gestern sagte Er, wir sollten uns keine Sorgen machen. Wir sind Profis. Eines Tags kommt unsre Chance. Er sagte: »Es macht nichts, man muß trotzdem spielen, denn zumindest kommt die Miete für den Saal herein.«

Ich für mein Teil hätte am liebsten geweint. Ich sehe zu den andern hin, auch sie würden am liebsten weinen. Nach all der Arbeit! Der leere Saal. Nur drei Reihen Zuschauer. Wir haben bis 9 Uhr 15 gewartet, dann bis 9 Uhr 30 und schließlich 10 Uhr. Ein Zuschauer hat sich an der Tür erkundigt: »Was ist, fangt ihr nun an oder nicht?«

Da hat Er zu uns gesagt: »Wir müssen spielen. Das ist gut. Es wird euch lehren, in jeder beliebigen Situation zu spielen. Ihr gewinnt an Erfahrung.« Doch mir war die Kehle zugeschnürt, und als der Vorhang aufging, fühlte ich mich wie tot. Ich dachte, ich kann mich gar nicht bewegen. Am Ende habe ich dann doch gespielt. Wir spielten, und die Leute haben gelacht, und mir ist warm geworden ums Herz. Sie haben geklatscht. Sie waren zufrieden.

Auch wir waren am Ende zufrieden. Er hat uns ein bißchen Geld gegeben und gesagt, wir sollen es unter uns aufteilen. Dann haben wir ein wenig mit den Zuschauern geredet. Ich tue das gern. Sie stellen uns Fragen. Manche sind nett.

Ich habe mich mit einem Mädchen unterhalten. Sie fragt mich, ob es schwer ist, Künstler zu sein. Und dann waren plötzlich Schreie zu hören. Ich dachte, daß jemand nur Spaß macht, aber dafür hat es zu lange gedauert, und wir konnten nicht weiterreden. Wir sind dann hingegangen. Was wir sahen, hat mich persönlich sehr erstaunt. Zwei Jungen. Bis auf den Slip völlig nackt. Am Boden sitzend. Sie waren es, die schrien. Die aufheulten. Sie hoben die Arme, um ihren Kopf zu schützen, und der Stock traf ihre Schultern und den Rücken. Einer schrie: »Verzeihung, Verzeihung, Verzeihung!« Der Stock aber sauste noch heftiger herab. Der andere weinte und riß den Mund auf, zappelte mit den Füßen. Das Mädchen neben mir fragte: »Was ist denn da los? Warum werden sie geschlagen?«

Er hat sich schroff umgewandt und sie angesehen: »Das sind Strolche! Diebe! Man hat sie dabei erwischt, wie sie ein Auto auf dem Parkplatz aufbrachen. Sie nehmen alles mit: Papiere, Radio, Kassetten. Alle haben jetzt Angst. Deshalb kommt niemand ins Theater!«

Doch als Er wieder anfing, sie zu schlagen, fuhr das Mädchen fort: »Hören Sie auf! Sie werden sie verletzen!«

»Mischen Sie sich da nicht ein, das geht Sie nichts an!«

Das Mädchen hat das Gesicht verzogen und ist weggegangen. Auch wir hatten Mitleid, denn Er ist groß und kräftig. Er schlug jedoch weiter, und wir konnten nichts tun. Er hörte nicht auf uns. Er war verärgert, und es sah so aus, als würde Er seinen Zorn an den beiden Jungen auslassen. Jemand ist weggegangen, um die Polizei zu holen. Wir haben Ihn umringt und Ihn um Verzeihung für die Ganoven gebeten. Er ist noch wütender geworden. Er hat auf sie eingeschlagen. Gegen ein Uhr morgens ist die Polizei gekommen. Er ist mit ihnen gegangen, um Anzeige zu erstatten wegen Diebstahl.

Es ist heiß. Der Bus kommt nicht! Wenn wir mit dem neuen Stück Erfolg haben, ist es gut. Das bringt ein bißchen Geld. Denn das Theater ist nicht wie ein Arbeitsplatz. Den einen Tag verdienst du was, den andern nichts. Mir gefällt es, aber es ist wirklich keine richtige Arbeit. Schön ist, daß man ein wenig herumkommt. Wir fahren ins Landesinnere, um dort zu spielen. Dadurch kenne ich viele Städte. Manchmal wohnen wir in Hotels, manchmal auch bei Leuten. Eines Tages hat Er uns gesagt, daß wir vielleicht nach Frankreich gehen. Frankreich! Im Fernsehen hab ich Filme gesehn, doch wenn wir wirklich nach Frankreich fahren, ist das toll! Ich werde vieles kaufen. Es soll da alles geben. Außerdem können wir was verdienen. Ich kenne einen Typ, der Schauspieler ist in Paris. Neulich hab ich in einer Illustrierten sein Bild gesehen. Er war schick angezogen und hatte ein weißes Mädchen bei sich. Seine Hand lag auf der Schulter des Mädchens, und er lächelte.

Meine Freunde sagen, ich spiele gut. Jedenfalls ist Er mit mir zufrieden. Er sagt, ich mache Fortschritte. Ich soll auf jeden Fall weitermachen.

In der Schule bin ich nicht lange gewesen. Und habe keine Ausbildung fürs Theater gemacht. Ich lebte in dem Viertel. Ich tat nichts. Eines Tags hat Er mich zu sich gerufen. Zu jener Zeit wohnte Er in der Nähe der Gendarmerie. Ich wußte, wer Er war, denn ich hatte sein Bild öfters in der Zeitung gesehen. Ich wußte auch, daß wir derselben ethnischen Gruppe angehörten. Sein Dorf liegt wenige Kilometer vom Dorf meiner Mutter entfernt. Jeder im Viertel kennt seinen Namen.

Bei Ihm zu Haus sind immer viele Leute. Die Trommler der Truppe schlafen dort. Manchmal sind auch einige der Schauspieler dabei. Das Haus ist jedenfalls immer voll. Sie essen zusammen, und wenn du mittags dort bist, ißt du auch mit. Die Mädchen bereiten Reis zu und Sauce. Morgens gibt Er ihnen Geld, um zum Markt zu gehen.

Er selbst schreibt die Stücke und studiert sie mit uns ein. In der Stadt sagt man, Er sei stark in der Regie. Wenn Er im Fernsehen spricht, ist sein Französisch wirklich gut. Die mit Ihm reden, sind Leute von der Universität. Es heißt, Er sei ein Revolutionär, und die Stücke, die wir spielen, griffen die Regierung an. Es gibt immer Schwierigkeiten. Manchmal hören wir mit den Proben auf und wissen dann nicht einmal, ob wir spielen können.

An einem Tag haben wir mindestens dreimal in einem Theater gespielt, und der Minister hat Ihn angerufen. Danach durften wir nicht mehr spielen. Er war sehr verärgert. Die Zeitung hat sein Bild gebracht, und dann hat Er im Rundfunk gesprochen. Wir mußten aufhören. In diesem Jahr haben wir nichts gemacht. Er hat uns zusammengerufen und uns gesagt, wir hätten nichts zu befürchten, Grund zur Sorge habe nur einer, und das sei Er. Er hat uns gebeten, zu Hause zu bleiben. In ein paar Wochen werde man sehen, was geschieht.

Als seine Frau bei Ihm war, ging es besser. Sie war sehr nett. Sie gab immer gute Ratschläge. Sie wußte über alles Bescheid. Was sie jedoch gar nicht mochte, waren allzu viele Menschen in ihrem Haus. Einmal ist sie von der Arbeit heimgekommen und hat alle, die da waren, fortgejagt. Er fand das überhaupt nicht gut. Wegen dieser Sache ist Er für einen Monat zu seinem Bruder gezogen.

Ich verstehe seine Frau, wenn es auch nicht nett ist, Menschen so zu vertreiben. Ich werde niemals mit jemand zusammenleben, der verheiratet ist. Das bringt zu viel Streit. Die Frauen mögen es nicht, wenn zu viele Leute da sind. Jetzt, wo seine Frau nicht mehr da ist, gehört das Haus allen. Die Tür wird nicht mehr verschlossen. Du gehst hinein, wie es dir gefällt. Wenn Er nicht anwesend ist, setzt du dich hin. Zu stehlen gibt es sowieso nichts. Nur einen Fernseher, doch der ist kaputt.

An dem Tag also, als Er mich zu sich rief, fragte Er mich, ob ich Theater spielen will. Ich hab »ja« gesagt. So habe ich angefangen.

In dem Stück stelle ich das Volk dar. Symbolisch. Ich bilde mit den Armen ein Kreuz. Der Held kämpft für mich. Gegen den Monarchen.«

Aus dem Französischen von Sigrid Groß

Shenaz Patel
Die Saat des Meeres

»Nein, das nicht!« Sie fuhr aus dem Schlaf auf und setzte sich senkrecht hin. Sie hatte eine schlimme Nacht gehabt. Zäher Schlaf. Schwitzen. Furchtbare Alpträume. Auf ihrem feuchten Lager sitzend, versuchte sie, zu sich zu kommen. Doch immer wieder drangen diese Stimme, dieser Satz auf sie ein. Qualvoll. Entnervend. »Mademoiselle, ich habe eine schlechte Nachricht für Sie«, hatte er ihr gesagt. Schlechte Nachricht. Das waren ziemlich schwache Worte in einem Augenblick, wo sich alles um sie verschloß. Gefangen. Gefangen für alle Zeit von dem, was sie bewohnte, was ganz allmählich von ihr Besitz ergriff. Niemals. Niemals wäre sie bereit, das hinzunehmen, diesen schändlichen Umstand, den sie nicht gewollt hatte und von dem sie sich doch von jetzt an gefangen sah. Eher sterben. Im übrigen stand ihr Entschluß fest. In zwei Tagen war es soweit. Sie war bei der alten Frau gewesen. Eine Freundin hatte ihr die Adresse gegeben. »Du brauchst keine Angst zu haben, mein Kind. Alles wird gut. Ihr könnt mir vertrauen.« Vertrauen! Nie mehr. Das würde ihr nicht mehr passieren, zu vertrauen, so wie sie es getan hatte, taub gegen jede Warnung. »Ich werde immer bei dir sein. Niemals verlasse ich dich.« Das hatte er zu ihr gesagt. Und dann hatte sie die »schlechte Nachricht« erfahren. Sie hatte ihn angerufen. Nichts. Nicht ein Wort. Nicht ein Zeichen. Leere. Das absolute Nichts. Und tiefste Einsamkeit. Sie sah das scheußliche Schreckbild der Schwerfälligkeit und Erniedrigung auf sich einstürzen. Doch nein. Das würde sie nicht zulassen. Sie mußte sich von dieser Last befreien, den Dämon austreiben. In zwei Tagen. Noch zwei Tage Bangen, Ängste, Unruhe. In der Ferne heulte ein Hund. Vorzeichen des Todes. Aber nein, das war lächerlich. Daran durfte sie nicht denken.

Und doch fühlte sie sich wie in einem Fieber. Dumpfe Angst wühlte in ihren Eingeweiden. Innerlich schalt sie sich selbst: Sie hatte es reiflich bedacht. Sie wußte genau, daß es so am besten war. Niemals könnte sie der Häßlichkeit, die ihr sonst bevorstand, trotzen, sie erdulden. Allein mußte sie in Zukunft zu ihrer Entscheidung stehen. Oder zu dem, was wie eine Entscheidung aussah. Sie streckte sich lang aus zwischen den zerwühlten Laken und hoffte, endlich Ruhe zu finden. Vergebens. Sie brachte den heimlichen Groll, den sie hegte, nicht zum Schweigen. Sie wollte sich so bald wie möglich befreit sehen vom Ballast dieses Gewichts. Endlich wieder frei. Allein wie vorher. Aber diese Sache zehrte an ihr und ließ nicht locker. Unmöglich, die in ihrem tiefsten Innern versteckte Qual zu betäuben. Um jeden Preis mußte sie sich davon befreien. Ihr Mund verzerrte sich. Schutzlos dieser starken Erregung ausgesetzt, glaubte sie zu ersticken. Sie warf die Laken zurück, stand auf und ging ins Bad. Kaltes Wasser würde ihr guttun. Sie streckte die Hand nach dem Wasserhahn aus, wich aber sofort zurück. Aufgestörte Kakerlaken wimmelten im Waschbecken. Sie krümmte sich. Brechreiz erfaßte sie. Atemnot, Herzflimmern. Rückwärts ging sie hinaus und lehnte sich gegen die Tür. Trockene Kehle, der Mund belegt. Sie betrat die Küche, wühlte im Kühlschrank und riß eine Schale Milch heraus. In ihrer Hast machte sie eine falsche Bewegung und verschüttete die Milch über den Tisch. Mit einer zornigen Geste warf sie die Schale an die Wand. Sie rollte unter schepperndem Geräusch über den Boden. Dann wieder Stille. Dumpfe, beklemmende Stille. In der Ferne kündigte zartes Glöckchengeläut das Vorbeiziehen einer der ausgehungerten Herden dürrer Ziegen an. Sie schwitzte. Das Nylonkleid saß zu eng um ihren Körper, dessen Wölbungen sich abzuzeichnen begannen. Sie näherte sich dem Vorhang. Draußen war alles in fahles Licht getaucht. Sie trat auf die Veranda hinaus. In einer Ecke stand ein aufgeschlitzter Sessel. Der Kanarienvogel schwieg in seinem Käfig.

Die frische Luft tat ihr gut. Zaghaft näherte sie sich dem Geländer. Das Haus lag unter üppigem Laubwerk vergraben. Scharlachrote Bougainvillea fiel in Kaskaden über das Dach. Eine Amaryllis kroch mit kupferroten Trompetenblüten über die Treppenstufen. Sie fühlte, wie ihr Vorsatz wankte. Heimtückische Zweifel überrumpelten sie. Doch immer noch wohnten Zorn und Auflehnung wie ein dunkler Schatten in ihr. Warum? Warum ich? Ein Heer von Kletterpflanzen erstürmte die hölzernen Balken. Eine Mücke bedrängte sie. Noch nie hatte sie sich so verletzlich gefühlt. Die Morgendämmerung, die sich anschickte, ihre Farben und Gerüche zu entfalten, fand sie zusammengekauert auf den ausgetretenen Stufen, die Arme eng um ihre Knie geschlungen. Im Schutz der Laube fühlte sie sich geborgen. Doch wußte sie genau, daß ihr Entschluß gefaßt und es so am besten war. Nur wußte sie das wirklich? Sie atmete tief ein. Der betäubende Duft des blühenden Buchsbaums bedrängte ihre Nasenflügel. Efeu schob seine dünnen Ranken zwischen den Brettern des Fußbodens hindurch. Warum? Und dann: warum nicht? Ja, warum eigentlich nicht?

Leila reckte sich und stand auf. Wenige Schritte entfernt breitete sich die stillstehende und doch brausende Wasseroberfläche vor ihr aus. Das Meer lud sie ein mit all seiner ungezähmten Herrlichkeit. Leila stieg langsam die Stufen hinab. Sicheren Schritts ging sie zum Strand. Sie fühlte sich ruhig werden, besänftigt vom stillen ersten Schein der Morgendämmerung. Sie stieg bis zur Taille ins Wasser. Bisher hatte sie ihre Verzweiflung verbergen müssen, die Unruhe, die manchmal ihren Blick verschleierte, hinter einer Maske verstecken, sich sorglos stellen müssen. Jetzt fühlte sie sich wohl. Das Wasser schmiegte sich eng an die Wölbungen ihres weichen, festen Körpers, der rührende Rundungen zu zeigen begann. Leila ließ sich langsam in das laue, einladende Meerwasser gleiten. Ihre Züge entspannten sich, und sie überließ ihre befreiten Glieder ganz dem Streicheln der Wellen. Zum ersten Mal fühlte sie sich eins mit dem, was in ihr wohnte, was sie nährte. Unter tausend

Vorsichtsmaßnahmen begann sie, dieses Gefühl zu erkunden. Sie wollte nichts überstürzen aus Angst, das zarte und noch schwache Band zu zerschneiden, das sie einte. Leila empfand Freude dabei, das Wasser über ihren Körper strömen zu lassen und zu spüren, wie sich das Pulsieren ihres Herzens mit dem ihres Bauchs vereinte. Dann stieg sie aus dem Wasser und ging heiter und gelassen zum Strand zurück. In der Ferne tauchten erste Sonnenstrahlen die zarten Stengel des Zuckerrohrs in purpurnen Schein. Leila zog sich wieder an und atmete tief. »Wenn es ein Mädchen ist, nenne ich sie Aurora.«

Aus dem Französischen von Sigrid Groß

Micheline Coulibaly
Mein Mann

Mein lieber François,

ja, mein Freund, einmal noch mußt du einen Brief von mir
lesen! Zieh doch nicht so ein ärgerliches Gesicht! Mir blieb ja
nur dieser eine Weg, um meine Gedanken mit dir zu teilen.
Du kannst sicher sein, es geschieht heute zum letzten Mal. Nie
wieder mußt du deine so kostbare Zeit damit verschwenden,
meine Briefe zu öffnen, falls du die Güte hast, es zu tun. Das
ist nicht immer so gewesen, nicht wahr? Es gab eine Zeit, in
der du es reizend fandest, daß ich dir alles schrieb, anstatt es
mit meiner Stimme zu sagen. Du bist stets sehr beschäftigt
gewesen. Ich kann mich noch gut erinnern, wie glücklich es
dich machte, wenn du nach einem arbeitsreichen Tag abends
meine kleinen Botschaften fandest, die ich am Tag aufschrieb,
in Gedanken bei dir. Ich erzählte dir, was ich dachte, sprach dir
immer aufs neue meine Liebe aus, meine Ermutigung und all
das, was mir zu sagen schwerfiel, weil es zu empfindlich war,
um das Gewicht der Gefühle zurückzuhalten, die mich
bestürmten. Immer hab ich dir geschrieben, um dich teilhaben
zu lassen an meiner seelischen Verfassung, meinen Ängsten,
meinem Glück. Weißt du noch, wie ungeduldig du meine Briefe erwartet hast? Wie fieberhaft du sie, auf unserm Bett sitzend,
geöffnet hast? Ein ganzes Zeremoniell hattest du dir ausgedacht, um diese wunderbaren Augenblicke mit noch mehr
Zauber zu erfüllen. Es kommt mir vor, als seien Jahrhunderte
seitdem vergangen.

Wie alle Liebesgeschichten fing auch die unsre ziemlich all-
täglich an. Auf einem Ball sind wir uns begegnet, ein Tanz,
Vertraulichkeiten, eine Liebeserklärung. Das reichte aus, um
ein Leben darauf zu bauen.

»Es ist fürs ganze Leben!« hast du nach ein paar Monaten beharrlichen Werbens zu mir gesagt. Ich habe es geglaubt, wir haben es geglaubt. Eine stärkere Liebe als die, welche uns vereinte, war schwerlich zu finden. Für mich warst du *der* Mann, und ich wollte für dich einfach nur *die* Frau sein. Ich weiß noch gut, wie erregt und überwältigt ich war, als wir beschlossen zu heiraten. Ich wünschte es mir so sehr, daß mir dieses Glück unerreichbar schien.

Du warst ein aufmerksamer Ehemann, ein hervorragender Vater, und ich, ich war eine überglückliche Ehefrau. Wann ist das anders geworden? Wann hat sich der Wurm in die Frucht hineingefressen? Wann ist das Leid heimtückisch in unser Leben geschlüpft? Zweifellos hat es Vorboten, Zeichen gegeben, die mich hätten warnen müssen. Doch ich war so glücklich über ein, wie ich glaubte, gelungenes Leben, daß ich es an Wachsamkeit fehlen ließ. Jetzt ist es zu spät und sinnlos, mich mit Vorwürfen zu quälen.

Du warst ehrgeizig, und ich hielt es für meine Pflicht, dich beim Aufstieg zur allerhöchsten Stufe zu unterstützen. Dafür war ich mit schmerzlichen Opfern einverstanden. Ich hab dein häufiges Fernsein akzeptiert und eigenen Ehrgeiz verschwiegen. Du allein zähltest und dein Erfolg. Meine Enttäuschungen, meine Augenblicke der Verwirrung und des Zweifels, all das wog nichts in der Waagschale. »Mein Mann« mußte weiterkommen, dafür hätte ich mich töten lassen! Heute glaube ich, daß ich damit mein Unglück selber schuf.

Ich wußte nicht, wie ich dir sagen sollte, daß ich dich brauchte, dich bei mir brauchte. Ich hab dir nicht begreiflich machen können, daß auch unsere Kinder dich brauchten, daß sie deine Zärtlichkeit brauchten und deine Autorität. Ich hatte nur das eine im Auge: dich glücklich zu sehen, und dieses Glück – so dachte ich – würdest du nur erreichen, wenn du deine ehrgeizigen Ziele verwirklichen konntest. Dafür habe ich meine legitimsten Ansprüche geopfert, beispielsweise den, selbst »jemand« zu werden. Wir hatten das nicht nötig. Du hattest dich in deinem Beruf schon durchgesetzt und verdientest viel Geld. An materiellen Dingen besaßen wir alles, um glücklich zu sein. Nur hattest du immer weniger Zeit für uns. Wir litten unter deinen häufigen Abwesenheiten, ich war mit einem Phantom verheiratet, die Kinder hatten ein Phantom zum Vater.

Wie oft hab ich meine von Tränen verquollenen Augen vor den Kindern versteckt, damit sie meine Verzweiflung nicht bemerken? Wie oft hab ich allein in unserm fürstlich ausgestatteten Schlafzimmer geweint, wenn deine vielen Pflichten dich riefen? Wie lächerlich, denn wenn du einmal da warst, zogst du das Gästezimmer vor, um dich auszuruhen oder über deinen vertraulichen Akten zu sitzen. Nach und nach gab es nichts Gemeinsames mehr zwischen uns. Ich war nicht mehr deine Vertraute, deine Komplizin, deine früher so gefragte Ratgeberin. Wie viele Male sind mir die einfachen Worte in die Kehle gestiegen und dann doch nicht über meine Lippen gekommen: »Liebling, ich brauche dich!« Nie habe ich ausgesprochen, daß ich tausendmal lieber ein weniger bequemes Leben führen würde, wenn uns das, wie früher, wieder näher zusammenbrächte und dir erlaubte, dich deinen Kindern und mir zu widmen. Ich wollte ja nur dich und nichts anderes. Als meine Wahl auf dich fiel, warst du nur der Mann, den ich liebte, und damit wäre ich ein Leben lang zufrieden gewesen. Ach, ich meinte, richtig zu handeln, als ich dich ermutigte, immer höher hinaufzusteigen. Ich wollte nicht, daß dir Versäumtes später leid tut. Daß du dich verwirklichen kannst, ist das wichtigste, sagte ich mir, alles übrige würde nachher kommen. Dieses Nachher wird es nie mehr geben.

Die Zeit ist verstrichen, und du hast gelernt, auf mich und deine Kinder zu verzichten, hast dein Leben mehr und mehr auf deine Karriere verlagert. Wie viele Stufen hast du erklommen! Doch hast du jemals deine Kinder heranwachsen sehen? Dabei warst du so stolz auf Corinne bei ihrer Geburt; und erst Fabrice, dein genaues Ebenbild! Die kleine Magali ist dein

Augenstern gewesen! Gewiß, es hat ihnen an nichts gefehlt. Nur ihr Vater hatte das in den Jahren davor liebevoll errichtete Heim verlassen. Sie haben das Leben in einer richtigen Familie nicht mehr kennengelernt, mit einem anwesenden, aufmerksamen Vater. Ich habe mein Bestes versucht, dich zu ersetzen. Doch eine Mutter ersetzt niemals einen Vater. Sie kann nur eine doppelt sorgende, doppelt liebende Mutter sein, mehr nicht. Gott allein weiß, warum er uns einen Vater und eine Mutter gibt. Ich habe getan, was ich konnte, und sie sind anständige und verantwortungsbewußte Erwachsene geworden. Sei beruhigt, ich hab dich nie vor ihnen belastet, dich immer nur entschuldigt. Du bleibst ihr Held. Ich weiß, wie sehr dir das am Herzen liegt. Ich hab sie gelehrt, dir dankbar zu sein für alle materiellen Annehmlichkeiten, die du uns durch deine Arbeit verschafft hast. Ihre Zärtlichkeit, ihre Liebe zu wecken, war deine Aufgabe. Wie weit hast du sie erfüllt?

Einen Teil der Verantwortung für das, was uns heute geschieht, nehme ich auf mich. Ich hätte dich stoppen, mit dir reden müssen, dir zeigen, daß wir auch noch da sind. Stattdessen hab ich die intellektuelle, die emanzipierte Frau gespielt, eine Frau, die mit allem allein fertig wird und so den Interessen ihres Mannes dient.

Du hattest mir gesagt: »Gib mir zwei Jahre Zeit, mich im Beruf zu behaupten, meine Tüchtigkeit zu beweisen.« Ich hab dir fünfundzwanzig gegeben! Nach deiner beruflichen Karriere ist die politische gekommen. Meine Schuld, daß ich geschwiegen habe, daß ich dir nicht ins Gesicht geschrien habe, daß ich dich so liebe, wie du warst, als wir uns kennenlernten. Ich brauchte keinen Mann mit Parteiämtern, keinen Abgeordneten und keinen Minister als Ehemann. Dich nur wollte ich, und sei es in Armut! Waren wir nicht glücklich gewesen in unserer kleinen Zweizimmerwohnung in Adjamé? Dort herrschten Liebe und Sonne. Wie kalt erscheint mir dagegen unsere doppelstöckige Villa in Deux-Plateaux mit ihren fünfzehn Zimmern, dem Garten, in dem man sich aus den Augen verliert, und dem Olympia-Schwimmbad! Zu viele Tränen hab ich hier geweint. Ach François, welche Vergeudung!

Ich habe für alles, was du unternahmst, Begeisterung gezeigt. Heute bist du eine »große Persönlichkeit«, ein reicher Geschäftsmann, Mitglied in den angesehensten Verbänden und ein gefürchteter Politiker. Dein Erfolg fällt auf uns zurück, und ich bin stolz, die Frau eines solchen Mannes zu sein. Und doch wird es für uns nie mehr so sein wie früher, denn in der Zwischenzeit haben sich Dinge ereignet, die einen Graben zwischen uns aufrissen. Jetzt erst bemerke ich, daß wir jeder unseren eigenen Weg gehen und nicht mehr einen gemeinsamen. Unsere Wege sind auseinandergelaufen.

Ich habe mich nach reiflicher Überlegung zur Scheidung entschlossen. Ich weiß, daß dein Bild in der Öffentlichkeit einen erheblichen Knacks bekommen wird, denn du mußt ja auch zeigen, daß du in Sachen Ehe erfolgreich bist. Nur, mein Freund, ich will nicht länger die glückliche Frau spielen, die äußerst glückliche Ehefrau von Monsieur François Findjouman. Wie lange bin ich das schon nicht mehr! Und die Zeit der Opfer ist vorbei.

Ich habe geahnt, daß eine andere meinen Platz in deinem Herzen eingenommen hatte. Das ist etwas, das eine liebende Frau sofort spürt; kleine Nichtigkeiten zeigen ihr, daß sie nicht mehr an erster Stelle steht. Ich habe stets die Augen vor deinen Seitensprüngen verschlossen, weil ich glaubte, über derlei Dingen zu stehen. Ich war deine Frau, mit mir teiltest du dein Leben. Alles andere war bloß lächerlich. Du bist ein wichtiger Mann, eine Persönlichkeit der Gesellschaft, klar, daß man dich umwirbt! Ich sagte mir auch, daß ein Mann »Schwächen« hat und solche kleinen Abenteuer ohne Zukunft nicht dramatisiert werden dürfen. Ich bin meiner selbst allzu sicher gewesen, nicht wahr? Eine Spur zu sicher! Denn, von Abenteuer zu Abenteuer wandernd, bist du *ihr* begegnet. Von diesem Moment an hat sich alles verändert, wir spielten mit falschen Karten, und das führte uns an den Rand des Abgrunds. Nach Monaten inneren Ringens habe ich den Entschluß gefaßt, mich mit ihr zu treffen. Ich wollte sie aus der Nähe sehen, die kleine so Besondere, wollte verstehen, was mit dir geschah. Sie war sofort einverstanden, als ich sie um ein Treffen bat.

Du hast stets guten Geschmack bewiesen, das habe ich auch bei ihr wiedererkannt. Zweifellos ist sie schön und jung, etwa so alt wie unsere erste Tochter oder ein klein wenig älter. Doch wieviel Selbstsicherheit schon jetzt! Sie hat mich sofort erkannt. Wer würde Madame François Findjouman nicht erkennen? Ich bin die geachtete Gattin eines geachteten Mannes, auch wenn jedermann weiß, daß ich die am meisten betrogene Frau der Stadt bin. Bei uns ist das kein Makel, höchstens eine kleine Peinlichkeit. Es gehört zum Spiel. Deine gesellschaftliche Stellung verlangt es, nicht wahr?

Auch ich hab deine Untreue lange Zeit als notwendiges Übel angesehen. Irgendwann jedoch fing ich an, über die liebeskranken Schönen, die dich umschwärmten, nicht mehr zu lachen. Ihnen bedeutetest du nichts, sie hatten nichts zu verlieren. Im Gegenteil, sie konnten nur gewinnen. Ich dagegen verlor viel, weil ich die »legitime Frau« an deiner Seite war, die lächerlich gemacht wurde und auf die man mit Fingern zeigte, auch wenn ihr Hals mit Schmuck behängt war. Natürlich, ich hatte das Haus, den Wagen, das Bankkonto, die Kinder. Doch sie, sie hatten dich! Sie hatten das, was mir auf der Welt am allermeisten bedeutete!

Muß ich noch einmal von meinen einsamen, schlaflosen Nächten sprechen? Ich glaube nicht, daß du auch nur eine Sekunde lang den nagenden Schmerz nachfühlen kannst, der mein Herz durchbohrte, wenn ich dich mit einer anderen »auf Geschäftsreise« oder in politischer Mission unterwegs wußte. Madame François Findjouman jedoch mußte den Kopf immer hoch tragen und einen klaren Blick bewahren, auch dann, wenn ihr das Herz blutete. Sie mußte das Bild einer würdevollen Gattin abgeben.

Vielleicht hätte ich so weitergelebt, wäre *sie* nicht gekommen und hätte alles hinweggefegt, was wir gemeinsam aufgebaut hatten. Bei den andern hattest du Gewissensbisse mir gegenüber empfunden. Du brachtest mir prachtvolle Geschenke mit, um wiedergutzumachen, was sie mir genommen hatten. Bei deiner Rückkehr aus Rom mit Nathalie hast du mir einen roten Mercedes gekauft. Die Uhr von Piaget bekam ich nach deinem Abenteuer mit der Stewardess von Air Cameroun, und mein letzter Diamantschmuck stammt aus der Beziehung mit Fatou, der kleinen Praktikantin aus Mali. Die Liste ist lang. Alle Geschenke von dir haben eine Vorgeschichte, eine für mich schmerzliche Vorgeschichte. Abidjan ist nur ein großes Dorf. Aus der Ferne verfolgte ich deine Seitensprünge, blieb in meinem Elfenbeinturm scheinbar unberührt davon. François, ich habe mehr hingenommen, als eine Frau, die ihres Frauseins würdig ist, ertragen kann! Ich wußte, du kommst jedes Mal reumütig und liebevoller denn je zu mir zurück. Ich war deine Frau, mich hattest du erwählt. Ich habe stets an einen Satz meiner Mutter gedacht, ihn respektiert: »Solange du fühlst, daß seine Liebe zu dir nicht nachgelassen hat, schließ die Augen und vergib ihm, Tochter! Der Mann ist ein großes Kind und hat seine Launen. Wie du deinem Kind eine Dummheit verzeihst, so verzeih deinem Mann seine kleinen Verfehlungen.« Entgegen meiner eigenen Überzeugung habe ich die Augen immer verschlossen. Heute denke ich, meine Mutter hatte unrecht.

Ach, dieses Mal war alles anders. *Sie* ist gekommen, und du warst nicht mehr derselbe. Du hattest kein schlechtes Gewissen wie all die Male davor, nein, diesmal stand ich dir bei der Erreichung deines Glücks im Wege. Ich sehe dich noch, wie du gedankenschwer neben mir lagst und keinen Schlaf fandest. In diesen Augenblicken warst du ganz weit von mir entfernt, gefangen in deinen Träumen, in denen *sie* dir wohl als ein Engel erschien, umstrahlt von dem Geheimnis ihrer Schönheit und ihrer Jugend. Ich dagegen, ich war nur die alltägliche und von Romantik entkleidete Realität, die Realität eines fünfundzwanzigjährigen gemeinsamen Lebens. Konnte ich dem Vergleich standhalten?

Ich muß anerkennen, daß du monatelang versucht hast, dem Ansturm deiner Gefühle zu widerstehen. Als ich sie sah, wußte ich, daß ich dich verloren hatte. Unsere Wege hatten sich getrennt, und nichts würde sie mehr zusammenführen. Der dieses junge Ding liebte, konnte nicht mein Mann sein.

Unsere Unterhaltung war die einfachste der Welt. Um die Atmosphäre zu entspannen, habe ich über alles und nichts geredet. Ich kam nicht als Feindin, ihr hatte ich nichts vorzuwerfen. Du warst es, der sie in die Partitur eingeführt hatte, die wir zu zweit spielten; du warst es, der diesen fremden Körper – ich meine das wörtlich – zwischen uns gestellt hat. Ich wollte nur verstehen, warum dieses Mal alles anders war, warum du nicht wie in der Vergangenheit zu mir zurückkamst. Und ich mußte einsehen, daß du nicht mehr derselbe warst. Mir blieb nur noch, meinen Platz zu räumen, ich hatte keine Wahl mehr. Ich überlasse meinen Platz ihrer Jugend, ihrer Liebe zu dir.

Ich hab mit ihr über dich gesprochen, über deine guten Eigenschaften, deinen Geschmack. Wir haben sogar zusammen über deine Fehler gelacht. Ich glaube, das hat sie aus der Fassung gebracht. Alles hatte sie erwartet, bloß nicht, mit einer Frau, der sie den Ehemann »geklaut« hat, über den Regen und das schöne Wetter zu reden. Als ich ankam, war sie noch verteidigungsbereit, eine Stunde später nur noch eine verliebte Jugendliche, die mir von ihrem Helden vorschwärmt. Sie hat wohl geglaubt, daß ich zu den Frauen gehöre, welche die halboffizielle Polygamie akzeptieren, die heute so in Mode ist. Ich sah sie an, während sie sprach, und sah dabei mich in ihrem Alter …

Als ich ihr meine Absicht mitteilte, mich scheiden zu lassen, war sie stumm vor Staunen. Wie kann man einen François Findjouman verlassen, fragte sie sich wohl. Einen solchen Mann verläßt man nicht, man bleibt in seinem Schatten, wenn man die Ehre hatte, von ihm dorthin gestellt zu werden.

Nein, ich kann mich mit diesem Schatten nicht zufriedengeben; ich brauche mehr als das. Gewiß, sie himmelt dich an, weil du ein mächtiger Mann bist. Doch kann man das Liebe nennen? Warum nicht? Bewunderung führt ja so oft zur Liebe!

Als ich sie verließ, stand mein Entschluß zur Scheidung fest. »Scheidung« ist ein Wort, das ich in meinem Kopf drehen und wenden mußte, um damit vetraut zu werden. Es ist ein schmerzhaftes Wort, wie eine Wunde. Ich würde lernen müssen, ohne dich zu leben – ein bißchen gelernt hatte ich das ja schon –, meinen eigenen Interessen zu leben, die neue Freiheit und ihre Verantwortung auf mich zu nehmen. Ich würde mich daran gewöhnen müssen, dich unwiderruflich verloren zu haben. Das alles war nicht leicht. Zu wiederholten Malen war ich an einem Punkt angelangt, wo ich aufgeben wollte.

Es wäre so einfach, mich mit der Situation abzufinden. Du würdest mich wirtschaftlich gut versorgen, ich müßte nur die Augen verschließen und mich in meine bisherige Rolle fügen. Du selbst würdest niemals die Scheidung verlangen, das weiß ich. Eine Scheidung paßt nicht zu der Persönlichkeit, die du dir erschaffen hast. Nur, François, der Wunsch nach Klarheit hat in mir die Oberhand gewonnen. Wenn alles verloren ist, muß man wenigstens die Würde bewahren. Ich hatte keine Lust mehr, die traurige Komödie weiterzuspielen, keine Lust mehr, um unsere Liebe zu kämpfen.

Es gibt jetzt einen anderen Mann in meinem Leben. Er liebte mich schon, bevor ich dir mein Jawort gab. Daß ich dich heiratete, hat er nie verwunden. Doch ist er mein Freund geblieben, mein Vertrauter, an den ich mich wenden konnte, wenn wir beide schlechte Zeiten durchlebten. Er war es, der meine Ängste und meine Unsicherheiten beruhigte. Er hat mir wieder Selbstvertrauen gegeben. Seine Stärke lag darin, immer dazusein und auf meine verzweifelten Rufe zu antworten. Mit meinen achtundvierzig Jahren kann ich noch auf Glück hoffen, auf wirkliches Glück, welches nichts zu tun hat mit der Heuchelei, in der ich allzu lange gelebt habe. Er wartet ungeduldig darauf, daß ich mich endlich von deinem Joch befreie.

Unsere Kinder sind alt genug, um zu verstehen. Sie werden es verstehen! Deine rhetorische Begabung wird dabei behilflich und hier einmal nützlich sein. Erkläre ihnen, warum du eine so liebende, hingebungsvolle Frau nicht halten konntest.

Es ist keine verbitterte und enttäuschte Frau, die dir heute schreibt, keine, die resigniert hat. Es ist eine Frau voller Optimismus, die dir zu deiner nächsten Ehe ihren Segen gibt. Ich verlasse dich, ehe der Haß eintrübt, was trotz allem eine schöne Liebesgeschichte war. Ich bedaure nichts, ich war mit dir sehr glücklich, nur ist das schon so lange her! Wenn ich es noch einmal zu tun hätte, ich würde es wieder genauso machen. Es gibt Situationen im Leben, in denen wir nicht frei entscheiden können. Das Schicksal hat gewollt, daß du eine andere liebst. Und es hat einen anderen Mann in mein Leben gebracht. Ich verlasse dich, weil ich glaube, daß mein Platz nicht mehr an deiner Seite ist, nicht weil ich einen andern liebe.

Diese neue Liebe ist erst dadurch möglich geworden, daß ich dich bereits außerhalb meiner Reichweite wußte. Die Summe aller Leiden während der Zeit mit dir hat mich ahnen lassen, daß ein Glück fern von dir und mit einem andern Mann möglich ist. Ich gebe zu, daß ich ein bißchen Angst habe vor dem, was mich erwartet. Doch bin ich bereit, den Versuch zu wagen. Ich kann nur gewinnen dabei. Schlimmer als das, was ich in den letzten Jahren mit dir erlebte, kann es nicht werden.

So, mein Freund, der Schlußstrich unter fünfundzwanzig Jahre Hingabe und Aufopferung, unter fünfundzwanzig Jahre Liebe ist gezogen. Ich verlasse dich im Gefühl einer erfüllten Pflicht. Meine Tränen, meine Einsamkeit, meine Verzweiflung werfe ich dir nicht länger vor. Sie haben mich gelehrt, die Zuwendung eines anderen zu schätzen. Ein neuer Morgen bricht für mich an. Aus tiefstem Herzen wünsche ich dir, daß du glücklich wirst.

Josie, deine Ex-Frau

Aus dem Französischen von Sigrid Groß

Flore Hazoumé
Wechseljahre

Kaum von Cap Lake zurück, wo ich zwei Monate Ferien verbracht habe, stürze ich zum Telefon und wähle die Nummer
von Clémence. Ich brauche sie so dringend. Sie allein kann
mich trösten. Eine wahnsinnige Angst erfaßt mich, als die Stimme eines ganz jungen Mädchens mir sagt, Clémence wohne
dort nicht mehr.

»Das ist nicht möglich! Nein, das ist nicht möglich.«
Die Stimme am andern Ende der Leitung zögert.
»Warten Sie bitte einen Moment, ich gebe Ihnen meinen
Mann.«
Ich lege auf. Ich werfe eine Jacke über und steige ins Auto.
Es läuft mir kalt über den Rücken. Sollte Clémence schon ...?
Nein, das kann nicht sein, sie ist nur sechs Monate älter als ich.

Nervös führe ich die Hand zum Hals; ich spüre, wie die wei-
che Haut unter meinen Fingern nachgibt. Ich parke den Wagen
vor dem Haus von Clémence. Ich läute. Das Geräusch von
Schritten auf dem Kies. Flipper, der Hund, bellt. Die Tür geht
auf, eine junge Frau lächelt mich an. Sie sieht ähnlich aus wie
ich vor zwanzig Jahren. Sie sieht auch meinen beiden Töchtern
ähnlich.

»Haben Sie vorhin angerufen? Mein Mann war sicher, daß
Sie herkommen würden. Er erwartet Sie im Salon.«
Sie deutet an, daß ich ihr folgen soll. Ich betrachte sie genau.
Die Frauen hier bei uns sind seit jeher jung, frisch und schön
gewesen, nie habe ich eine Frau altern sehen, doch neben diesem jungen Mädchen fühle ich mich verwelkt, runzelig wie
Jutestoff. Beklommen folge ich ihr durch den Flur, Flipper mir
auf den Fersen. Die Lieblingsbilder von Clémence hängen
noch an den Wänden. Aus dem Salon dringen die Töne des
von uns vergötterten Lieds, die erste, nicht mehr auffindbare

Fassung von »Afrikan Krystal«, gesungen von Daya Smith. Clémence hatte versprochen, es mir zu meinem Geburtstag in wenigen Tagen zu schenken. Ich blicke mich um. Auf einmal glaube ich zu verstehen, möchte lachen. Clémence spielt mir einen Streich. Nichts ist ihr geschehen. Nichts hat sich verändert. Sie ist noch dieselbe. Sie erwartet mich lächelnd im Salon mit einer Tasse Tee. Sicheren Schritts gehe ich weiter.

Die junge Frau öffnet mir die Tür. Clémence sitzt in einem Sessel am Fenster, dreht mir den Rücken zu. Ich sehe nur ihre dunklen Haare, durch die sich zu meinem großen Erstaunen ein paar weiße Strähnen ziehn. Meine Angst verfliegt. Ihr würde ich mich furchtlos anvertrauen, ohne Scham über das sprechen können, was in mir vorgeht.

»Clémence! Ich war so beunruhigt; du hast mir solche Angst eingejagt, das war wirklich gemein, was du … «

Sie dreht sich langsam um, ich kann ihr Gesicht halb sehen. Der Rest meines Satzes bleibt unausgesprochen. Ich stoße einen Schreckensschrei aus. Im Sessel von Clémence sitzt ein Mann mittleren Alters und blickt gelassen zu mir herüber.

»Was ist mit Ihnen, geht es Ihnen nicht gut? Setzen Sie sich doch!«

»Ich … Ich suche meine Freundin Clémence, sie wohnt hier, wohnte hier, ich … ich weiß nicht mehr.«

Ich lasse mich in einen Sessel fallen. Alles gerät durcheinander in meinem Kopf. Der Mann legt sacht die Hand auf die meine.

»Ihre Freundin wohnt nicht mehr hier, sie ist weggegangen.«

»Weggegangen? Nein, das ist unmöglich, man kann nicht weggehn, ohne etwas mitzunehmen. Alles einfach zurücklassen. Die Fotos von ihrem Mann, ihrer Hochzeit, ihren Töchtern, so kann man nicht weggehen! Man kann nicht aus seinem Leben aussteigen«, sage ich ganz leise und sehe einen Augenblick forschend in das gleichmütige Gesicht des Fremden.

Mein verstörter Blick gleitet durch den Raum. Flipper ist zu dem älteren Mann gekommen und leckt ihm die Hände; wie seltsam! Sie scheinen sich seit langem zu kennen. Eine verrückte

Idee kommt mir in den Sinn, aber ich will sie nicht zulassen. Sollte Clémence …? Ich weise diesen Gedanken zurück. Und doch, die Art, sich mit den Händen durchs Haar zu fahren, sich mit einem träumerischen Ausdruck übers Kinn zu streichen. So viele Kleinigkeiten erinnern mich an Clémence. Ich springe auf, von heftiger Erregung gepackt. An der Türschwelle legt mir der Mann liebevoll die Hand auf die Schulter und murmelt wie zum Trost: »Es gibt tausendundeine Art wegzugehen.«

Während er dies sagt, taucht sein heller Blick in meinen. Einen flüchtigen Moment lang habe ich das seltsame Gefühl, ihn schon immer zu kennen, einen Freund wiedergefunden zu haben, den ich verloren glaubte.

An diesem Abend kommen meine beiden Töchter Claude und Pascale, ihre Ehemänner Frédéric und Joël sowie meine beiden Enkelinnen zum Essen zu mir. Das familiäre Intermezzo tut mir gut, zwingt mich, an anderes zu denken. Ich habe gerade noch Zeit, um die Mahlzeit vorzubereiten und mich anzukleiden. Ich wähle einen Rock, der die Waden bedeckt, und eine Bluse mit langen Ärmeln. Ich mag leichtere und weniger geschlossene Kleidung lieber, doch seit ein paar Wochen … Nicht daran denken!

Um acht Uhr läutet es. Ich setze ein gleichmütiges Gesicht auf. Meine beiden Töchter umarmen mich, die Enkelinnen Emmanuelle und Paule hüpfen um mich herum. Ich streichle flüchtig ihren Krauskopf. Die Schwiegersöhne drücken mir die Hand, ihre von der Zeit zerfurchten Gesichter sind einander so ähnlich. Ich meine, in der Art, wie sie mir zulächeln, Wärme und ungewohnte Komplizenschaft wahrzunehmen. Claude, meine Älteste, kommt zu mir in die Küche, wo ich Gläser auf ein Tablett stelle.

Sie beobachtet mich eindringlich. Fällt es schon so auf?

»Du siehst müde aus, Maman!«

Ich kneife die Lippen zusammen, schweige. Sie kommt ein paar Schritte näher. Ich ahne, was sie vorhat, will zurückweichen, zu spät! Sie hat bereits die Hände in meinem Haar.

»Maman, du verlierst ja deine Haare! Sieh doch!«

Muß ich noch hinsehen? Ich kenne dieses für mich erschreckend harmlose Schauspiel nur zu gut. Jeden Morgen sammle ich Händevoll Haare von meinem Kopfkissen. Mit jedem Tag wird mein Haar lichter. Es gelingt mir, eine Antwort zu stammeln: »Ich war ... ich war schon beim Arzt. Anscheinend sind es die Wechseljahre, es wird behandelt, alles kommt wieder in Ordnung. Komm, es ist spät, laß uns zu Tisch gehn.«

Während der Mahlzeit sprechen nur meine Töchter und ich. Die Schwiegersöhne sagen fast nichts. In unsrer Gesellschaft reden die Männer wenig. Der Blick, den sie auf das Dasein werfen, spiegelt alle menschliche Weisheit wider.

Sind es ihre Amtsgeschäfte, die sie mit dieser seltsamen Aura umgeben? Die Männer bilden bei uns einen Clan für sich, eine unzugängliche Kaste. Unter ihrer müßigen äußeren Erscheinung sind sie im Besitz der Macht, der Klugheit, des Wissens. Selbst das Gleichgewicht der Gesellschaft liegt in ihren Händen. Die Frauen, Grille und Ameise in einer Person, stellen die lebendige Kraft dar in unsrer Welt. Sie sind die Zukunft, bringen das Zukünftige hervor. Für die alternden, in den Windungen ihres Denkens erstarrten Sphinxe sind sie eine Art von kurzlebiger Turbulenz, welche die Ordnung und das Funktionieren der von ihnen geschickt erbauten Gesellschaft kaum stört.

Zum ersten Mal in meinem Leben überrasche ich mich dabei, sie zu bewundern. Ich fühle mich ihnen nah. Ich habe Lust, mit ihnen zu reden, etwas über ihre Gefühle und Gedanken zu erfahren und so einen Vorgeschmack davon zu bekommen, was mich vielleicht erwartet.

Ich wende mich ihnen zu. Unsere Blicke begegnen sich. Einer der beiden streckt die Hand nach der meinen aus, drückt sie bewegt. In ihren Augen lese ich höchsten Respekt.

Nach dem Essen setzen wir uns in den kleinen Salon. Meine Schwiegersöhne rauchen mit abwesender Miene Zigarren. Meine Töchter unterhalten sich sorglos. Die Enkelinnen spielen auf den Sitzkissen zu meinen Füßen. Ich entspanne mich und summe leise mein Lieblingslied »Afrikan Krystal«. Ich denke an Clémence. Achtlos habe ich die Beine übereinandergeschlagen. Mein Rock ist hochgerutscht und gibt die Fußknöchel frei. Paule, die jüngere Enkelin, streichelt meine Beine. Arglos lasse ich mir diese sanfte Berührung gefallen.

»Oh Mamie! Deine Beine sehen aus wie der Rücken einer Katze!« schreit sie und zieht an den langen, kräftigen Haaren.

»Nein! Eher wie ein ganz schwarzer Hase«, entgegnet Emmanuelle.

Mit einer heftigen Bewegung ziehe ich den Rock über meine Beine. Instinktiv drehe ich mich zu den Schwiegersöhnen um, so als ob nur sie mir beistehen könnten. Die Stille lastet auf uns.

»Es ist spät geworden«, sagen sie schließlich wie aus einem Mund. »Zeit zu gehen.«

Meine Töchter fühlen sich unbehaglich, schweigen. Haben sie es erraten? Sie würden nicht darüber sprechen, ich würde nicht darüber sprechen. So ist das eben, diesen Lebensabschnitt hat man allein zu bewältigen, fern von den Blicken der andern, schamhaft und mutig. Ich hatte es beinahe vergessen.

Als ich allein bin, gehe ich in mein Schlafzimmer hinauf. An diesem Abend habe ich den Mut, vor mein Bild hinzutreten, diesen fremden Körper, der doch der meine ist.

Völlig nackt stelle ich mich vor den großen Spiegel. Ich schließe die Augen, unfähig, diesen grauenhaften Anblick, dieses groteske Abbild meiner selbst zu ertragen. Und dennoch muß es sein! Ich öffne die Augen. Ich kann eine Geste des Widerwillens nicht unterdrücken. Voll Entsetzen konstatiere ich das Ausmaß des Übels, das mich verschlingt. Meine Brüste sind ganz mit kurzen, buschigen Haaren bedeckt. Ist diese behaarte Brust tatsächlich meine? Diese Arme und Beine, von gräßlichem, langem Flaum überzogen? Bin das wirklich ich, dieses widernatürliche, hermaphroditische Wesen?

Mein Blick irrt zum Nachttisch, auf dem das Foto meines Mannes steht. Er hätte mir wenigstens geholfen, diesen Lebensabschnitt zu bewältigen. Erst heute wird mir klar, wie sehr seine ruhige Gegenwart mir fehlt und welche Leere sein Tod hinterlassen hat. In meiner Erschöpfung schlucke ich zwei Schlaftabletten.

Während mehrerer Tage fällt mir nichts Ungewöhnliches auf. Meine Verwandlung scheint zum Stillstand, die Behaarung ins Gleichgewicht gekommen zu sein. Nur die Vorboten der Wechseljahre halten an und beruhigen mich: Schwindel, Hitzewellen, Blähungen.

Meine Haut dagegen bereitet mir Sorge. Ein paar Falten, die schon da waren, haben sich vertieft, andere sind auf der Stirn neu erschienen. Unter den Augen zeichnen sich Tränensäcke ab. Ich sehe jetzt aus wie eine nicht mehr junge Frau. Vielleicht ist es eben das, was man unter »Altern« versteht, vielleicht sind genau das die Wechseljahre, über die medizinische Handbücher viel zu wenig schreiben. Ich stelle plötzlich fest, daß ich die erste Frau bin, die sich altern sieht. Bei uns erreichen die Frauen nie den dritten Lebensabschnitt, was wird aus ihnen? Ich weiß die Antwort, will sie nicht wahrhaben. Kann man sich denn gegen den Lauf der Dinge wehren?

Auf der Straße beachtet mich niemand. Die Paare gleichen sich alle: junge Frauen am Arm von Ehemännern im reifen Alter, lauter nach demselben Muster gefügte Familien, kleine Mädchen an der Hand ihrer Mutter oder ihres würdevollen Vaters im besten Alter. All diese Leute gehen an mir vorbei und merken nichts. Vielleicht halten sie mich für das, was ich nicht bin. Als ich neulich aus einem Laden trat, stieß eine junge Frau mich an und sagte: »Oh Verzeihung, Monsieur!« Tatsächlich trug ich Hosen.

Ich habe mich also dazu entschlossen, meine Arme und Beine zu enthaaren und wieder Kleider anzuziehen. Was für ein Spaß, der Anblick dieser ekelhaften, in der Badewanne ertrinkenden Haare! Ich werde endlich wieder ein elegantes Kleid anziehen können. Mein Gesicht mag vom Alter gezeichnet sein, na und? Meine Beine sind noch ansehnlich. Ich nehme ein Kleid aus dem Schrank und steige bis zur Taille hinein. Komisch, ich glaube, es saß über den Hüften enger. Die Angst der letzten Wochen hat mich wohl abmagern lassen. Um so besser! So, fertig.

Ich wende mich dem großen Spiegel zu. Ich betrachte mich, breche in Lachen aus. Ich lache, daß es mir wehtut, nein, das bin nicht ich, dieser schäbige Clown. Ich lache immer lauter, nein, das bin nicht ich, diese groteske Gestalt, dieser Transvestit, diese geschmacklos angezogene Witzfigur in einem Kleid, das überall schlottert, diese Frau ohne Busen, ohne Hüften, ohne Rundungen. Und ich lache immerfort weiter, ohne zu merken, daß mein Lachen in Schluchzen übergeht.

Heute morgen bin ich früh aufgestanden. Eine Art innerer Eingebung hat mich aus dem Bett getrieben. Ich fühle, heute nacht ist etwas Unabänderliches geschehen. Ich meide den großen Spiegel. Ich fahre mit der Hand über mein Gesicht. Die Haut unter meinen Fingern ist so rauh wie bei einem Mann, der sich seit mehreren Tagen nicht rasiert hat. Der Spiegel hinter mir verhöhnt mich. Ich werde nicht hinsehen. Ich weiß schon, was er mir zeigt. Ohne Eile ziehe ich mein Nachthemd aus. Alle Haare sind nachgewachsen, die Brüste vollständig verschwunden. Ich halte den Atem an. Mein Herz schlägt immer lauter, immer schneller. Vorsichtig, sehr langsam senke ich den Blick zu dem einzigen weiblichen Merkmal, das mir noch bleibt. Der Atem stockt, mein Blick wird trübe, ich lege die Hand zwischen meine Schenkel, taumele, glaube, den Verstand zu verlieren. Unter meinen Fingern eine unzweideutige Schwellung. Mit einem Schrei des Entsetzens verliere ich das Bewußtsein.

Es ist Nacht, ich muß sehr lange geschlafen haben. Meine Erinnerungen sind verworren. Es kommt mir vor, als lebte ich in neuer Gestalt ein anderes Leben. Ich sitze im Salon, im Sessel. Aus der Küche dringt köstlicher Duft. Ich stehe auf, zünde meine Pfeife an. Ich bin heute abend sehr elegant gekleidet in meinem dreiteiligen Anzug. Dominique hat mir gesagt, daß wir Besuch erwarten. Einen alten Freund, glaube ich. Da ist sie, jung und strahlend. Sie lächelt mir zu.

»Hast du gut geschlafen, Liebling? Clément und seine Frau werden gleich hier sein.«

Es läutet. Das sind sie. In der Tür stehen die junge Frau und der Mann, die in dem Haus von Clémence wohnen. Er betrachtet mich schweigend und reicht mir eine Schallplatte: »Afrikan Krystal«.

»Alles Gute zum Geburtstag«, sagt er wie ein alter Freund.

Aus dem Französischen von Sigrid Groß

Sénouvo Agbota Zinsou
Yévi und die Prinzessin

Prinzessin Malonnui war schön. Wunderschön. So schön, daß sie euch mit einem einzigen Blick, der funkelnder und durchdringender war als eine Schwertklinge, den Atem rauben konnte; so schön, daß sie euch die Sinne verwirren konnte wie der prickelndste, mehrere Wochen gereifte Palmwein; so schön, daß sie euch durch ihre bloße Gegenwart vom Boden heben konnte wie der ungestümste Wirbelwind, um euch weit, weit in den Himmel hinaufzutragen und im tiefen Blau der Wolken ertrinken zu lassen. Hätte man zwischen ihr und ihrem Vater, dem König, einen Wettstreit veranstaltet, um zu bestimmen, wessen Namen die meisten Denkmäler, Plätze, Straßen und Naturschönheiten im Lande trügen, so hätte sie einen doppelten Sieg errungen, denn ihr Name war nicht nur am häufigsten verliehen worden, nach ihr war auch immer das Schönste benannt. Am Morgen etwa, wenn die Sonne ihr goldenes Licht über dem Wasser ausbreitete, hieß das bei den Frauen und Männern im ganzen Land »Malonnuis Pagne«, und wenn der Mond am Abend den Himmel in ein silbernes Licht tauchte, so war das »Malonnuis Lächeln«. Auch gab man viel darum, im Wald »Malonnuis Konzert« zu lauschen, einer Komposition aus dem Zwitschern der Vögel und dem rhythmischen Säuseln des Windes im Bambusgebüsch. Selbst in der sanft geschwungenen Silhouette des Hügels sah man Brüste und Hinterteil Malonnuis, sah sie nackt ausgestreckt auf dem Bett der mit grünem Laken bedeckten Ebene, mit kleinen gelben, weißen, violetten Blumen übersät. Was könnten wir nicht alles erzählen von den eleganten und koketten Frauen, denen sie Vorbild war, die Malonnuis Figur, Malonnuis Gang, Malonnuis Kopfhaltung nacheiferten, die den Faltenwurf ihres Gewandes und ihre Frisur nachahmten. Die großen Kosmetikhersteller hatten für sie eine Malonnui-Creme, eine Malonnui-Seife, ein Malonnui-Parfüm kreiert. Was könnten wir nicht alles erzählen von den Verliebten, die sich zum Stelldichein in einem romantischen Wäldchen, wo tausend Blumen blühten, mit den Worten verabredeten: »Wir treffen uns im Haar Malonnuis.« Und was schließlich nicht von den Kindern, die eine goldfarbene und wohlduftende Mangofrucht pflückten, sie nicht etwa aßen, sondern sie »Malonnuis Brust« nannten und aufbewahrten, um sie zu bewundern, oder die, wenn sie buntschillernde Schmetterlinge jagten, sich nicht etwa auf sie stürzten, sondern sie lange staunend betrachteten, denn es waren die Augenlider Malonnuis.

Es versteht sich aber von selbst, daß Malonnui insbesondere bei den Männern, egal welchen Alters oder welchen Standes, Leidenschaften entfesselte. Sie hätten alles getan, um ihr zu gefallen, ihr einfach nur zu gefallen. Alle träumten von ihr, alle wären liebend gern für sie gestorben.

So war Malonnui gegenwärtig in allem Schönen, in allem Betrachtens- und Bewundernswerten. Malonnui wohnte in den Herzen, Malonnui erschien in den paradiesischen Träumen, Malonnui hinterließ auf den Lippen den Geschmack einer noch niemals gekosteten Frucht.

Sie ging selten aus, und man könnte sagen, daß ihre Auftritte in der Öffentlichkeit wohl berechnet waren. Wenn sie erschien, dann war es, als schlüge der Blitz ein oder ein Meteor, und das Ereignis wollte niemand versäumen. Von den Leibwächtern umgeben, liefen die Sänftenträger – in goldglänzenden Uniformen sie alle – eiligen Schrittes die Straßen entlang, und die Menge, die unbedingt Malonnuis strahlendes Lächeln sehen wollte, folgte dem Zug, dichtgedrängt, im Laufschritt und im Rhythmus eines Liedes, dem populärsten im Land:

Oseeee! Oseeee!	*Oseeee! Oseeee!*
Malonnui e gbana loo	*Da kommt Malonnui*
Oseeee!	*Oseeee!*

Die Prozession endete vor den Toren des Palastes, wenn die Prinzessin dort eintrat und die Wachen das Eingangsportal hinter ihr schlossen. Die Menge zerstreute sich langsam, und alle kehrten zu ihrer Arbeit zurück, glücklich, an dem teilgenommen zu haben, was man das »Bad im Blick Malonnuis« nannte. Ein jeder gab seinen Kommentar ab, noch ausführlicher, noch begeisterter als sonst. Die Männer schlugen sich mit glänzenden Augen an die vor lauter Begierde geschwollene Brust. Ihnen war bewußt, daß sie ihr Verlangen niemals stillen konnten, aber sie redeten, redeten, redeten ohne Ende, denn wenigstens dieses Vergnügen konnte ihnen niemand nehmen.

»Ach! Wenn ich so eine Frau heiraten dürfte, sie könnte mich beschimpfen, schlagen, mit Füßen treten, mich anspucken, ich würde niemals protestieren, niemals ein Wort erwidern …«

»Und ich, ich würde nicht mal mehr arbeiten. Denn wie könnte ich sie wohl verlassen, um arbeiten zu gehen? Nein. Meine Tage und meine Nächte würde ich an ihrer Seite verbringen, um sie anzuschauen, sie zu bewundern, sie zu bedienen …«

»Und ich täte alles, was sie von mir verlangt: Wenn am Grunde des tiefsten und finstersten Brunnens das kühlste Wasser zu finden wäre, würde ich hinuntertauchen, um es ihr zu holen. Wenn in den Tiefen des Meeres oder im allerdichtesten, von wilden Tieren und Geistern bewohnten Wald ein Schatz verborgen wäre, ich ginge ihn ihr holen. Wenn sie die Sonne, den Mond und die Sterne zu ihren Füßen liegen sehen wollte, ich würde mich zum Himmel emporschwingen, um sie ihr herunterzuholen.«

Wenn … Wenn … Wenn … Eines Tages, als diese Art erregter Diskussion nach einem Auftritt Malonnuis wieder einmal in vollem Gange war, machte Yévi den Versuch, sich einzumischen: »Wenn …« Er hatte kaum den Mund geöffnet, als alle Anwesenden, Männer wie Frauen, wie eine Meute auf ihn losgingen.

»Wie? Auch du, Yévi? Wer hat dir diesen Floh ins Ohr gesetzt? Wer hat dir vorgegaukelt, du könntest über die Prinzessin mitreden? Du, der du nie satt zu essen hast? Du, der du nie etwas unternommen hast, um das verfallene Haus wiederaufzubauen, wo dein Urgroßvater, dein Großvater, dein Vater gelebt haben und wo du jetzt wohnst? Seht euch das an, ein schmutziges kleines Insekt, das von der Prinzessin sprechen will! Und was wolltest du sagen? Wenn du sie heiraten würdest? Warum heiratest du nicht lieber deine Urgroßmutter, deine Großmutter oder deine Mutter?«

»Aber ich bin doch auch ein Mann!«

»Ein Mann! Ein Mann! Ein Mann, Yévi! Ein schmutziges kleines Insekt!«

Und alle fielen sie ein in das Lied von der Fledermaus, die in ihrem maßlosen Ehrgeiz nach dem Mond greifen wollte:

Sakplatoke ma le woe le djiie
Oo gbênu djo loo
Toke ma le woe le djiie
Oo gbênu djo loo
Miade nyonuwo yi gawogbe
Gawowoa djo yi glo woe
Miade nyonuwo kàkità
Wo gblobe: ahosi makpo le ahue
Gawo fiô, toke ma le woe le djiie
Oo gbênu djo loo …

Wie kann die Fledermaus den Mond erreichen?
Das wäre etwas!
Unsere Frauen wollten ihr Geld vermehren,
Doch es mißlang!
Weg ist das Geld!
Unsere Frauen haben geschworen:
Eine Witwe kann keine Jungfrau sein!
Weg ist das Geld!

Yévi, der gekränkt war und sich gedemütigt fühlte, schwor sich zu rächen, und zwar auf eine Weise, die jedermann im Lande überraschen würde.

»Dich rächen! Dich rächen! Ha-ha-ha!«

Die Frauen, als Expertinnen in der Kunst des Sarkasmus bekannt, umringten Yévi. Von den entsprechenden Gesten begleitet, sangen sie:

Ha – ha ee
Nye mu dja konuo se
Ne nanyi so mako
Nyiso ma ko kpotèa
Aneho se kanigbe
Adjido koe do dji
E Lome gbogbogbo ...

Ich hab zum Lachen keine Lust,
Ich wart damit bis morgen
Und lach noch übermorgen.
Aneho hat eine Lampe angezündet,
Adjido trägt sie hoch über den Mauern,
Und in Lome, da zerplatzt sie ...

In der Tat, mit welchem Recht machten sich die Männer und Frauen über Yévi lustig? Warum wollten sie ihn daran hindern, so zu träumen wie alle andern? Schließlich gewährte Malonnui anderen Männern keine größere Gunst als ihm. Jedem war bewußt, daß er ebensowenig Aussicht hatte, mit ihr das Bett zu teilen wie er, Yévi. Jeder wußte, daß er es nicht einmal wagen würde, ihr den Hof zu machen. Die das gewagt hatten, waren Könige gewesen, größer, mächtiger und reicher als ihr Vater, Prinzen, die außer ihrer edlen Geburt und ihrer Schönheit von der Natur auch mit den bewundernswürdigsten Tugenden ausgezeichnet worden waren. Aber sie waren alle gescheitert, denn Malonnui heißt ja Malonnui: »Ich-bin-die-Frau-die-nicht-will«.

Indessen grübelte Yévi bei Tag und bei Nacht, klügelte Pläne aus, entwarf einen Rachefeldzug – nicht nur gegen die Männer und Frauen, die sich über ihn lustig gemacht hatten, nein, gegen die ganze Welt, die Natur, das Schicksal, die aus ihm einen Yévi gemacht hatten, den Sündenbock, den Prügelknaben, das unschuldige Opfer, auf das alle ihre eigenen Mißerfolge, ihre Unzulänglichkeiten, ihre Fehler und Laster übertragen wollten.

»Sie werden schon sehen! Sie werden schon sehen!«

An einem schönen sonnigen Nachmittag erklangen auf dem von Flammenbäumen umsäumten großen Boulevard der Stadt die Gesänge, Trommeln, Schellen und Ovationen der bunt zusammengewürfelten Menge: die Prinzessin!

Oseeee! Oseeee!	*Oseeee! Oseeee!*
Malonnui e gbana loo	*Da kommt Malonnui*
Oseeee!	*Oseeee!*

In noch schnellerem Rhythmus als sonst – denn die Sänftenträger und Leibwächter, wahre Athleten, liefen, daß ihnen fast die Luft ausging – folgte die Menge atemlos dem Zug – *Oseeee! Oseeee!* –, als plötzlich Yévi, einen Wasserkrug auf dem Kopf, auf die Straße stürzte, niemand wußte woher, und, pardauz, Sänftenträger, Leibwächter, Prinzessin, Wasserkrug, Waffen, alles in einem unentwirrbaren Knäuel zu Boden ging, umfiel, zerbrach, sich im Schmutz und Staub wälzte. Vom Tumult der Menge angestachelt, hatten die Sänftenträger und Leibwächter in ihrem rasenden Lauf weder die Zeit noch das notwendige Reaktionsvermögen gehabt, anzuhalten oder dem Hindernis auszuweichen. Als sie endlich zu reagieren imstande waren, drückten die Wachen als erstes auf den Abzug ihrer Gewehre, und es gab Tote und Verletzte. Dann wurden sie von der Angst um die Prinzessin ergriffen, stellten aber fest, daß sie noch lebte und nicht schwer verletzt war.

»Oh, meine Prinzessin! Oh, meine Prinzessin!«

Sie waren ihr behilflich, sich zu erheben und ihre mit Schmutz, Staub und Blut befleckten Kleider zu säubern, und sie reichten ihr ihren zu Boden gefallenen Schmuck. Währenddessen ergriff man Yévi, fesselte ihn und prügelte ihn durch.

Journalisten, Kameraleute und Fotografen sowohl der nationalen als auch der internationalen Presse waren in wenigen Minuten zur Stelle. Schon sprach man von einem Attentat, von dem Versuch, Mitglieder der königlichen Familie zu beseitigen, von einer Verschwörung dunkler Mächte, die Yévi, diesen Dämon und vaterlandslosen Gesellen, nur als Handlanger benutzten. Es wurde sogar behauptet, daß Yévi nicht allein gehandelt habe, daß man in dem Augenblick, als er sich dem Zug in den Weg geworfen hatte, bewaffnete Angreifer, wahrscheinlich Söldner, auf die Prinzessin habe schießen sehen, die dann geflüchtet seien. Und die hatten bestimmt auch die unglücklichen Opfer auf dem Gewissen.

Der Reporter des staatlichen Rundfunks, der über das Ereignis direkt berichtete, betonte besonders, wie würdig die Prinzessin sich verhalten hatte: »Und doch! Und doch! Bewundern Sie die Haltung, den Anstand, die Erhabenheit, den Glanz, das strahlende Lächeln, das unsere Prinzessin noch immer wahrt, die würdige Tochter ihres heldenhaften Vaters, Licht unseres Landes, Freude und Glück aller Patrioten, Stern der Nation. Hören Sie! Hören Sie die anmutigen Worte, voller Großherzigkeit, ja voller Edelmut, die sie in diesem für unser Land so schweren Augenblick ausspricht. Hören Sie das Interview, das sie soeben unseren Kollegen von der ausländischen Presse gewährt: »Nein, ich messe diesem ... Zwischenfall keine allzu große Bedeutung bei.«

»Hoheit, es hat immerhin Tote und Verletzte gegeben.«

»Ja, alle Verletzten werden versorgt auf Kosten ...«

»Auf Kosten der Prinzessin, versteht sich.«

»Und mein Vater wird Staatstrauer anordnen zum Gedenken an diese nationalen Helden, diese Märtyrer, die gestorben sind, damit das Vaterland lebe!«

»Und Yévi?«

»Ach, wissen Sie, wir kennen alle die Unbesonnenheit und den Leichtsinn dieses Wesens, dem es vollkommen an der Fähigkeit zur Selbstbeherrschung fehlt. Ich verzeihe ihm daher von ganzem Herzen.«

Da geschah das Unerwartete, daß Yévi, obgleich gefesselt, sich losriß: »Sie verzeihen mir! Sie verzeihen mir! Aber welches Unrecht habe ich Ihnen denn getan, das Sie mir verzeihen könnten? Die Straßen sind der Öffentlichkeit zugänglich und gehören niemandem allein.«

Hier entschuldigte sich der Reporter des staatlichen Rundfunks, daß die Wiedergabe des Interviews aus technischen Gründen nicht fortgesetzt werden könne, und der Informationsminister, der ebenso wie mehrere seiner Kollegen an den Ort des Geschehens geeilt war, bat die ausländischen Journalisten und Kameraleute, die Aufnahme zu unterbrechen, bis man klarer sehe.

Yévi allerdings war auf diesem Ohr taub: »Ich ging genau wie Sie über die Straße. Ihre Chauffeure, pardon, Ihre Sänftenträger und Ihre rücksichtslosen Gorillas haben mich überrannt, mir meinen Krug zerbrochen, meinen einzigen Besitz, und meine Knochen … Sehen Sie! Sehen Sie, wie ich am Knie blute, an den Ellenbogen, an der Stirn. Sehen Sie, wie zerrissen meine Kleider sind, mit Schlamm und Kot bespritzt. Und dann packen mich Ihre Gorillas auch noch, fesseln mich, mißhandeln mich – und Sie verzeihen mir! Ach, was ist das für ein Verzeihen? Wahrhaftig, da muß man schon Prinz oder Prinzessin sein!«

»Sei still«, schrien Wachen und Sänftenträger wütend und bedrohten Yévi mit Fäusten, Stiefeltritten oder vorgehaltener Waffe, bereit, ihn niederzuschlagen, zu zerquetschen, zu erledigen.

»Ich soll schweigen! Ich werde nicht schweigen. Nicht jeder kann Prinz oder Prinzessin sein.«

Einige aus der Menge, die das Geschehen verfolgt hatten, die

Toten, die Verwundeten gesehen hatten und nun Yévi hörten, flüsterten sich Bemerkungen zu, die eher günstig für ihn waren. Die überall in der Menge verteilten Agenten machten dem Minister für Innere Sicherheit davon Meldung, der, aus Angst, die Affäre könne in einen Aufruhr ausarten, der Prinzessin nahelegte, Yévi auf der Stelle freizulassen, die Sänfte zu besteigen und sich in den Palast zurückzuziehen. Die Menge wurde aufgefordert, dem Zug nicht weiter zu folgen.

Aber Yévi warf sich in den Weg, wälzte sich im Staub, stieß schreckliche Schreie aus, wie ein Besessener.

»Keinen Skandal! Keinen Skandal, Yévi!« drohten die Minister, die Wachen und die Träger. Yévi hörte nicht auf sie.

»Also gut, was willst du, Yévi? Was willst du? Neue Kleider? Einen Arzt? Einen neuen Krug? Zu essen? Geld?«

Statt einer Antwort sang Yévi dieses Lied:

Malonnui mu be ma yi fiosame ...
Malonnui, ich will zum Palast mitgehen ...

Die Minister, die Wachen, die Träger, die Journalisten, die Menge, allesamt verblüfft und verlegen, sahen sich fragend an. Einer der Minister lief zur nächsten Telefonzelle, um Seiner Majestät Bericht zu erstatten und sich zu erkundigen, welche Haltung gegenüber Yévis seltsamem Ansinnen einzunehmen sei. Die Leute in der Menge fragten sich ebenfalls, was Yévi wohl beabsichtige: »Bei Yévi weiß man nie. Nichts ist unmöglich ...«

»Vielleicht will Yévi Minister werden«, rief ein Witzbold.

Aber die Stimmung war zu ernst, zu angespannt, als daß viele über den unpassenden Scherz gelacht hätten. Indessen fuhr Yévi fort zu singen:

Malonnui mu be ma yi fiosame ...

Die Prinzessin fragte sich, warum das Lied ihr auf eine diabolische Weise die Sinne verwirrte, durch die Brust strömte und ihr Blut in Wallung brachte. Da kam der Minister zurück, der mit dem König telefoniert hatte, und flüsterte ihr etwas ins Ohr. Sie wandte sich an Yévi: »Also gut. Ich habe verstanden, ich bin nicht taub. Du kommst mit zum Palast. Aber hör bitte auf, mir mit deinem diabolischen Lied das Trommelfell zu strapazieren. Wie auch immer, wenn du beabsichtigst, mich im Palast weiter zu belästigen, bekommst du es mit den Wachen zu tun.«

Yévi erhielt also die Erlaubnis, sich dem fürstlichen Gefolge anzuschließen. Wie erstarrt, ungläubig blieb die Menge zurück. Die Leute schüttelten den Kopf angesichts des Wagemuts und der Unerschrockenheit, nein der Dickköpfigkeit Yévis, des schmutzigen kleinen Insekts. An Kommentaren mangelte es nicht. Aus ihnen sprachen teils Entrüstung, teils Neid und Eifersucht auf Yévi, denn das schmutzige kleine Insekt brachte vielleicht ja fertig, was bislang noch niemand gewagt hatte: den Mitgliedern des Königshauses, der Regierung seinen Willen aufzuzwingen.

»Wir müssen uns vor Yévi in acht nehmen, er ist zu gerissen.«

»Yévi ist ein Dämon, er bezwingt uns mit Hilfe einer finsteren, tyrannischen Macht.«

»Yévi ist ein Hexer. Er bekommt immer, was er will. Wer weiß, vielleicht hat er die Prinzessin mit seinem Lied verhext und vielleicht gibt sie ihm nach.«

»Was? Sie tut was? Ihm nachgeben? Unmöglich, das kannst du vergessen.«

Der Mann, der das gesagt hatte, war aufgesprungen, war in Stellung gegangen, hatte seine Muskeln angespannt, den Arm vorgestreckt, als sei er zum Kampf bereit. Seine Augen traten aus den Höhlen, sein Mund stand offen, er schäumte vor Wut, sein ganzer Körper zitterte vor Erregtheit. Wie, sollte das heißen, daß die Prinzessin Yévi gewähren könnte, was sie den Großen dieser Welt verweigert hatte? Mit anzusehen, wie Yévi, das schmutzige kleine Insekt, die Personifikation des Schlechten und Häßlichen, Arm in Arm geht mit der Schönsten aller Schönheiten, an der Tafel seiner Majestät in der Gesellschaft der Prinzessin königliche Mahlzeiten einnimmt und schlimmer noch? Oh welche Beschmutzung, oh welche Entweihung! Welche Lästerung und Entheiligung! Yévi im Bett dieser himmlischen Anmut, dieser Göttin ...

»Nein! Was? Nein! So etwas sagt man einfach nicht!«

»Aber ich habe nicht gesagt ...«

»So etwas stellt man sich nicht einmal vor ... Es gibt Dinge, die sind heilig, an die rührt man nicht, nicht einmal in der Phantasie! Verstehst du?«

Der Verteidiger des Heiligtums, der Prinzessin, stürzte sich auf den Lästerer und prügelte ihn bis aufs Blut.

Der königliche Zug war soeben am großen Palasttor angekommen. Die Torwachen salutierten der Prinzessin, öffneten weit beide Torflügel, um Malonnui, die Minister und Wachen hereinzulassen. Yévi aber versperrten sie den Durchgang, hielten ihn fest und schickten sich an, ihn auf die übliche Art und Weise zu verhören, als er, mit leicht verändertem Text, wieder seinen Gesang anstimmte:

Malonnui mu be ma do fiosame ...
Malonnui, ich will rein in den Palast ...

Die Prinzessin, die schon einige Meter entfernt war, rief den Torwachen zu: »Laßt ihn herein! Befehl seiner Majestät!«

Die Wachen verneigten sich und gehorchten. Yévi folgte der Prinzessin in das Palastgebäude, das sie mit ihrer Großmutter, der Königinmutter, teilte, die im Erdgeschoß residierte, während Malonnui die obere Etage bewohnte. Als die Königinmutter sich genauestens über die Ereignisse ins Bild gesetzt hatte, erfaßte sie großes Mitleid für Yévi. Sie kümmerte sich höchstpersönlich um seine Wunden, ließ ihn eine heiße Dusche nehmen, gab ihm wohlduftendes Öl, um seinen Körper damit einzureiben, und einen reich bestickten, fast neuen Bubu, der einem ihrer früheren, kürzlich verstorbenen Sklaven gehört hatte. Yévi nahm die Freigebigkeit der Königinmutter an und dankte ihr. Anstatt aber zu gehen, nahm er einen Stuhl und setzte sich.

»Nun, Yévi, was willst du noch? Ach, dein Krug ... Hier steht gerade einer, da rechts von dir. Du kannst ihn nehmen. Auf Wiedersehen, Yévi.«

Yévi nahm den Krug, stellte ihn neben seinen Stuhl und nahm wieder Platz.

»Yévi, ich sehe, du willst noch etwas. Zu essen sicherlich. Wie dumm von mir. Wie könnte es angehen, daß Monsieur Yévi seinem Ruf als guter Esser keine Ehre machte, wenn er schon einmal in den Palast kommt, wo es die köstlichsten Speisen gibt. Warte ein wenig. Wenn das Essen fertig ist, wird man es dir servieren.«

Er wartete, das Essen war fertig, man servierte es ihm. Es war ein Kloß aus gestampfter Yamswurzel von der Größe und Form eines Fußballs, mit einer reichhaltigen Erdnußsoße übergossen und großen Stücken Hammelfleisch gekrönt. Man reichte ihm die Mahlzeit in einem Napf.

Ihr werdet verstehen, daß Yévi an jenem Abend besonders großen Appetit hatte, nach all den Anstrengungen des Tages, die ihn viel Kraft gekostet hatten. Ah, ich höre, wie ihr mit Recht das Sprichwort zitiert: »Der Narr wollte gerade loslaufen, als die Leute ›Feuer‹ schrien. Konnte er eine bessere Gelegenheit finden?« Nun ja, Yévi lief, aber nicht mit den Füßen ... nein, mit der Hand, vom Napf zum Mund, vom Mund zum Napf. Und mit solcher Mimik, mit solcher Musik, daß daraus ein echtes Schauspiel wurde. Die Königinmutter, die so etwas noch nie gesehen oder gehört hatte, rief voller Entzücken: »Kommt und seht! Kommt und seht! Kommt und seht, wie Yévi frißt!« Und Prinzen, Prinzessinnen, Minister, Wachen, alles lief herbei und umringte Yévi, die ungewöhnliche Kreatur. Und Yévi, als der begriffen hatte, daß er ein Star geworden war, zögerte er nicht lange und bot das Spektakel, das man von ihm erwartete, tauchte die Hand in den Napf, nahm das Essen, führte es zum Mund. Er genierte sich nicht im geringsten wegen des Lärms, den seine Zähne verursachten, als sie sich in das Fleisch gruben, es in Stücke zerschnitten, zerrissen, die manchmal widerspenstigen Knochen brachen und zermalmten, und auch nicht wegen der Geräusche seiner Kiefer, die wie Maschinen arbeiteten, seiner Zunge und seines Gaumens, der schmalzte, saugte, schlürfte.

Floko! Floko! Floko! Floko!
Butummba! Butummba!
Gnagrrr ...! Gnagrrr ...!
Gongon! Gongon!
Gbligbli!
Butummba! Butummba!

Die Leute applaudierten, machten Witze, riefen »Yévi, weiter, weiter!« Und man brachte neue Schüsseln für Yévi, dem nichts lieber war, und das Spektakel zog sich hin bis zum späten Abend.

Der Kultusminister, der auch zugegen war, erklärte, wenn der König das nächste Mal nach Unterhaltung verlange, so sei das Passende schon gefunden. Er hatte sogar den Einfall, von Zeit zu Zeit dergleichen Darbietungen für die Bevölkerung zu organisieren, der es, von den Auftritten der Prinzessin und einigen anderen harmlosen Belustigungen einmal abgesehen, in der Tat an kultureller Nahrung fehlte. Der Sportminister fragte seine Mitarbeiter, ob sie sich einen Freßwettbewerb vorstellen könnten, bei dem man Leute von der Sorte Yévis gegeneinander antreten ließe. Warum nicht? Schließlich hatten ja auch die Biertrinker ihre Wettkämpfe. Aber der Vorschlag des Ministers für Erziehung und Wissenschaft war vermutlich der intelligenteste: Yévi in einem zoologischen Garten auszustellen, damit unsere Kinder lernen können, wie die Yévi fressen.

Alle diese Ideen müssen reifen und auf der nächsten Kabinettssitzung ernsthaft besprochen werden.

Mit Einbruch der Nacht hatte sich vor dem wundersamen Schauspiel »Fressender Yévi« der Vorhang gesenkt.

Ja, selbst wenn Guédé seine Trommel schlägt, muß er einmal aufhören. Die Zuschauer zogen sich also zurück. Im Raum waren nur noch Yévi, Malonnui und die Königinmutter. Gähnend, die Augen voller Schlaf, sagte diese zu Yévi: »Jetzt ist es Zeit, sich zur Ruhe zu begeben. Du mußt nun nach Hause gehen. Wenn du willst, kannst du wiederkommen, ja? Ich werde mich dafür einsetzen, daß du eine spezielle Erlaubnis erhältst, die dir jederzeit Zugang zum Palast verschafft. Aber heute haben wir uns genug amüsiert.« Yévi blieb sitzen und sagte kein einziges Wort.

Die Prinzessin wurde ungeduldig: »Hast du nicht gehört, was Großmutter gesagt hat? Daß wir dich lange genug gesehen haben, daß du nach Hause gehen mußt? Nun? Was willst du noch? Sicher, mein Gefolge hat dich umgerannt, du bist verletzt, dein Krug ist zerbrochen, deine Kleidung zerrissen – aber bist du nicht ausreichend entschädigt worden? Hast du nicht zehnmal mehr als ich selbst gegessen, Speisen, die du noch nie probiert hast, seit du auf der Welt bist? Der gestickte Bubu, den du da trägst – haben dein Großvater und dein Vater jemals so einen getragen? Und hast du, seit dein Vater und deine Mutter in ihr Haus gegangen sind, um dich zu zeugen und zur Welt zu bringen, jemals in einem Palast eine heiße Dusche genommen? Hast du jemals deinen Körper mit duftendem Öl eingerieben? Hör zu, Yévi, übertreib nicht, sonst …«

Yévi sah die Prinzessin an, als wollte er sagen: »Sie verschwenden Ihre Spucke, Hoheit. Ich gehe nicht, bevor ich nicht bekommen habe, was ich will.«

Da geriet die Prinzessin außer sich und schrie hysterisch: »Was willst du? Was willst du denn, du schmutziges kleines Insekt?« Das schmutzige kleine Insekt antwortete mit einem Lied:

Malonnui mu be ma do fiyé ...
Malonnui, ich will hier schlafen ...

»Du willst hier schlafen! Du willst hier schlafen! Und mitten in der Nacht heimlich aufstehen, alles stehlen, was du kannst, uns vielleicht sogar umbringen und dann deiner Wege gehen!« Yévi sang völlig unbeeindruckt weiter, wobei er Kopf und Oberkörper im Takt wiegte und leicht lächelte:

Malonnui mu be ma do fiyé ...

Die Prinzessin verlor endgültig die Beherrschung, kreischte, schimpfte, zeterte und beleidigte Yévi, der jedoch vollkommen gelassen blieb und nur eine Antwort kannte:

Malonnui mu be ma do fiyé ...

»Niemals! Niemals! Verstehst du mich? Niemals wirst du hier schlafen.«

Sie ließ die Wachen holen und befahl, Yévi aus dem Palast zu werfen. Die Wachen gingen auch ans Werk, aber Yévi klammerte sich mit aller Kraft an den Türrahmen und sang laut sein diabolisches Lied:

Malonnui mu be ma do fiyé ...

Schließlich machte die Königinmutter, die vor Müdigkeit fast umfiel, den Vorschlag, Yévi eine Matte zu geben, um dem Höllenlärm ein Ende zu setzen: »Da er nun einmal hier schlafen will, soll er sich im Hof niederlegen, und kein Wort mehr darüber.«

Yévi nahm die Matte, breitete sie im Hof aus, legte sich hin, schloß die Augen und tat so, als schlafe er, wobei er laut schnarchte: Hlolololo! Hlolololo!

Die Prinzessin war ins Obergeschoß gestiegen, in ihr Zimmer; die Königinmutter schlief sofort ein. Alles schien ruhig. Niemand dachte mehr an Yévi, als der sich erhob:

Malonnui mu be ma do home ...
Malonnui, ich will in dein Zimmer ...

Erregt und zornig, da aus dem Schlaf gerissen, stürzte die Königinmutter heraus und schwang ihren Gehstock gegen ihn: »Oh, Yévi, Yévi! Du Dämon, du Hexer, du willst mich wohl umbringen!«

Malonnui mu be ma do home ...

Die Königinmutter rief die Prinzessin zu Hilfe: »Malonnui! Malonnui, komm her! Du bist der Grund für das ganze Theater. Du hast Yévi in den Palast gebracht. Nimm ihn, bring ihn in dein Zimmer, damit wir in Ruhe schlafen können.«

»Nein, Großmutter, das tue ich nicht. Nein, diesen Dämon nehme ich nicht mit in mein Zimmer. Es stimmt, ich habe ihn hergebracht, aber du hast seine Wunden versorgt, du hast ihn eine heiße Dusche nehmen lassen, du hast ihm duftendes Öl gegeben, um sich den Körper einzureiben, und einen Bubu, um sich zu kleiden. Du hast ihm zu essen gegeben. Du hast darauf bestanden, daß er die Nacht hier verbringt. Nein, ich nehme ihn nicht mit in mein Zimmer. Du wirst das tun.«

Zwischen der Königinmutter und der Prinzessin kam es zu einer heftigen Auseinandersetzung. Malonnui siegte schließlich, denn ihre Großmutter legte großen Wert auf ihren Schlaf. Sie gestattete, daß Yévi die Nacht in ihrem Zimmer verbrachte, auf der Matte, die er vorher erhalten hatte.

Die Nacht war weit fortgeschritten. Im Palast schliefen nun alle. Die Königinmutter schnarchte: Hlolololo! Hlolololo!

Yévi erhob sich leise, betrachte einen Augenblick lang die Königinmutter in ihrem Schlaf, lachte über ihr Galgengesicht, ihren weit geöffneten Mund, ihre bebenden Nasenflügel, ihre sabbernden Mundwinkel. Er lachte noch mehr, als – bumm! bumm! – der Königinmutter passierte, was jedem Sterblichen passieren kann nach dem Genuß von einem guten Bohnengericht mit Palmöl.

»Fumm! Fumm!« machte Yévi, »das riecht nach faulen Eiern, Königinmutter. Ich wußte gar nicht, daß sogar Königinnen ...«

Hlololo! Bumm! Bumm! Ha-ha-ha!

Das ganze Zimmer war nun erfüllt vom Schnarchen und dem Geruch nach faulen Eiern, der von der wie ein Murmeltier schlafenden Königinmutter ausging. Yévi hatte, ganz nach seiner Art, den dämonischen Einfall, ihre Pagne bis zur Taille hochzuziehen ... nur um zu sehen, wie es bei einer Königinmutter aussieht. Aber er verzichtete: »Jedenfalls nicht anders als bei meiner eigenen Großmutter. Wie ein alter Lappen. Nur keine Zeit verlieren, dafür bin ich nicht hergekommen.«

Ja, wozu war er dann hergekommen? Werden wir das erfahren? Yévi holte tief Luft, nahm seine ganze Kraft, seine ganze Stimmgewalt zusammen und legte sie in sein Lied, das letzte Lied auf dem Weg zum Ziel:

Malonnui mu be ma yi asandji ...
Malonnui, ich will heraufkommen ...

Es hörte sich an wie der Lärm von zehntausend Yévi, nein, von zehntausend Dämonen im ganzen Haus. Die Königinmutter, in Panik, wollte davonlaufen, fiel aber hin und schrie um Hilfe. Malonnui stürzte herbei, auch sie erschrocken. Sie erblickte ihre Großmutter, wie sie am Boden lag, jammerte, flehte: »Habt Erbarmen ... alle beide ... ich sterbe ... Malonnui ... ich bitte dich ... nimm ihn ... nimm ihn mit zu dir.«

Malonnui war sprachlos. Sie betrachtete ihre Großmutter, die weinte, dann Yévi, der aus vollem Halse sang, und sagte: »Komm!« Da kam Yévi ein Lied in den Sinn, das Lied der Fußballmannschaft aus seinem Viertel, das gesungen wurde, wenn sie zu einem Spiel ins Stadion zogen, um sie in ihrer Siegeszuversicht zu bestärken. Yévi sang es im Geist und gab damit seinen Schritten den Takt an, die auf den Treppenstufen wie Trommelschläge widerhallten. Es versteht sich von selbst, daß er den Namen der Mannschaft durch seinen eigenen ersetzte:

Yévi la po bolu … E la du dji.
Yévi, dieses schöne Spiel wirst du gewinnen!

Das Spiel nahm einen gänzlich unerwarteten Verlauf. Die Prinzessin schoß die ersten Tore, könnte man sagen. Hört zu! Als sie allein im Zimmer waren, baute sich die Prinzessin vor ihrem großen Bett mit geblümten Seidenlaken auf.

Nun könnte ich euch ein Versrätsel in der Minasprache aufgeben:

Tugbedjevi agbodjandjan
Ele si to le kpalome be
Awha ne va yewo awo.
Die Jungfrau, ein furchtbarer Widder,
Steigt aus dem Bad und zeigt sich
Bereit zum Kampf.

Wirklich, wenn ihr die Bilder nach unserer Überlieferung zu deuten verstündet, würdet ihr mir antworten, daß hier die Brüste gemeint sind, die, spitz wie die Hörner eines Widders, aus dem Wasser ragen und Tropfen wie stolze Perlen verspritzen – eine Herausforderung zum Kampf, getanzt im Rhythmus des Atems, ein Schwur, sich nur dem tapfersten Krieger zu ergeben!

Aber hier ist mehr im Spiel, und ihr werdet verstehen, warum Yévi sich zunächst geschlagen geben muß. In einer kaum wahrnehmbaren Bewegung ließ die Prinzessin mit einem Mal alle ihre Kleider zu Boden gleiten, so daß nur noch ihre Halsketten, Armreifen, ihre Fußketten, Ringe und die bunten Perlenreihen, die vom Schwung ihrer Bananenblatt-Taille gehalten wurden, ihren herrlichen Körper bedeckten. Der Himmel öffnete sich. Sonne, Mond und Sterne drangen ins Zimmer. Es war weder Tag noch Nacht. Nur das vielfarbene Licht ergoß sich über den Körper der Prinzessin, dieses Meisterwerk göttlicher Kunst. Und der tanzte ohne sich zu bewegen, wurde zur Morgenröte, die Palmöl über das Himmelslaken ausgießt, dann zu diamantenen Meereswellen und kristallenen Kaskaden, zum silbernen Strom unter dem Mondlicht, und da, am Ende der Ebene, weidete eine Ziegenherde mit glänzendem schwarzem Fell am Ufer des Honigflusses, im Schatten fruchtbarer Berge – wieviel Schönheit in einer einzigen Person!

Yévi war geblendet, wie vom Blitz getroffen, erschlagen. Eine Zeitlang nahm er um sich herum nichts mehr wahr, absolut nichts. Als er wieder zu sich kam und wie hypnotisiert, noch unter dem Eindruck der Erregung, die sich seines Herzens, seines Geistes und seines Körpers bemächtigt hatte, die Augen aufriß, konnte er nur stammeln: »Nein! Nein! Das ist keine ... das ist keine Frau, die ich da vor mir habe. Das ist Mami Wa ... Mami Wa ... Mami Wati-aaa ...« Er wollte sagen »Mami Wata«, aber sein Atem ging stoßweise, seine Kehle war wie zugeschnürt, und er konnte nur stöhnen: »Mami Watiaaa!«

Und Mami Wata stand majestätisch vor ihm und sang mit ihrer süßen, eindringlichen Stimme:

Si ne yom be ma va la
Me djrado ye me va gbo wo
Yata, gblo nu si dim ne le la.
Da du mich gerufen hast,
folgte ich und bin gekommen.
Sag mir nun, was willst du!

Unsichtbar begleiteten ein Chor und ein Orchester mit den verschiedensten Instrumenten das Lied. Ihre Musik erklang weiter, als Yévi Mami Wata antwortete:

Göttin, würdet Ihr mir Eure Augen geben,
Ich vergrübe sie in meiner Seele,
Damit die Dunkelheit des Todes mich niemals erreicht.
Würdet Ihr mir Euer Haar geben,
Es wandelte sich in meinem Kopf zu einem Paradiesgarten,
Den ich Tag und Nacht durchstreifte.

Würdet Ihr mir Eure Lippen geben,
Ich vergäße selbst den feinsten Geschmack der Früchte,
Die ich bis heute gekostet habe.
Würdet Ihr mir Eure Brüste geben,
Ich machte daraus Hügel von saftiger Frische
Und schöpfte aus ihrer Quelle täglich meine Milch.
Würdet Ihr mir Eure Hüften geben,
Ich bemalte sie mit meinen Händen wie bei uns die Pirogen
Mit Zeichen, die uns den Weg zur Insel des Blauen Hibiskus
weisen.

Indem Yévi sprach, wurde er durch seine Worte verwandelt, und er erhielt eine neue Gestalt. Er hatte seinen kugelförmigen Bauch verloren, seine roten Augen, sein fratzenhaftes Gesicht, seine knochendürren Glieder. Er war ein schöner junger Mann geworden, gut gebaut – ein Prinz! Schöner und majestätischer als alle Männer, die der Prinzessin den Hof gemacht hatten. Er sang:

Si ne va la edjodji nam
Wo afowi deka ko sum vo
Bena ne ma gbigbo eyama ...
Ich bin glücklich, daß du da bist,
Dein kleiner Zeh genügt mir,
Dein kleiner Zeh, den ich dir sauge ...

Die Prinzessin setzte sich auf das Bett und streckte Yévi ihren Fuß hin. Der ließ sich auf die Knie herab, ergriff den Fuß und saugte daran, während die Musik des unsichtbaren Orchesters lieblich erklang.

Doch nun geschah etwas, was euch normal oder wunderbar erscheinen mag, je nach dem, unter welchem Blickwinkel ihr es betrachten wollt. Aus der Tiefe seines Gaumens stieg Yévi ein Wasser in den Mund, unvergleichlich köstlich, strömte zusammen, wurde zum Fluß. Und die Prinzessin setzte sanft ihre Barke darauf, die Yévi mit seinen Händen bemalt hatte.

Und er, ein stattlicher und muskulöser Ruderer, bestieg die Barke. Und Yévi ruderte, ruderte voller Glück der Insel des Blauen Hibiskus entgegen.

»Das ist schön! Das ist schön! Oh, das ist schön!«

Und Mami Wata überraschte sich selbst dabei, wie sie mit Yévi im Chor sang: »Das ist schön! Das ist schön! Oh, das ist schön!«

Es war so schön, daß sie die Reise mehrmals von neuem unternahmen. So schön, daß nun jede Nacht, zu einer Zeit, wenn alles schlief, die Prinzessin Yévi durch das Fenster in ihr Zimmer ließ und sie zur Insel des Blauen Hibiskus reisten. Dort teilten sie königliche Speisen und fürstliche Wonnen.

All das geschah völlig unbemerkt, bis zu dem Tag, als diejenigen, die regelmäßig im Palast verkehrten, sich darüber zu wundern begannen, daß der Bauch der Prinzessin zusehends runder und sie von Übelkeit heimgesucht wurde. Undenkbar, daß sie ... nein, es gibt Dinge, die kann man nicht aussprechen, nicht einmal ausdenken, sonst würde man sich der Blasphemie schuldig machen, würde man entweihen, was das Land an Heiligstem besitzt.

Der König, den diese Anzeichen in Unruhe versetzen, war verbittert, verwirrt und untröstlich bei dem Gedanken, daß seine Tochter ... Nein, es gibt Dinge, die spricht man nicht aus. Und dennoch, es war eine unabänderliche Tatsache, selbst wenn die Wachen jeden festnahmen, ins Gefängnis warfen und folterten, der auszusprechen wagte, was man eben nicht ausspricht.

Der König selbst unterzog seine Tochter einem Verhör. Aber sie weigerte sich, ihm den Namen des ... des Hochstaplers, Schandtäters, Terroristen preiszugeben. Jedenfalls, schwor der König, würde er ihn mit Hilfe seines mächtigen Geheimdienstes herausfinden, und dann würde er diesem Abgesandten des Bösen, diesem Söldner im Dienste aller Feinde des Guten schon zeigen, mit wem er es zu tun hatte. Im engsten Kreis der königlichen Familie wurde davon gesprochen, das Kind der Schande und Ehrlosigkeit, dieses Monster, diesen Dämon verschwinden zu lassen, bevor er das Licht der Welt erblickte. Davon wurde gesprochen, bis die Prinzessin eines Nachts verschwand und, wie man wenig später feststellte, Yévi auch.

»Habt ihr bemerkt, daß Yévis Verschwinden mit dem der Prinzessin zusammenfällt?«

»Was willst du damit andeuten? Sag das noch mal, und ich zeige dich bei den königlichen Wachen an.«

»Du kannst mich anzeigen, aber es gibt Tatsachen.«

Nun, es war eine solche Tatsache, daß eines Tages in einem benachbarten Land jemand Yévi entdeckte, wie er dort mit der Prinzessin zusammenlebte und diese auf dem Rücken, wie alle Mütter bei uns, ein Baby trug, einen kleinen Yévi. Sie stampfte Fufu für das Mittagessen.

Die ihren Ohren nicht trauen wollten, begaben sich selbst in das Nachbarland, um sich mit eigenen Augen zu überzeugen. Und es wurde geredet und geredet: »Yévi! Yévi! Ich begreife nicht ... ich begreife nicht ...«

»Was gibt es da zu begreifen, bei einer Sache, die auf die natürlichste Art und Weise zwischen einem Mann und einer Frau passiert, selbst zwischen einem Yévi und einer Prinzessin?«

Und alle, die da redeten, erinnerten sich des Liedes, das die Prinzessin und Yévi zusammen gesungen hatten, von dem unsichtbaren Orchester begleitet, in jener Nacht, als sie sich zum ersten Mal nackt gegenüberstanden:

Si ne yom be ma va la ...
Me djrado ye me va gbo wo ...

Aus dem Französischen von Beeke Dummer

Amadou Kane
Der Verführer

An allen Wochenenden und Feiertagen findet sich »die Bande«, wie man sie im Viertel nennt, an ihrem üblichen Treffpunkt ein, unter zwei riesigen Bäumen an der »Drei-Straßen-Kreuzung«, in einer Ecke, von wo aus sie alles, was auf den drei Verkehrsadern passiert, beobachten können. Während die meisten geräuschvoll gestikulierend um ein Kartenspiel herumsitzen, beschäftigen sich die »Abc-ler« mit Lektüre, und Nakata bereitet Tee. Ein wenig abseits schwatzen Boubé und Lawali in gedämpftem Ton und lachen von Zeit zu Zeit laut auf. Sie sind die beiden Casanovas der Bande. Selten beteiligen sie sich an den Beschäftigungen der andern, sondern sich lieber ab, um sich beim Anblick schöner Frauen, die vorbeigehn, »die Augen auszugucken«. Jede Passantin wird von den Blicken der zwei Experten peinlich genau seziert, danach vergleichen sie das Ergebnis ihrer Studien. So ist es immer gewesen, seit sie sich vor vier Jahren kennenlernten.

Eines Samstagmorgens gegen zehn Uhr hatte das übliche Kartenspiel noch nicht begonnen; man wartete auf ein Kind, das neue Karten kaufen sollte. Die Anwesenden füllten die tote Zeit, indem sie Boubé und Lawali nachahmten. Wie bestellt, schickte sich eine reizende junge Dame an, ihr Blickfeld zu durchqueren. Sofort richteten sich die Augen all der männlichen Müßiggänger auf sie, die sich der Wirkung ihrer Person auf die Jungen wohl bewußt war, denn sie ging gemessenen Schritts und brachte ihre interessantesten Körperteile voll zur Geltung. Auf Höhe der Betrachter angekommen, rief sie ihnen mit weicher, voller Stimme, von einem verführerischen Lächeln begleitet, ein »Guten Tag« zu, und die Bande beeilte sich zu antworten.

»Was für ein schöner Hintern!« flüsterte jemand.

»Sie ist nicht aus unserem Viertel«, erklärte ein anderer.

»Das ist unwichtig«, behauptete Boubé selbstsicher, »auch wenn sie vom Planeten Mars gefallen ist, werde ich am Ende mit ihr schlafen; eine so reizvolle Frucht darf man nicht verderben lassen.«

»Langsam«, brachte Lawali vor, »sei nicht egoistisch! Und im übrigen, glaubst du vielleicht, jeder Baum dient einem einzigen Affen als Schaukel?«

»Um was wettest du?«

»Zwei Kästen Limonade und vier Dutzend Bratspieße.«

»Angenommen! Wie viele Tage hab ich Zeit?«

»Neunzig Tage, von morgen mittag an gezählt.«

Die Bande gab mit lautem Stimmengewirr ihr Einverständnis, Boubé stand umgehend auf, zog seine Hose glatt, richtete seinen Hemdkragen, wischte noch schnell über seine Schuhe und schickte sich an, das Mädchen einzuholen.

Als er bis auf wenige Meter an sie herangekommen war, pfiff er. Sie schenkte dem keine Beachtung. Dann holte er sie ein und versperrte ihr den Weg.

»Schwester, in deinem Alter hast du schon Probleme damit, einen Zuruf auf fünf Meter Entfernung zu hören?«

»Ich hab überhaupt keine Probleme, und niemand hat mich gerufen. Ich hab nur jemand pfeifen hören und gedacht, er ruft seinen Hund.«

»Der Hund, um den es hier geht, ist das schönste aller Lebewesen auf diesem Planeten. Ich bin Boubé Maïssommata, von Beruf Bauingenieur. Darf man deinen hübschen Namen wissen?«

»Zalia Kerboko, Abschlußklasse des Mädchengymnasiums.«

»Schön, freut mich. Du bist wunderbar gut gebaut, dein Hinterteil ist göttlich.«

»Ich weiß, das Vorderteil auch. Dafür kann ich nichts, ich wurde so geboren. Vielleicht ist das ein Geschenk der Natur.«

»Ich sehe, du kannst dich gut ausdrücken. Ich will dir nicht mit dummen Sprüchen kommen, sondern dich einfach nur da absetzen, wo du hinwillst; es ist sehr gefährlich, ein so schönes Mädchen in der Stadt herumlaufen zu lassen; sie könnte Unfälle verursachen, weil die Augen aller Autofahrer männlichen Geschlechts auf sie gerichtet sind.«

»Ich wußte nicht, daß es Leute gibt, die sich solche Sorgen um die Wahrung der öffentlichen Ordnung machen!«

Er gab sich die größte Mühe, durch das Auto seine Chancen zu verbessern, Zalia wußte aber alle Fallen geschickt zu umgehen. Trotzdem verlor er nicht den Mut; die Erfahrung hatte ihn gelehrt, bei der Eroberung einer Frau niemals hastig vorzugehen. Angst brauchte er jedenfalls keine zu haben, bis jetzt hatte kein einziges Mädchen ihm lange widerstanden. Der Blitzschlag, der Felsen sprengt, scheitert nicht an einem einfachen Bananenbaum.

Von diesem Tag an ließ Boubé keine Gelegenheit aus, Zalia zu besuchen, erreichte aber trotz geschickter und verlockender Vorschläge nicht, daß sie mit ihm ausging. Eines Abends bedrängte er sie lange, sie sollte mit zu ihm kommen, und sei es nur für einige Minuten; sie entzog sich ihm mit den Worten, eine Ziege, die freiwillig im Schlachthof erscheint, wünsche wohl zu sterben. Er biß sich auf die Lippen und murmelte: »Die Nahrung für die Kröte steigt nicht auf Bäume.« Dummerweise hatte Zalia es gehört und entgegnete frei heraus: »Sie sind entweder klug oder haben zu viele Bücher gelesen. Eigentlich erscheinen Sie mir intelligent genug, um das ganze Risiko zu erkennen, das ein Affe eingeht, der sich ein Stachelschwein zum Schemel machen will.«

Sein Ruf als unwiderstehlicher Verführer stand auf dem Spiel, und nichts konnte Boubé dahin bringen, Vernunft anzunehmen; zumal ihm nur noch etwa zwanzig Tage blieben. Je mehr die Frist dem Ende zuging, um so mehr fühlte er sich unter Druck. Kein Tag verging, ohne daß er einen vergeblichen Versuch unternahm, sie zu gewinnen. Er setzte die unterschiedlichsten Angriffstechniken ein, ohne Erfolg. Selbst die Ratschläge aus dem *Brevier des perfekten Verführers*, seinem

Lieblingsbuch, zeigten keine Wirkung. Eines Tages nahm er seinen ganzen Mut zusammen und gestand ihr, auf die Nachsicht der schönen Seele hoffend: »Ich liebe dich. Zu Anfang war es nur ein Abenteuer. Jetzt bin ich in meiner eigenen Falle gefangen.«

»Ich weiß«, antwortete sie, »aber Ihre Liebe ist eine vorübergehende Krankheit; ich brauche nur ein einziges Mal in Ihr Bett zu steigen, und Sie sind für immer geheilt.«

»Nein! Das stimmt nicht. Ich liebe dich, es ist mir ganz ernst. Ich kann nicht mehr ohne dich sein; du läßt mir selbst im Schlaf keine Ruhe mehr; ich würde alles tun, um dich zu heiraten.«

»Bringen Sie mich nicht zum Lachen. Sie haben Ihren Beruf verfehlt, Sie wären ein ausgezeichneter Tragikomiker. Wir kennen uns kaum, und Sie sind schon verrückt nach mir! Das geht mir zu schnell. Eine Frucht, die schnell reift, ist niemals süß.«

Mit diesen Worten drehte sie sich auf dem Absatz um und ließ ihn ratlos vor der Tür stehen.

Er sprach von Heirat. Die ersten, die sich darüber wunderten, waren seine eigenen Freunde, denn auf einen solchen Gedanken war Boubés Gehirn noch nie gekommen. Immer, wenn er erfuhr, daß jemand heiraten wollte, hatte er ausgerufen: »Der Typ ist vollständig verrückt; es ist nicht zu fassen, er muß gestürzt sein und sich am Kopf verletzt haben.« Und wenn man ihn fragte, wann er endlich in den Hafen der Ehe einzulaufen gedenke, hatte er seelenruhig geantwortet: »Niemals! Gegen diese Krankheit bin ich immun, da könnt ihr sicher sein; selbst im Fall einer Epidemie würde ich mich nicht anstecken.«

Als seine Eltern die Neuigkeit erfuhren, glaubten sie an einen Scherz. Sein Vater ließ kein Wort vernehmen; mechanisch stand er auf und ging in die Moschee, um seinen religiösen Verpflichtungen nachzukommen, für ihn offenbar eine viel ernstere Angelegenheit als die Hirngespinste eines unbesonnenen Jungen, der ein liederliches Leben führte und seinen Körper mit Alkohol aufweichte. Die Mutter wiederum gab ihrem

Informanten zu verstehen, sie würde ihm mehr Glauben schenken, wenn er ihr mitgeteilt hätte, die Sonne sei im Westen aufgegangen oder es werde ab sofort nicht mehr Nacht. Alle waren sicher, daß ein solches Wunder nicht geschehen konnte. Boubé verheiratet? Unmöglich!

Um sein Vorhaben glaubwürdiger zu machen, ging Boubé in Begleitung von Lawali, Nakata, Ary, Falké, Kelessi und Sani, die endlich alle für seine Sache gewonnen waren, zu Malam Ismaïlou, dem Imam des Stadtteils und Präsidenten der Vereinigung der Leute aus Toudou'n Jamou, die in der Hauptstadt lebten. Er war ein frommer und gelehrter Patriarch und wurde von seinen Mitmenschen sehr geachtet. Erst nachdem dieser alte Mann eingeschaltet worden war, wurde Boubés Traum vom Heiraten als etwas betrachtet, das tatsächlich der Realität angehören könnte. »Wenn Malam Ismaïlou mit der Sache zu tun hat, dann ist es nichts mehr zum Scherzen, man spielt nicht mit dem Feuer«, dachten die Verständigsten.

Eine Delegation zusammenzustellen, die Zalias Eltern aufsuchen sollte, war sehr schwierig, weil jeder, ganz gleich ob verwandt, befreundet oder benachbart, mit dabei sein wollte, um »die kleine Manguste zu sehen, welche die königliche Pythonschlange besiegt hatte«. Takt und Diplomatie waren erforderlich, um die Liste der Abgesandten zu begrenzen. Die glücklichen Auserwählten wurden in der Folge jedoch herber enttäuscht als die abgewiesenen Kandidaten.

Zalias Eltern indes bereiteten ihnen den besten Empfang, den man in einem solchen Fall erwarten kann. Zalia zeigte sich höflich, wohlerzogen und würdig, Ehefrau zu werden. Gegen Ende der Unterredungen aber, in dem Augenblick, als jeder dachte, die Hochzeit sei zur Gewißheit geworden, gab sie ihnen höflich zu verstehen, sie sei zwar nicht gegen die Heirat, jedoch sei diese verfrüht, denn sie habe den Wunsch, nach bestandenem Abitur Soziologie zu studieren, und zwar bis zur Promotion. Nichts dürfe die Verwirklichung ihres Traums stören, nicht einmal die Heirat. Sie wünsche, sich ganz und ausschließlich ihrem Studium zu widmen; das machte sie zu ihrer Daseinsberechtigung.

Die Zuhörerschaft blieb stumm. Selbst Ary, für seine Redegabe berühmt, schien die Zunge verschluckt zu haben. Mit gesenkten Köpfen kehrte die Delegation zurück wie ein Regimentsstab, der gerade in einer Schlacht alle Männer verloren hat.

Nach diesem Geschehnis verfiel Boubé in Grübelei. Er, der gewöhnlich viel redete und lachte, wurde plötzlich häuslich, schweigsam und gereizt. Er magerte zusehends ab. Sein Arzt konnte sich die geheimnisvolle Krankheit nicht erklären, und seinen Freunden gelang es nicht, ihn seine frühere Fröhlichkeit wiederfinden zu lassen. Es war nicht die verlorene Wette allein, die ihn quälte, wenn dieser Mißerfolg auch seine seelische Verfassung aus dem Gleichgewicht gebracht hatte – sein Ruf als »Frauenumleger« und »Herzenentzünder« war getrübt. Am meisten beunruhigte ihn, daß er Zalia tatsächlich liebte, sie unbedingt zur Frau wollte, und das mit allen Mitteln. Vorher hatte ihn nie jemand in der Moschee gesehen, doch seit einer gewissen Zeit war er eifriger als der Imam selbst. In jedem Gebet bat er Allah, zu seinen Gunsten einzugreifen, damit er das Mädchen heiraten könne, das ihn so verschmäht hatte. Der Gute Gott aber blieb gleichgültig, vielleicht, um ihn dafür zu bestrafen, daß er bis vor kurzem das Leben eines eingefleischten Junggesellen geführt hatte – immun gegen alles, wie gewisse böse Zungen behaupteten – und sehr wenig bedacht gewesen war auf die Einhaltung der göttlichen und sogar der sittlichen Gebote.

Boubé suchte Rat bei den berühmtesten Marabuts der Gegend, doch weder deren Amulette und Liebestränke noch die hier und da aufgesagten Koranverse konnten sein Problem lösen. Man hatte ihm sogar die Innenfläche der rechten Hand mit Textstellen aus dem Heiligen Buch vollgeschrieben und ihn angewiesen, die Hand nur seiner Heißgeliebten zu geben und vorher mit niemandem zu sprechen. Sie sollte ihm sogleich folgen wie sein Schatten. Er hatte die Empfehlungen bis aufs i-Tüpfelchen befolgt, doch nichts geschah.

Eines Morgens hörte er in einer Autowerkstatt, in die er seinen Wagen zu einer kleinen Reparatur gebracht hatte, zwei Lehrlinge über einen Seher mit unfehlbaren Kräften reden. Er notierte sich heimlich die genannte Adresse und begab sich noch am selben Abend dorthin. Er hatte erwartet, einen alten Grobian anzutreffen, seltsam gekleidet und mit schiefen Zähnen. Zu seiner großen Überraschung sah er sich einem gutaussehenden Burschen um die Vierzig gegenüber, der überhaupt nichts von einem typischen Wunderheiler hatte. Der Mann trug ein gestreiftes Polohemd und gutgeschnittene Jeans. Abgesehen von seinem Alter sah er aus wie ein Student in den Ferien. Boubé zögerte einen Augenblick; er wollte schon umkehren, als der andere ihn ruhig bat näherzutreten: »Tritt ein, Bruder, ja, ich bin der gesuchte Tumbléké Dimachi, der seinesgleichen zu Diensten steht. Mißtraue den äußeren Erscheinungen. Trotz seiner Behaarung sieht der Affe wie ein Mensch aus, und die Flügel verhindern nicht, daß die Fledermaus ein Säugetier ist. Mach's dir bequem, und dann finden wir gemeinsam heraus, was den Strauß daran hindert, zu fliegen wie die andern Vögel.«

Tumbléké Dimachi warf einige Kaurimuscheln in feinen Sand, der über eine flache Schale gestreut war, veränderte mehrmals ihre Lage und entschlüsselte dann ihre Botschaft: »Dein Problem ist ernst, Bruder. Doch sei zuversichtlich, den Höheren Mächten ist nichts unmöglich. Du bist durch den unheilvollen Zauber eines Mädchens verhext. Um dich zu befreien, müssen wir uns die Vorgehensweise der Schlange zu eigen machen: Wird das Reptil verfolgt, so zieht es sich kopfüber in ein Loch zurück, doch nur der Körper geht bis auf den Grund, der Kopf mit dem Gift erwartet den Unvorsichtigen, der zu folgen wagt. Ich werde zuerst den Zauber von dir nehmen und danach deine Verfolgerin verhexen. Alles hängt jetzt von dir ab. Du mußt wissen, daß der Liebhaber von Jujube-

Beeren die Dornen des Baums, der sie trägt, nicht beachten darf und daß man nicht schwimmend einen Fluß überqueren kann, ohne naß zu werden.

Das Eingreifen der okkulten Mächte verlangt ein Opfer. Wenn du wirklich zufriedengestellt werden möchtest, wirst du mir einundzwanzig Fläschchen mit verschiedenen Parfums besorgen; dann mußt du im Osten der Stadt einen Ameisenhaufen finden, der westlich von einem Termitenhügel liegt. Das ist noch nicht alles! Die Höheren Mächte fordern einen weißen Hammel, elf Monate alt und mit kurzen Hörnern, elf Perlhühner, bei denen jeder Flügel mit zwei weißen Federn abschließt, zwei rote Hähne mit schwarzem Kamm und eine Summe von fünfzehntausend Francs in Scheinen zu fünfhundert.«

»Was die Geldsumme angeht, so kann ich sie Ihnen gleich geben; ein Problem wird für mich sein, den Ort und die verlangten Tiere zu finden.«

»Ich übernehme das selbstverständlich für dich, wenn du den Preis bezahlst.«

Boubé legte dem Seher ein Bündel Banknoten hin, und sie verabredeten ein Treffen für den siebten Tag des neuen Mondes, vor Sonnenuntergang.

Zur vereinbarten Zeit am vereinbarten Tag war Boubé bei dem Seher. Sie fuhren in östlicher Richtung aus der Stadt, ließen nach ungefähr fünfzehn Minuten Fahrzeit das Auto stehen und drangen in den Buschwald ein. Nach einem Kilometer hielten sie vor einem ockerfarbenen Termitenhügel an, der in vollendeter Weise gebaut war. Wie konnten winzigkleine Insekten es fertigbringen, ein solches Bauwerk zu errichten? Die Menschen, die sich als Herren dieser Welt betrachten, könnten es nicht, ohne langwierige Berechnungen anzustellen und Maschinen jeder Art zu benutzen. Der Bauingenieur stand noch begeistert vor diesem Wunder der Natur, als ihn der Meister der Zeremonie zur Ordnung rief. Er befahl seinem Schützling, sich zu entkleiden und sich zwischen dem Termitenhügel und dem Ameisenhaufen niederzulassen, das Gesicht der untergehenden Sonne zugewandt, ohne den Ameisenstichen Beachtung zu schenken. Das Ritual begann mit einer Rede von Tumbléké Dimachi: »Die Gewalt der Höheren Mächte ist grenzenlos. Wenn sie es wollen, werden deine Sorgen genauso verschwinden, wie das glühende Gestirn in die Abgründe der Erde fällt. Mit der Milde des Mondes, der an die Stelle der Sonne tritt, wird sich eine neue Welt der Freude und Glückseligkeit für dich auftun. Das Licht weicht der Dunkelheit, Kühle tritt an die Stelle der Hitze. Auf Regen folgt schönes Wetter, und Glück folgt dem Unglück. So sind die Dinge gemacht.«

Der Seher begann nun, in einer geheimen Sprache zu reden und um seinen Patienten herum zu tanzen. Dann spuckte er nach Norden aus, nach Osten, nach Süden, schnitt einem roten Hahn über dem Ameisenhaufen den Hals ab und warf den Kadaver nach Westen. Hierauf entnahm er seiner Tasche ein Sortiment von einundzwanzig verschiedenen Parfums und schüttete sie in eine Kalebasse. Mittels eines Ochsenschwanzes besprengte er den Termitenhügel und den Ameisenhaufen mit der Flüssigkeit und leerte sie dann über dem Körper von Boubé aus. Der Tanz begann aufs schönste von neuem. Beim Anblick des Sehers und seines Tuns mußte der junge Mann unweigerlich an den Teufel denken, der ein »vade retro christus« hersagt.

Die erste Phase der Prozedur war beendet, nun mußte nur noch der zweite Teil der Prüfung vorgenommen werden, der darin bestand, daß Boubé elfmal um Zalias Haus laufen sollte, ohne mit jemandem zu sprechen, dabei jedesmal vor ihrer Haustür stehenbleiben und mit leiser Stimme dreimal den Namen der Heißgeliebten rufen. Die wohl heikelste Aufgabe, denn Zalias Wohnung war inmitten eines Häuserblocks gelegen, der sich über mehrere Hektar hinzog. Mit gutem Willen jedoch ist nichts unmöglich.

Besessen davon, sein Ziel zu erreichen, begann Boubé frohgemut seinen Marathonlauf. Gleich bei der ersten Runde wurden die Anwohner unruhig. Jedesmal, wenn er vorbeilief, verursachte ein starker Geruch in der Nachbarschaft minutenlang Übelkeit, erstickte die Fliegen und anderes Getier mit schwacher Atemkapazität. Vor jeder Tür bildeten sich Menschenansammlungen. Ein paar umsichtige Zuschauer befeuchteten Stoffstücke und drückten sie hin und wieder auf die Nase, um etwas Sauerstoff zu bekommen. Die übrigen begnügten sich damit, ihre Nasen zuzuhalten. Am neugierigsten waren die Bewohner von Zalias Haus, die zusahen, wie das Individuum mit dem höchst ungewöhnlichen Benehmen immer einige Sekunden lang vor ihrer Haustür stehenblieb. Die Kinder erkannten mühelos den »Monsieur-mit-dem-blauen-Peugeot-der-zu-Zalia-kommt«.

Beim achten Rundlauf brach Boubé nach wenigen Metern zusammen. Die Konzentration der chemischen Wirkstoffe und die Ermüdung hatten über seine Entschlossenheit gesiegt. Alles drehte sich um ihn. Der Himmel wurde zum Fußboden und die Erde zur Decke. Seine Brust brannte wie Feuer. Er empfand Brechreiz, doch kam nichts aus seinem Mund. Der Kopf tat ihm entsetzlich weh, und seine Schläfen drohten zu zerspringen.

Rasch sammelte sich eine Menge von Gaffern um ihn, und jeder gab seine Meinung über das Geschehen zum besten. Einige sprachen davon, ihn ins Krankenhaus zu bringen, andere kündigten seinen unmittelbar bevorstehenden Tod an, es sei also sinnlos, ihm noch irgendwie helfen zu wollen. Sittenfanatiker empfahlen, ihn seinem Schicksal zu überlassen, denn einem Bacchus-Anhänger Beistand zu leisten, sei eine Sünde.

Es war Zalia, die ihn rettete. Alarmiert durch einen ihrer Brüder, rief sie ein Taxi und begleitete den Unglücklichen nach Hause. Zum ersten Mal ließ sie sich dazu herab, mit in sein Zimmer zu kommen, und sie schloß ihn in ihre Arme.

Aus dem Französischen von Sigrid Groß

Williams Sassine
Ein durchwachsener Tag

1

An jenem Abend hatte ich wie an immer mehr Abenden keine Lust zu schreiben.

Ich las *Jeune Afrique*. Eine dicke Hure, überall weiß außer auf den Zähnen, versicherte mir, sie sei Kinofreak und bete Sankara an usw. Er war ein Held, Afrika kurz davor, zu den Waffen zu greifen, um ihn zu rächen, sein Nachfolger wollte sie nicht empfangen, Gerüchte behaupteten, er liebe keine Frauen, »nicht mal weiße«, ist das die Möglichkeit, Kamerad?

In Frankreich bereitete Mitterand die Zweihundertjahrfeier der großen Revolution vor. Er brauchte Tausende von Afrikanern zum Trommeln. Ich hoffte, es würde am 14. Juli regnen. Was zum Teufel gingen mich diese Leute an?

Ein ganz dünner Weißer sagte »beim Fischen im Trüben« zu seinem Nachbarn, er sei dann zu Hilfe geeilt oder so was Ähnliches, und er sagte es sehr laut, als ob seine Hilfe mich irgendwas anging, zum Teufel.

Ein anderer erzählte, Khomeini sei tot, und er sah unglücklich aus dabei, der Typ. Er hat mich angesehn. Ich hab die Schultern gezuckt. Ein Zollbeamter ist reingekommen. Er hat zu mir gesagt: »Ich hab deinen Generator nicht bekommen, aber wenn du willst, bring ich dir morgen so viele Bibeln, wie du willst.« Er sah so ehrlich aus! »Scher dich zum Teufel«, hab ich ihm gesagt. Er hat zwei Bier bestellt. Zwei Spinner stritten sich über die Größe der Basilika des alten Houphouët. Sie fragten mich nach meiner Meinung, ich hab ihnen geantwortet, mich interessierten solche Geschichten nicht von einem Mann und seinem Gott. Das war mir scheißegal. Mir schmeckte sowieso weder Kaffee noch Kakao.

Der Pinguin ist hereingekommen mit seinem kleinen Kopf und den hängenden Armen. Sein Vater war angeblich Minister unter der Regierung Tolbert oder Tubman, und Samuel Doe soll seinen Alten verspeist haben, behauptet er, aber das war mir scheißegal. Der Pinguin ist also reingekommen und hat zu mir gesagt: »Spendierst du mir einen Whisky?« Ich hab ihm geantwortet: »Bestell dir einen.« Das war mir scheißegal. Ich besaß keinen Sou. Kein Grund zur Panik, wenn man nichts hat. Der Barmann ist mit der Flasche gekommen und hat gefragt: »Soll ich's auf Ihre Rechnung setzen?« Das Heft war voller seltsamer Ziffern. Er hat noch angehängt: »Großer Bruder, das ist ne ganze Menge!« Ich hab ihm geantwortet: »Wenn du mir nicht vertraust, nehm ich meinen Kredit nebenan. Wenn du aber sofort Geld brauchst, kann ich dir sagen, die Konkurrenz gegenüber ist dümmer als du, geh unter meinem Namen hin, man vertraut dir, und du kriegst soviel Kredit, wie du willst. Verstanden?« Er hat sich bei mir bedankt. Er hatte ja recht. Wer macht sich hier über wen lustig?

Während der Pinguin seinen falschen Whisky trank, erzählte ein Stotterer: »Bobo Kakasa mümüßte bebefreit werden, a- aber er wiwill das Präsisididi... Stestellt euch vovor!«

Das war mir scheißegal.

Der Maure hat sich neben den Zollbeamten gesetzt. Wie gewöhnlich hat er angefangen, sich zu beschweren: »Meine Kerzenfabrik ist immer noch geschlossen, kein Strom ...« Er sah mich an, als ob seine Geschichte mich interessieren könnte.

Lamine, »das Krokodil«, so genannt wegen seines langen Mauls voll spitzer Zähne, hat mich in den Rücken geknufft. Ich hab mich umgedreht. Ich laß mich nicht gern in den Rücken knuffen, andererseits auch nicht anderswohin. Er war in Begleitung einer dickbäuchigen Zwergin. »Das ist Françoise, die Tochter des stellvertretenden Generalstabs.« Ich hab schlaff ihre fünf Wurstfinger geschüttelt. Das Krokodil ist ganz stolz weggegangen, wahrscheinlich um sie vorzuzeigen. Doch das war nicht mein Problem.

Sie haben den Strom abgeschaltet. Der Zollbeamte sagte zum Mauren: »Bau deine Fabrik hier auf. Ich hab einen Vetter, der dich heimlich anschließen kann bei ...«

Der Pinguin hat sich zu meinem Ohr hingebeugt: »Kann ich noch nen Whisky haben? Ich muß zu ner wichtigen Verabredung.«

»Nimm die Flasche und laß mich in Ruhe«, hab ich zu ihm gesagt. Er hat sich zur Theke vorgetastet. Ich hab fünf Minuten gewartet, ihn aber nicht mehr gesehn. Ich hatte vergessen, ihn zu warnen, in der Nähe der Theke ist ein Brunnenloch. Seine Verwandten sind sowieso alle verschwunden. Warum nicht auch er?

Dann ist die Polizei gekommen. Zumindest schien es die Polizei zu sein. Mich interessiert die Polizei nicht. Es müssen zwei gewesen sein. Sie sprachen wie ein Mann und eine Frau. Vielleicht war die Frau ein Mann und der Mann eine Frau. Jedenfalls hatten sie keine Taschenlampe und erzählten solchen Quatsch wie »Ihre Papiere, bitte«. Ich hab den Arm genommen, den ich auf mir spürte, und hab ihn auf meine Eier gelegt. Aller Wahrscheinlichkeit nach werde ich eines Tags lesen, daß kein Mensch einem andern menschlichen Wesen gleicht. Die Fingerabdrücke, Gebisse, toten Augen, all das ... Der Polizist oder die Polizistin hat beim Filzen meiner Sachen gefragt: »Du bist Senegalese? Ich komme wieder, wenn der Strom da ist.« Dann hab ich gehört, wie der Maure protestierte. Sie hatten ihn an seinem weiten Bubu erkannt. Sie haben ihn mitgenommen, der Zollbeamte hat sich eingemischt und mich zum Zeugen aufgerufen: »Stimmt's nicht, daß er uns Kerzen machen will, sobald wir regelmäßig Strom haben?«

»Wo liegt das Problem?« hab ich geantwortet.

Der Himmel hat gegrollt. Ein Junge meinte: »Hört sich an, als ob der Himmel grollt.« Jemand hat ihm geantwortet: »Wenn es doch bis nächstes Jahr regnen könnte, bis zum Ende der Welt. Die Erde soll bersten, zerspringen, mein Bruder soll tausendmal dabei verrecken. Wenn es einen Gott gibt, soll das alles in zwei Minuten passieren oder sogar in … So wird die Erde jedenfalls zugrunde gehn, das schwör ich euch, sonst kann ich nicht glauben.« Ich hab auf die Stimme gezielt und eine große Flasche geworfen. Die Flasche hat mehr Lärm gemacht als der Donner im Mund des Unglückspropheten.

Sein Bruder war mir scheißegal.

Hinten kotzte jemand. Der Barmann hat geschrien: »Wer ist das?« Ich hab zurückgeschrien: »Deine Mutter!« Von der Theke her hab ich Kampfgeräusche gehört. Ich hab mir gesagt: »Warum nicht an was andres denken?« Mit einem großen gedachten Fragezeichen. Aber in meinem Kopf fand sich nichts andres. Der Kampflärm hielt an. Zwei Schwarze, die sich im Dunkeln prügeln … Zwei aus dem Kongo wollten ihre Rechnung in einem Tunnel begleichen. Der Zug hat sie miteinander versöhnt.

Draußen sagte jemand: »Lieber werd ich hier naß, als in einer Bar vor Langeweile zu verdorren. Ich hab elf Töchter und neun Söhne. Ich seh sie nur, wenn sie sich die Hände waschen und meinen Reis essen. Verdammte Brut.«

Wo liegt das Problem, Mann?

Die Kampfgeräusche hatten aufgehört. Aber es regnete immer noch, und der andere Irre wartete noch immer auf das Ende der Welt und seines Bruders.

Der Zollbeamte hat weitergeredet: »Wenn du nichts Schriftliches brauchst, kann ich was organisieren mit Brillen für Blinde.« Ich hab ihn reden lassen. Er meinte, in der Lagerhalle des Hafens gebe es Fisch, erst vor sechs Monaten gefangen, Registrierkassen, Kartons mit Zigaretten, die im Regen vergessen worden waren vor höchstens drei Monaten und, wie er sagte, alles geschenkt, weil er mich mochte, und Dubleeschmuck, Dubleearmbänder, Dubleehalsketten. Dublee was? Er hatte keine Ahnung, und es war ihm auch egal, auf alle Fälle jede Menge Dubleegold, aber das kostete mich was, weil er das Ding nämlich nicht allein drehte, kapiert? Zum Glück gab es wieder Strom, und er hat den Mund gehalten, der Barmann hatte ein Auge zu, einer lag am Boden mit dem Gesicht zur Theke.

Zwei Schlachter sind reingekommen, Zwillingsbrüder, ich hab gefragt: »Wie geht's?« Sie haben angenommen, ich rede mit ihnen, der eine hatte keine Haare mehr, der andre keine Zähne. Dann haben die Hurensöhne den Strom wieder abgestellt. Und der Zollbeamte hat wieder angefangen: »Dubleegold. Jede Menge Dubleegold ... Regenschirme, Büstenhalter ...«

Der Zahnarzt hatte mir gerade zwei Zähne gezogen, die in Ordnung waren, ich fragte ihn: »Kein Gebiß?« Prompt hat er geantwortet: »Nein, aber ich kann eins besorgen, das Land ist voller Schmuggler.« Sie haben den Strom wieder eingeschaltet, und er hat seine Klappe gehalten. Der an der Theke lag, hat gesagt: »Gott ist groß. Ich hab's geschafft, meinen Angreifer aufs Auge zu treffen.« Der Barmann hat sein offenes Auge geschlossen. Sie haben den Strom wieder abgeschaltet. Da bin ich aufgestanden, während mein Zollbeamter von neuem anfing. Sollte er doch weiterreden von seinem Dubleegold, mich interessierten nur goldige Frauen.

Eine Stimme flüsterte mir zu: »Bist du's, Senegalese? Ist heute dein Tag?« Ich erwiderte: »Und bei dir?« »Ja, seit gestern. Ist normal bei mir, ich bin eine Frau. In vier Tagen können wir zusammenkommen.« Ich streichelte ihre feuchte Backe. »Wegen des Aids-Risikos«, fügte sie hinzu. Ich küßte sie. Sie hatte frische, fleischige Lippen. »Wenn du jetzt gleich willst, Aids ist mir scheißegal.«

Wir sind in die Toilette gegangen. Das war der einzige überdachte Raum, überall Scheiße und Urinlachen, nicht mal die Fliegen trauten sich hierher. Wir hörten noch, wie jemand schrie: »Wer hat meinen Sprit getrunken?«

Sie kannte sich aus in Umarmungen. Bei uns im Land haben wir vor keiner Krankheit Angst. Man stirbt sowieso, bevor man sie bekommt. Wo liegt das Problem, Mann? Unter dem Vorwand, sie hätte was vergessen, hat sie mich weggestoßen. Ich hab meine Taschen durchwühlt. Sie hatte meine Sous geklaut. Es war mir scheißegal. Wenn man einer Polizistin nicht mehr trauen kann.

2

Ich entfaltete meine wenigen Zentimeter, wie ein Krimiautor schreiben würde. Sie drängte ihre Quadratkilometer zusammen, damit wir uns trafen. Unsere Geräusche klangen wie Koramusik und trompetende Elefanten. Wir liebten uns.

Tage und Nächte verbrachte sie damit, mich anzusehen, mir zuzuhören oder mich zu bewundern. Überall um mich herum, an den Bäumen, den Wänden, ihren Pagnen, hatte ich Bilder von mir aufgehängt, meine Körpermaße angebracht. Ich hatte sogar ein Videogerät gekauft, dessen einzige Kassette meine lauttönende oder einschmeichelnde Stimme wiedergab: »Stark wie lebendiges Eisen, ICH!« Wir liebten uns.

Im Bett, wenn sie ihre Quadratkilometer erhob, biß ich sie vor lauter Vergnügen über ihre Treue, dann schlief ich ein.

Beim Aufwachen fand ich den Himmel reingewaschen, die Sonne blankgeputzt, sie sagte »ich hab Hunger« und öffnete ein Fenster. Ich nahm sie: »Frau! Imperialismus und Kolonialismus bleiben draußen!« Dann schaltete ich das Radio ab, das behauptete, anderswo sei alles in Ordnung.

Sie schloß das Fenster und die Augen und legte ihre Quadratkilometer in Falten. Ich faltete meine wenigen Zentimeter auseinander, wie ein Krimiautor sagen würde. Wir verschmolzen unter Koraklängen, begleitet von trompetenden Elefanten.

Dann legte sie sich hin, und unser Film lief auf Breitwand ab. Ich durchzog ihre Täler, ihre Berge, ihre Ebenen. Als ich mich in ihren Wäldern verirrte, folgte ich dem Wasserlauf.

Es war schön, es war schön. Sie war schön. Sie war gut!

An diesem Morgen faltete ich meine wenigen Zentimeter weit auseinander, während sie ihre Quadratkilometer eng zusammenlegte, damit wir uns überall berührten.

Es klopfte an der Tür. Sie sagte: »Versteck dich in mir, ich beschütze dich.«

Ich preßte mich an sie. Sie stand auf und knotete ihre Pagne fest.

»Guinea, Geliebte! Mach auf! Ich bin's.«

Ich erkannte die Stimme ihres Exmanns.

»Ich brauch dich«, fing er an.

»Bring mich in den Kreißsaal.«

»Hat eine Freundin entbunden?«

Ich merkte, daß sie sich hinsetzte. Der Wagen fuhr los.

»Ich bin schwanger«, sagte sie. »Noch ein Bastard, der auf dich verzichten kann, es sei denn, er unterwirft dich mit Waffengewalt.«

Ich fing an, meine wenigen Zentimeter zu entfalten.

3

Schon als ich noch ganz klein war, machte man mir alles nach.

Ich wusch nur meinen linken Fuß. Meine Schwester fing an, ihren rechten Fuß zu vernachlässigen.

Ich stotterte. Meine Mutter wurde Stotterin.

Ich fing gern Eidechsen. Mein Vater wurde der größte Eidechsenjäger der Stadt.

Mitten im Unterricht stand ich auf und pinkelte. Der Lehrer und die Schulkameraden erhoben sich und taten es mir nach.

Nach der Schulzeit hat man mir ein Amt gegeben. Am ersten Morgen erschien ich mit schwarzem Hut. In der nächsten Woche erschien das ganze Ministerium in schwarzen Hüten. Es wurde über ein »Komplott der schwarzen Hüte« gemunkelt. Der Minister mußte gehen.

Ich wollte mich verheiraten. Da ich keinen Sou besaß, entschied ich mich für eine einäugige Alte, zahnlos und bösartig. Schon bald waren alle männlichen Wesen in meinem Viertel scharf auf sie.

Dann hab ich eine Stelle als Diskjockey in einem Nachtlokal gefunden. Ich gewöhnte die Kunden an die einzige Platte, die mir gefiel. Als die Platte abgespielt war, mußte der Nachtklub schließen.

Ich ging zur Polizei. Man gab mir eine Pfeife. Ich nahm meine berufliche Pflicht so ernst, daß ich anfing, sogar den Verkehr der Wörter zu regeln. Die ganze Stadt begann zu pfeifen, es wurden Gewerkschaften gegründet. Fast überall entstanden oppositionelle Parteien.

Man gebot mir Einhalt.

Heute lebe ich in Frieden. Ich beschimpfe den alten Präsidenten, ich applaudiere dem neuen. Ich mache es wie die andern!

4

Alle andern waren fort. Es blieben nur sie und ich. Wir trafen uns ab und zu inmitten der Trümmer. Als ich sie gefragt hab, wie es ihr geht, hat sie geantwortet, daß auch sie sehr bald das Dorf verläßt, nach Kalifornien will, daß sie dort drüben und nirgendwo sonst »ihre Unschuld verlieren möchte«.

Wir waren zusammen aufgewachsen, sahen uns aber nicht oft. Ihr Vater war ein großer, reicher Marabut, den die Leute von überall her um Rat fragten, meiner Schmied. Zu jener Zeit war das Dorf wohlhabend. Erde und Himmel standen miteinander im Bund und gaben uns genug zu essen und zu trinken. Die kleine Schule und der Lehrer, ein Geschenk der neuen Regierung, lehrten uns zu träumen. Sogar elektrischer Strom wurde uns versprochen. Viele Familien hatten schon einen Fernseher gekauft. Abends packten sie ihren Transistor aus. Die unterschiedlichen »Stimmen« trafen sich auf dem großen Platz. Einmal in der Woche kam ein Zeitungs- und Zeitschriftenhändler vorbei.

Zu jener Zeit wagte man sich nicht in die Nähe der Kalifornierin.

Und dann ist die Feuersbrunst gekommen.

Diese Nacht nun hat mich die Kalifornierin besucht. Ich kochte Kartoffeln. Alle andern waren fort. Es blieben nur sie und ich.

Sie sagte gleich, als sie sich setzte: »Ich muß heute abend mit dir reden. Morgen geh ich nach Kalifornien. Tut mir leid, daß ich's dir so plötzlich sage. Du wirst ganz allein bleiben. Es war uns nicht bestimmt zusammenzukommen. Wir haben nicht den gleichen Geschmack.«

Sie parfümierte sich gern mit »Idi Amin Dada«.

Ihre Lieblingsfriseuse war Bokassa.

Sie las besonders gern Manu Dibango.

Sie kleidete sich bei Ousmane Sembène ein.

Sie würde mit Houphouët Boigny ein Gesangsduo bilden.

Sie würde mit einer Rolle in einem Film von Thierno berühmt werden.

Sie würde mit Boumedienne tanzen.

Ihr Frühstück würde nur aus Butter und Kaviar bestehen, aus Fruchtsaft ...

Sie hörte nicht auf zu reden. Ich gab ihr zu verstehen, für wie blöd ich sie hielt. Sie schwieg. Danach sagte ich zu ihr: »Weißt du nicht, daß Kalifornien kein Land ist und keine Stadt? Es ist ein Mensch. Er war es, der das Dorf angezündet hat, um mit dir allein zu sein. Verstehst du denn nicht, Dummköpfin?«

Wir bekamen viele kleine Kalifornier.

All die andern kehrten zurück.

5

Eines Tags habe ich ihn zu mir gerufen und ihm gesagt: »Hör mal, Alpha, ich kann dir weiterhin mal tausend Francs hier, mal fünftausend Francs da geben, aber hilft dir das? Du hast erzählt, du kamst mit der alten Regierung nicht klar, und du hast es gemacht wie ich und bist nach Europa ins Exil gegangen. Du bist genau wie ich zurückgekehrt. Wir kannten uns nicht. Es war die alte Marie, die Wirtin im *Éléphant Bleu*, die mir den Rat gab, dich mitzunehmen, du könntest für mich auch einmal nützlich sein, angeblich bist du ein Onkel der Frau des Premierministers. Du hattest nichts. Ich hab dir ein Haus beschafft mit Möbeln und allem. Gut, deine Frau ist abgehauen, das ist nicht meine Schuld. Sie hat überall rumerzählt, daß du zu nichts taugst. Vielleicht hat sie recht. Seit einem Jahr setzt du dich jeden Morgen an meinen Tisch und schreibst an einem Projekt zur Entwicklung des Landes, sagst du; ich hab dir immer geraten, es aufzugeben. Niemand kann uns entwickeln. Die Missionare sind gekommen, und man hat sie gefressen, außerdem waren es die Kolonialherrn dermaßen leid, daß sie uns die Unabhängigkeit gegeben haben. Dafür haben wir nun die Entwicklungszusammenarbeit. Sollen sie uns doch weiterhin Kredit geben. Wir zahlen sowieso nichts zurück.

Alle Welt will uns bei unsrer Entwicklung helfen, sogar du mit deinem lächerlichen kleinen Hut und dem Gang einer hungrigen Ente. Ich hab dir immer wieder gesagt, geh zu deiner Verwandten, der Frau des Premierministers, und sag ihr, daß du zu Hause nicht einen einzigen Sack Reis für deine Kinder hast, daß du keine Arbeit findest und all das, und beeil dich, man muß die Gunst der Stunde nutzen!«

Er hat seinen kleinen Hut auf dem Kopf zurechtgerückt, mit den Flügeln geschlagen und mir versichert: »Du hast recht. Ab sofort bin ich hellwach und renne zum Amtssitz des Premierministers.«

Bereits zwei Stunden später war er wieder da. »Na, wie ist's gelaufen?« hab ich ihn gefragt. »Der Premierminister hat seine Frau verstoßen«, gab er zur Antwort, »er will keinen aus ihrer Verwandtschaft sehen. Übrigens, schau dir meinen Hut an, das Loch stammt von seinem Leibwächter.«

Er hat angefangen zu weinen. Ich hab zu ihm gesagt: »Fang wieder mit deinem Projekt an. In der kleinen, schwarzen Schublade unten ist noch ein wenig Papier. Neben dem Telefon liegt ein Stück Klebeband.«

Ich hab ihn alleingelassen. Ein Liberianer schuldete mir seit acht Monaten Geld. Auch er war gekommen, um uns zu helfen.

Ich wußte, wo er zu finden ist. Und ich hab ihn gefunden. Im *Moïse* saß er, einer der wenigen Bars, in denen es verboten war, die Fliegen und Kakerlaken totzuschlagen. Der Wirt meinte, sie brächten ihm Glück, weil sie sich auf jeden Polizisten in Uniform stürzten.

»Ich hab dich schon gesucht«, sagte er. »Ich brauch noch ein paar Sous. Sobald mein Vetter Samuel Doe die Anführer der Rebellen fängt, machen wir schöne Geschäfte. Er wird gewinnen: Er hat Medikamente gegen Kugeln und Messer.«

Ich ging und holte das Foto von seinem Vetter, in einer Schubkarre sitzend, die Hoden zwischen den Zähnen ...

6

Jeden Morgen sah ich, wie er vorüberging und sein Schaf hinter sich herzog. Ich war der erste Kunde in der *Bar Gegenüber*. Er wohnte gegenüber der *Bar Gegenüber*.

Mittags war ich bei meinem achten Glas. Ich hab elf Kinder, zwei Frauen und fünf Enkelkinder.

Um vierzehn Uhr trank ich mein zwölftes Glas. Ich hab zwei Frauen, elf Kinder und fünf Enkelkinder.

Um siebzehn Uhr bestellte ich mein fünfzehntes Glas. Ich hab fünf Enkel, elf Kinder und zwei Frauen.

Um siebzehn Uhr zweiundvierzig trank ich mein letztes und achtzehntes Glas auf das Wohl meiner kleinen Familie.

Ich trinke niemals.

Genau um achtzehn Uhr kam der Alte zurück, gezogen von seinem Schaf. Ich ging nach Hause zu meinen völlig betrunkenen zwei Frauen, elf Kindern und fünf Enkeln.

An jenem Morgen war der Tag vor *Tabaski**. Ich saß wie gewöhnlich allein in der *Bar Gegenüber*. Er kam dieses Mal allein. Ich rief ihn und lud ihn zu einem Glas ein. Er sagte, er sei Muslim und betrete niemals eine Bar. Er hatte sein Schaf verloren. Ob ich nicht ein Schaf mit schwarzen Ohren gesehen hätte, das sich weigerte zu blöken; seine Frau erzählte, es sei gar kein richtiges Schaf. Sie waren seit fünfzig Jahren verheiratet, es war das fünfzigste Schaf, und er wollte es ihr zum bevorstehenden *Tabaski* schenken.

---

* muslimischer Feiertag zum Gedenken an das Opfer Abrahams, fünfzig Tage nach dem Ende des Ramadan (Anm. d. Übers.)

Ich stand in der Tür der *Bar Gegenüber,* mein Glas in der Hand. Ich wartete, bis er schwieg, und versicherte ihm dann, *Tabaski* und all die übrigen Festtage kümmerten mich einen Dreck. Morgen früh werde ich wieder der erste Gast in der *Bar Gegenüber* sein, ich hab vier Frauen seit ungefähr zweiundzwanzig Jahren, pro Frau ein Schaf, das macht ungefähr achtundachtzig Schafe. Meine elf Kinder haben zusammen dreiunddreißig Frauen seit ungefähr acht Jahren, alles in allem also rund zweihundertvierundfünfzig Schafe; ich sah ungefähr sechzig Enkelkinder voraus, sie würden ungefähr zweihundert Frauen nehmen, zusammen also …

»Die Tradition gebietet es, mein Sohn«, unterbrach er mich in meinen »ungefähr«. »Ich verstehe das nicht, dieses Schaf hat sich immer geweigert, die Rolle eines Schafs zu spielen. Und nun ist es verschwunden. Morgen ist *Tabaski.* Meine Alte wird die Scheidung verlangen. Hast du nicht ein Schaf gesehn mit schwarzen Ohren, das sich weigert *Määäh* zu machen?«

Sein *Määäh* war so echt, daß eine Alte erschien, ihm einen Strick um den Hals legte und ihn ins Haus gegenüber der *Bar Gegenüber* zog.

Eine Woche später traf ich ein Schaf mit schwarzen Ohren. Ich lud es zu einem Glas ein. Es stieg auf den Hocker in der *Bar Gegenüber* und bestellte einen Pastis. Ich fragte es, was es in dieser Gegend treibe. Es antwortete mir, es suche einen Alten, der *Määäh* machen kann oder *Maiii.*

»Ich betreibe keine Politik«, sagte es noch und sprang vom Barhocker.

7

»Meiner bescheidenen Meinung nach, Herr Präsident, ist das die schönste Rede Ihrer unvergleichlichen Laufbahn.«

Der »Alte« erhob sich.

»Wir wollen nicht vergessen, daß es die letzte ist. Sie muß

unbedingt genauso perfekt sein wie mein Begräbnis. Liest du sie mir noch einmal vor?«

Ich las sie noch einmal. Sie war bewegend.

»Zerreiß alles! Wenn ich jetzt sterbe, muß ich mein Leben lang weinen.«

Am nächsten Tag verließ unser »Vater« das Land. Es regnete den ganzen Tag. Manchmal denke ich, daß er es ist, der weint.

8

»Hilf mir ein bißchen.«

Ich half ihm zwei Bißchen. Dann drei. Als es mir gelang, das Dreirad auf seinem Rücken zu befestigen, lächelte er mir zu. Und er begann, den Abhang hinaufzusteigen. Von Zeit zu Zeit drehte er sich um und machte sich mit seinem Lächeln Mut, doch ich glaube, daß er vor allem den Anschein erwecken wollte, daß die Last seines Gebrechens keine Last war. An den kleinsten Büschen blieb er hängen.

Auch ich lächelte ihm zu. Dabei dachte ich an die fünfhundert Kilometer Rückweg in die Hauptstadt, über Berge und Ebenen. Für den Hinweg hatte ich zwei verfluchte Tage gebraucht.

Er schwankte einen Augenblick. Es war etwas zu hoch, um ihm zu Hilfe zu kommen. Ich schrie: »Hast du dir wehgetan?« Beim Stürzen hatte er sich auf das Gerät gesetzt. Er beugte seinen mächtigen Oberkörper nach vorn und zog das Rad in der Bewegung mit. Langsam nahm er seinen Weg nach oben wieder auf.

»Hoffentlich schafft er es«, dachte ich mir. »Mein Gott, nimm ihn bei der Hand!« Aus der Ferne sah er mehr und mehr wie eine Schnecke aus.

Zwischen zwei Felsen verlor ich ihn aus den Augen. Ich machte rasch ein Foto von seinem Dorf, das auf der Spitze des Kegelstumpfs lag.

Und ich entdeckte ihn wieder, er zeigte mir das Siegeszeichen. Dann sauste er auf einmal den Abhang herunter und bremste vor meinen Füßen.

»Übermitteln Sie der Regierung meine Dankbarkeit«, sagte er zu mir. Ich blickte auf seine leblosen Beine. Die Knie bluteten ein wenig.

»Ihr verdanke ich, daß ich ein neues Spiel entdeckt habe.«

Daraufhin begann er seinen Aufstieg von neuem, das Geschenk der Regierung auf dem Rücken. Ich fuhr los und dachte an die achthundert verfluchten Kilometer, die mich erwarteten.

9

Ich suchte ihn auf wie stets, wenn ich Rat brauchte. Er wohnte nicht weit entfernt, und ich war sicher, ihn zu Hause anzutreffen. Er ging niemals aus. Wir haben uns immer gefragt, wovon er lebte. Ich nenne ihn »Meister« wie alle hier, weil wir seine wahre Identität nicht kennen. Wir wissen nicht einmal genau, woher er kommt. Eines Tags haben wir ihn in unsrer Mitte entdeckt, wie man eine Pflanze des Morgens hinter seinem Haus entdeckt.

»Sind Sie nicht mit dabei, wenn die Rallye *Paris – Dakar* vorbeikommt?« fragte er sogleich, als er mich sah.

»Guten Tag, Meister«, antwortete ich. »Ich wollte Sie fragen, ob Sie kleine Geschichten kennen, Märchen für Kinder. Es ist für meine Schüler morgen.«

»Aber es gibt doch heutzutage jede Menge Kinderbücher.«

»Ich weiß, Meister, aber die sind zu teuer. Und die Stadt liegt nicht gerade nebenan.«

»Es ist schwer!« murmelte er.

Sprach er zu mir? Zu sich selbst? Ich zog meinen Stift und ein Notizbuch hervor.

»Es war einmal eine Schlange«, begann er. »Oh! Sie hatte gar nichts Besonderes an sich. Sie wußte nur, daß es schlimmer war, einen Apfel herzugeben als zu beißen. Also biß sie, um nett zu sein. In jener Zeit lebte auch ein Baum. Oh! Auch er hatte gar nichts Besonderes an sich. Er wußte nur, daß es schlimmer war, einen Apfel herzugeben als Schatten zu werfen. Also warf er Schatten, um nett zu sein. In jener Zeit lebte auch ein Mensch wie in allen Geschichten. Er aber wußte, daß es schlimmer ist, einen Apfel zu essen als Schlangen und Bäume zu töten. Also tötete er sie, um nett zu sein.

Deshalb sagte eines Tags die Schlange zum Baum: ›Wir wollen uns zusammentun zu unsrer Verteidigung.‹ Und der Baum antwortete: ›Ein großer Mann hat gesagt: Das Korn muß sterben, um zu keimen. Wenn du unsre Vereinigung wirklich wünschst, grab dich an meiner Seite ein. Du wirst Baum wie ich, und wir sind für immer zusammen.‹

Die Schlange grub ihr Grab und schloß es über sich. Der Baum, der nichts gab als Schatten, rief den Menschen und sagte zu ihm: ›Freu dich, Mensch! Ich hab dich von der Schlange befreit.‹ Der Mensch dankte dem Baum im Namen seiner gesamten Menschheit; dann fällte er ihn, um den Himmel zu sehen. Von dem Himmel erbat er einen Apfelbaum.«

Ich hatte aufgehört zu schreiben. Sobald er fertig war mit Erzählen, sagte ich ihm, das sei keine Geschichte für Kinder. »Dann erzähl ich eine andere«, begann er von neuem und zog sein ewiges graues Tuch um den mageren Hals zurecht.

Lieber Sohn, mein Vater sprach,
Mach's ja nicht deinem Bruder nach,
Für den ist Leben nur ein Traum,
Und Arbeit intressiert ihn kaum.
Bist du erst älter, siehst du ein,
Was zählt muß nicht zu zählen sein.
Drum traue nie dem schönen Schein!

Zwei Dinge nur, mein Sohn, sind wahr,
So fuhr er fort, das sei dir klar,
Die Sonne tags am Himmelszelt

Und Neon, das auf Wohlstand fällt,
Sieh ein, daß ohne Glück du bleibst,
Solang du nicht den Mond vertreibst.

Er ließ mich in der großen Stadt allein,
Am Himmel strahlten hell die Diamanten,
Ich legte Glut, bis alle Häuser brannten
Ich wollte niemals wie mein Bruder sein.

Ich steckte Stift und Notizbuch wieder in die Tasche.

»Ist auch das zu schwierig?« fragte er.

»Können Sie nicht etwas Einfacheres finden, Meister, mit einem Helden, dem meine Schüler Beifall klatschen?«

»Ich komme aus einem Land, in dem die Menschen ihre Helden so sehr beklatschen, daß alle Tiere erschreckt geflohen sind.«

Ich war ganz aufgeregt. Es geschah zum ersten Mal, daß er auf seine Heimat anspielte.

»Woher kommen Sie, Meister?«

»Ein Exilant kennt keine Herkunft, nur Extremsituationen.«

Er erhob sich. Ich mich gleichfalls.

»Es ist schwer, Meister«, sagte ich.

Er erwiderte nichts. Ich ging fort. Unterwegs fiel mir wieder die Geschichte ein, die ich meiner Klasse versprochen hatte. Meine Schüler kannten schon alle Geschichten der Region.

Ich befand mich am Rand der Straße, dem einzigen Riß durch unser Dorf. Plötzlich brach ein Wagen mit eingeschalteten Scheinwerfern hervor. Dann zwei. Dann zehn. Sie verschwanden im Staub. Ich hörte Beifallklatschen und Rufe »Hoch die Rallye *Paris – Dakar!*« Ich hob den Kopf. Die Staubwolke trug Tausende von Vögeln.

»Es ist schwer!« sagte der Meister hinter mir.

Noch ein Auto erschien. Es wurde immer langsamer und hielt schließlich auf unsrer Höhe an. Der Fahrer gestikulierte, wir sollten näherkommen.

»Können Sie mich ein bißchen schieben? Ist nicht schwer. Oder besser, du, Alter, setzt dich auf meinen Platz.«

Er zeigte dem Meister ein paar Knöpfe. Der Meister setzte sich hinters Lenkrad. Wir schoben. Der Rallyewagen fuhr an, und bald verloren wir ihn aus den Augen.

Nach neuesten Meldungen lebt der Meister in Paris und verkauft nachts in einem Supermarkt Äpfel.

Der Rallyefahrer ist bei uns geblieben. Wir nennen ihn »Meister«, weil wir seine wahre Identität nicht kennen. Wir wissen nicht einmal ganz genau, woher er kommt.

Neulich hat er davon zu sprechen angefangen, daß er unsre Schlangen töten und unsre Bäume fällen und durch Apfelbäume ersetzen will und den Mondschein durch Neonlicht vertreiben.

10

Ich sah zu, wie die gelbe Flüssigkeit aus der Teekanne in mein kleines Glas lief: Es sah aus wie ein leicht gekrümmter Faden zwischen meinem erhobenen Arm und der Erde.

Ich lebte endlich in Frieden.

Ich wußte, daß tausend Arme um mich her seit allen Zeiten tausend Teekannen aufhoben.

»Friede sei mit dir«, sagte ich zu dem Nachbarn.

»Friede sei mit dir«, gab er zurück.

Ich wußte, daß tausend Stimmen um mich her wie seit allen Zeiten diese Höflichkeitsformel immer weiter übernehmen und mir wie ein Echo zurückgeben würden.

Ist das gestern gewesen oder vor zehn Jahren?

Ich hab an meine Eltern geschrieben, an Freunde und ihnen mitgeteilt, wo ich bin. Niemand hat bis jetzt geantwortet. Sie sind Lichtjahre entfernt.

Ein Flugzeug steht unbeweglich am Himmel. Das Licht bewegt sich nicht. Meine Uhr ist zehn Stunden gelaufen, seit ich ankam. Seitdem liege ich auf der Seite oder sitze, um den kleinen gelben Faden zwischen meiner Hand und der Teekanne zu betrachten. Wozu übrigens aufstehn? Vergebliche Mühe. Aufstehn heißt, Vergangenes suchen oder Zukünftiges.

»Friede sei mit dir.«

Ich war in Europa. Ich ging in einen Zoo. Mein Blick kreuzte den einer Löwin. Sie hat ihre Gitterstäbe aufgebrochen. Mein Abenteuer begann. Sie folgte mir durch Deutschland, Italien, Chile, Uganda. Überallhin.

Und eines Tags hat der Wind mich in diesem Land abgesetzt. Ich war müde. Als ich wieder aufstand, hörte ich kein Brüllen mehr.

»Friede sei mit dir.«

Morgen kehre ich nach Haus zurück, wenn es Gott gefällt. War das gestern oder vor tausend Jahren?

Ich betrachtete die ewige gelbe Flüssigkeit zwischen der Teekanne und dem kleinen Glas. Das gleiche Gelb wie der Blick vor mir.

»Endlich hab ich dich wiedergefunden, mein Liebling. Morgen gehn wir wieder nach Afrika.«

Afrika, morgen. Ich brach in Lachen aus. Auf meiner Uhr waren seit meiner Ankunft zehn Stunden vergangen.

11

Es war 9 Uhr oder so was. Er sprang über die Mauer und rief: »Ich bin kein Dieb, sondern Ihr Nachbar.«

Drei Tage später floh er durch die Eingangstür. »Ich bin kein Dieb, sondern Ihr Nachbar.« Es war 9 Uhr oder so was.

Er hat mit den Radiogeräten angefangen. Dann der Fernsehapparat, das Videogerät, die Möbel, der Herd, der verstörte Hahn, der falsche Hund, der niemals bellte …

Ich sagte eines Tags zu meiner Frau: »Paß auf, ich hab nur noch dich, den stummen Papagei und dieses Haus.« »Bin ich in deinen Augen eine Hure oder was?« hat sie erwidert. Ich blieb beharrlich: »Paß auf, er kommt zurück.«

Drei Tage später ist er zurückgekommen, um 9 Uhr oder so was. Meine Frau ist mit ihm gegangen.

Dann hab ich ihn dabei überrascht, wie er meinen Papagei

forttrug. Der schrie: »Ich bin sein Komplize, Komplize, Kom…«

Da hab ich mich zum Flughafen aufgemacht. Ich wollte das Land verlassen. Ein neues Leben anfangen.

Doch er hatte auch das Flugzeug gestohlen.

Ich bin in die Stadt zurückgekehrt. Auch mein Haus war verschwunden. Mir blieb nur der Mangobaum. Ich bin auf einen Ast geklettert und in den Hof des Nachbarn gesprungen. Es war 9 Uhr oder so was. Als er mich entdeckte, bin ich abgehauen und hab geschrien: »Ich bin kein Dieb, sondern Ihr Nachbar.«

»Ich komme alle drei Tage wieder, um 9 Uhr oder so was.«

12

Gott verfluche die Stotterer und die »Plätze der Unabhängigkeit«! Ihretwegen hab ich mich zum ersten Mal geschämt. Fangen wir mit dem Anfang an. Ich erzähle diese Geschichte nur, damit meine Kinder nicht eines Tags die Schnauze voll haben von mir. Nein, Angst hab ich nicht vor ihnen, denn trotz allem, was mir passiert ist, bin ich immer noch der Herr im Haus. Ich gebe ihnen zu essen und alles. Und ich kann ihnen immer noch den Hintern versohlen. Im übrigen kennen ihre Mütter mich.

An dem Tag also war ich bei Barry, einem Freund aus der Schulzeit. Mich, unter uns gesagt, nennt man Dr. Fall, weil ich fünfmal durch die Prüfung gefallen bin. Dagegen hat Barry seinen Abschluß nie gemacht. Als er zum ersten Mal durchfiel, haben seine Eltern ihn nach Europa geschickt. Sie hatten recht, ihr Kleiner konnte nicht sprechen.

Nun, an diesem Tag ist also Barry gekommen. Er sagte etwa folgendes zu mir: »Dr. Fall, laß uns zusammen einen trinken.« Und ich bin mit ihm zum »Platz der Unabhängigkeit« gegangen. Wir haben was getrunken. Dann hat er einen Scheck aus der Tasche gezogen und gesagt: »Dr. Fall, lös uns den ein, ist nicht allzu viel, kann uns aber aus der Klemme helfen, denn wie ich weiß, arbeitest du nicht, und im übrigen sind deine Kinder meine Kinder und deine Frauen meine Schwestern, und ich komme aus Frankreich, und da bin ich sehr, sehr …«

Dreitausendzweihundertfünfzig Francs CFA. Gut, ich hab den ganzen Vormittag in der Schlange gestanden. Kein Grund zum Schämen. In China und Rußland soll man für ein Brot Schlange stehn. Der Mensch muß wissen, was er will. Bei uns kann es sein, daß du zehn Jahre lang wegen einer Frau Schlange stehst.

Die Bank schloß bereits, als durch einen Lautsprecher verkündet wurde:»Herr Dr. Fall möchte bitte ins erste Stockwerk kommen.« Und dort sah ich einen Weißen. Ganz unvermittelt fragte er mich: »Kennen Sie Monsieur Barry gut?« Er hielt mich für einen Idioten. Ich sagte also: »Eine flüchtige Bekanntschaft. Und mein Scheck?« »Wir suchen den, der ihn ausgestellt hat«, hat der Kolonialmensch gesagt. Ich bin gegangen. Sogleich, als Barry mich sah, fragte er: »Nun?« Ich erzählte alles. Er hielt mir entgegen, ich hätte hart bleiben müssen, »du du du bist vovoller Komkomplexe … «

Ich möchte am liebsten eine Menge Auslassungspunkte setzen. Hundert Seiten voll mit Auslassungspunkten. Doch früher oder später muß man bezahlen. Er hat also sein Scheckheft hervorgezogen und dem Barmann einen neuen Scheck ausgestellt. Ich hab ihm ins Gesicht gesehn und gesagt: »Barry, in meinen Gedärmen rumort es. Ich muß gehn.« »Ich begleite dich«, hat er geantwortet. »Ich bin bei dir, Dr. Fall.«

Wir sind in einen Bus gestiegen. Ich hab zu ihm gesagt: »Hier.« Er hat geantwortet: »Das ist der Amtssitz des Präsidenten.« Ich hab zu ihm gesagt: »Hier.« Er hat geantwortet: »Das ist das Innenministerium, zu dem das Recht gehört.« Ich hab zu ihm gesagt: »Hier.« Er hat geantwortet: »Das hier ist das Ministerium für Äußere Angelegenheiten.«

Der Bus drehte eine Runde um den »Platz der Unabhängigkeit«. Nach den Äußeren Angelegenheiten fuhren wir an der

Nationalversammlung vorbei, der UNESCO, dem Sitz der UNDP, dem Erziehungsministerium.

»Hier kannst du aussteigen. Wir sind bei dir in der Nähe.« Ich hatte schon die Hose vollgemacht.

Gott verfluche die Stotterer und die »Plätze der Unabhängigkeit«!

13

Ich saß untätig bei mir zu Haus rum, wie wenn man mit dem Unglück der andern nichts mehr zu tun hat. Die Anrichte hatte ich schon verkauft, die Stühle, zwei Betten, einen Schrank. Mir blieben nur eine Schreibmaschine, ein Taschenrechner und sonstige Kleinigkeiten. Doch wieviel brachte das? Letzte Woche war jemand wegen der Klimaanlage gekommen, hatte sie herausgerissen, ein großes Loch in unserm Schlafzimmer, ich hab ruhig geschlafen, während meine Frau wachblieb. Am Morgen hab ich zu ihr gesagt: »Siehst du, ich hatte recht. Diebe kommen, wenn es was zu stehlen gibt.« Doch sie blieb weiterhin wach.

»Hast du das im Radio gehört? Die Mauretanier und die Senegalesen sind dabei, sich gegenseitig umzubringen.«

Ich bin aufgestanden und näher zur Tür des Nachbarn getreten, aus der die Stimme von *France Inter* tönte. Sie sprach von Plünderungen in beiden Hauptstädten und zog eine Bilanz des Mordens.

»Was sitzt du hier, während unsre Kinder vergewaltigt und niedergemetzelt werden? Wärst du zu irgendwas nütze gewesen, sie wären längst zu uns zurückgekehrt.«

Mein Hund kam und rieb sich an mir, ich gab ihm einen Fußtritt und setzte mich wieder hin.

»Bestimmt sind sie tot. Kannst du nach Dakar telefonieren und nach Nouakchott?«

»Ich hab keinen Sou. Ich warte auf Mohammed. Er muß mir heute die Klimaanlage bezahlen.«

»Das ist alles, was du kannst. Warten.«

Ich ging in den leeren Salon zurück und stützte die Arme auf ein Fenster. Als ich ganz sicher sein konnte, daß sie wieder im Büro war, ging ich zu Mohammed. Er war Maure. Sein Laden war am andern Ende der Straße. Er habe noch nichts verkauft, um mich zu bezahlen, sagte er, wenn ich aber was brauchte, könnte er mir Kredit geben.

Ich kam mit meinem Gewehr Kaliber 12 zurück. Er dachte, ich will es verkaufen.

»Wenn du mir einen guten Preis nennst, nehm ich es. Die Senegalesen sind dabei, meine Landsleute niederzumetzeln. Wenn das hier losgeht, werd ich meine Haut teuer verkaufen.«

Ich schoß auf ihn. Seine Brust zerbarst.

»Das hast du gut gemacht«, sagte hinter mir mein Nachbar. »Seine Landsleute sind gerade dabei, die meinen zu töten. Eigentlich war er ganz nett. Ich kam her, um ihm sein Geld zurückzuzahlen. Dir schuldete er anscheinend was.« Ich richtete das Gewehr auf seinen Bauch.

»Ich bin unschuldig.«

Ich schoß. Wenn man ihnen Glauben schenkte, waren sie alle unschuldig. Die Diebe, Arbeitslosen, Bastarde, ledigen Mütter, der Papst, Soldaten, Generäle, Rassisten, Könige und sogar Kain.

Ich lud mein Gewehr neu. Mein Hund beschnupperte die Blutlachen und hielt mir dann seinen Kopf zum Streicheln hin. Ich gab ihm wieder einen Fußtritt in den Bauch. Ich war wütend darüber, mich nicht schuldig zu fühlen. Ich wollte nicht im Lager der Unschuldigen sterben.

14

Neulich war ich in Äthiopien. Direkt in Addis. Die Stadt liegt nah beim Sitz der OAU. Beinahe hätte ich an einem Gipfel teilgenommen. Doch ich kam zu spät. Aber ich bin mit dem Aufzug ganz nach oben gefahren. Schön ist das und Addis ... Von da oben kannst du sie kämpfen sehen gegen die Eritreer. Sie schenken sich nichts. Der Kampf geht im allgemeinen um 6 Uhr los oder um 18 Uhr, das hängt von den Tagen ab, und wenn die Sonne untergeht, ist Waffenruhe, man trifft sich in der Bar unten in der OAU und vergleicht die Verluste. Die Jungs aus Addis sind wahrhaftig nicht dick und ihre Feinde mager, deshalb treffen sie sich nicht oft, außer in der Bar, aber man schenkt sich nichts, Freunde. Dennoch ist es schön da. Meine Schwester wohnt dort. Ihr Hausmädchen, die muß man gesehen haben, ich dachte, sie ist eine Prinzessin. Jeden Tag fragt sie: »Ist mein Bruder tot?« Sie erhält keine Antwort, lächelt dann ihr trauriges Lächeln. Sie kann außerdem Füße massieren. Sie bedeckt sie mit Eis und drückt sie leicht, und wenn du wach wirst, ist sie schon da. Ich wollte sie mitnehmen, der Flug war schon bezahlt, doch sie möchte lieber, daß ich sie beim nächsten Gipfel abhole. Ich hab bereits mit unserm Staatschef darüber gesprochen. Er stellt mir sein Flugzeug zur Verfügung. Wenn ihr möchtet, geb ich euch ihre Schwestern und Cousinen. Kein Problem meinerseits. Sie wissen alle, daß ich dem König der Könige sehr verbunden war, dem Kaiser Haile Selassi.

Gut, Freunde, ich muß gehn. Wer kann mir bis morgen fünf Francs geben?

Oder eine Zigarettenkippe.

15

Ich bin weggegangen. Wußte nicht so recht wohin. Dann erinnerte ich mich, daß ich ein Haus besaß. Ein Bett wenigstens, daneben hatte ich ein Äffchen angebunden. Und in dem Bett lag eine Frau. Ich hatte ihren Namen vergessen. Sie sagte sowieso jeden Tag einen andern: »Ich heiße Jacke wie Hose.« Wie die politischen Parteien heutzutage. Ihre Namen fangen alle mit P an oder mit R. Dabei gibt es im Alphabet noch A, B, C, D. Aber mir war das scheißegal. Sie sollen ihre Afrikas entwickeln und mich in Ruhe lassen. Jedenfalls will ich nicht entwickelt werden. Ich kam klein auf die Welt wie mein Vater, wozu und wohin mich also entwickeln?

Ich hab die Tür aufgemacht und mich sofort auf die Frau gestürzt. Der Affe hat losgebrüllt. Der Nachbar ist gekommen. Eine Art Tarzan in einem Slip, der ihm bis zu den Knien hing. »Du schon wieder?« hat er geschrien. »Beweg dich bloß nicht mehr hierher!« »Und sie bewegt sich doch, sagte Galilei«, hab ich ihm geantwortet. Er darauf: »Wenn das der Typ ist, der den Stromzähler herausgerissen hat, soll seine Mutter ihre Mayonnaise woanders rühren.« Dann ist er abgehauen. Tarzan ist ein Kerl, der herkam, um hier ein Auto zu reparieren. Das macht er seit dreißig Jahren!

Der Affe ist gekommen, ich hab ihn gestreichelt. Ich hatte Lust, die Nacht zu streicheln, meine Vergangenheit, mein ganzes Leben. Mein ganzes Leben! Mit diesem Leben schlafen, eine Nacht lang, und die Vorhänge zuziehen, damit die Nacht länger dauert. Diese Hure von Nacht, ich wollte sie haben.

Die Frau kam zurück. Sie war sehr jung. Ich hatte sie im Regen aufgelesen. Sie war durchnäßt. »Komm!« hab ich nur zu ihr gesagt. Und sie ist mit mir gegangen. Bei mir fangen alle schönen Liebesgeschichten im Regen an. Wenn das Wetter schön wird, weiß ich, es ist vorbei. Und ich schaue in den Himmel, um den nächsten Regen zu entdecken. Ich hab die Frau angefaßt. »Ich fürchte mich vor den Blitzen«, hat sie gesagt. Außerdem hatte sie Angst, ihr Mann könnte sie finden, ein kleiner Alter, der sie zu seiner fünften Ehefrau machen wollte. Ihre Geschichte war mir scheißegal, doch sie erinnerte mich so sehr an ein verlassenes Vögelchen! Also bin ich näher an sie rangegangen. Der Affe ist näher zu mir gekommen. Ich hab ihn am Genick gepackt und vor die Tür des falschen Tarzan gesetzt.

Der Himmel ist rissig geworden. Und Stücke davon sind heruntergefallen. Taschenlampen eilten vorüber. Ein Hahn schrie irgend etwas. Hunde bellten. Ein Schaf oder eine Ziege hat »Mäh, mäh« geblökt. Ich hab im Zimmer herumgetastet.

Niemand war mehr da. Ich hab eine Kerze angezündet. Meine Sardinenbüchsen waren auch weg. Der Muezzin hat gerufen. Ich hab meine Steinschleuder gesucht. Sie sollen mir meine Nacht lassen! Ich lasse ihnen dafür den Tag. Ich hab auf die Stimme gezielt. Meine Chancen standen gut, sie nicht zu verfehlen. Der Schrei kam von überall her. Was ging es mich an, daß man nach dem lieben Gott rief! Ich hab mir immer eine andere Stimme, eine weibliche, ausgedacht, die sich mit dem ersten Hahnenschrei erhebt, sich wie Tag und Nacht in die winzige Dämmerung mischt und uns wählen läßt. Dann, wenn wir zwischen Tag und Nacht nicht wählen können. Da mir alles egal war, hab ich mein Radio voll aufgedreht. Die Sowjetunion auseinandergebrochen. Dann der ehemalige Präsident demontiert. Der äthiopische Präsident geflohen. General Momoh aus Sierra Leone ebenfalls. Siyaad Barre aus Somalia versuchte zu fliehen ... Wo liegt das Problem, Mann? Laß sie doch abhaun, die Präsidenten. Vielleicht geht es besser ohne sie.

Tarzan ist zurückgekommen und hat verlangt, das Radio leiser zu stellen. Sein Slip hing ihm immer noch bis zu den Knien. Er redete davon, daß er in Kanada war, daß dieses Land Spitze ist in allem, besser sogar als Amerika. Das stimme nicht, hab ich zu ihm gesagt, weil Guinea seinem Kanada um sechs Stunden voraus ist. In der Zeitverschiebung! Niemals würde Kanada Guinea überholen! Dann wollte ich meinen Affen zurückhaben, konnte ihn aber nicht mehr finden. Tarzan meinte, jemand habe ihn gestohlen. Es war mir scheißegal. Seit der Unabhängigkeit ist das Land voll und immer voller von Affen. Dressierte Affen in Erziehungswesen, Kultur, Finanzen, in den hohen und den tiefen Etagen. Von einem Zweig spazieren sie zum andern.

Ich hab einen Schemel nach draußen gestellt, um die Sonne aufgehn zu sehen. Sie ist erschöpft, unsre Sonne. Sie erhebt sich wie eine Kranke und legt sich möglichst bald wieder zur Ruhe. Sie fällt hinter das Meer, nach Kanada, wo es jedermann so gut geht. Warum kommt sie am nächsten Morgen nach hier zurück, frage ich mich. Vielleicht ist sie eine Sonne, der Tag und Nacht egal sind. Die enttäuscht ist wie alle Armen. Ich hatte Lust, ihr ins Gesicht zu schreien, daß die Armut ein Schraubstock ist und kein Makel. Daß alles bleibt: Freiheit und Gefängnisse, Angst und Versicherungen, beleuchtete Steine und verlassene Felder, Tarzans Schrei und der verlassene Körper einer Frau.

Die Sonne erschien. Helligkeit und Dunkel durchwachsen! Ich will neu beginnen, damit es weitergeht. Eine Lust zu schreiben hat mich gepackt, auf daß am Abend auch diese Lust mich verläßt!

Aus dem Französischen von Sigrid Groß

Baovola Fidison
Schuldig

Die Versammlung tagte nun schon seit fast einer Stunde, Frauen und Kinder waren zum Rat der Weisen zusammengekommen, um über eine Strafe zu befinden. Sie, die Schuldige, stand abseits der Debatte, schamlos wies man mit Fingern auf sie, denn sie hatte einen Teil der Tageseinnahmen zu ihrem persönlichen Nutzen unterschlagen. Der Ehrenkodex verlangte ausdrücklich, daß sie vollständig abzugeben waren, von allen gleichermaßen, um sie danach gerecht zu verteilen.

Aber – hatte sie sich dieses eine Mal zugeredet – wie wollte man die Einnahmen überprüfen, man wußte ja nicht genau, wie hoch sie sein konnten, hingen sie doch täglich vom Grad des staatsbürgerlichen Pflichtgefühls oder der christlichen Nächstenliebe in der Seele des Passanten ab? In solchem Glauben war die erschlichene, kärgliche Portion Maniok verzehrt worden. Hätte sie bloß nicht so vollgestopft ausgesehen, als sie am gewohnten Treffpunkt erschien!

Man würde sie nicht lynchen, auch nicht verbrennen, dergleichen überließ man den Wohlhabenden, die für flinke moralische Erziehung sorgten, indem sie einen auf frischer Tat ertappten Dieb mitten auf dem Marktplatz züchtigten. Man konnte ihr auch nichts wegnehmen, außer der traurigen, jetzt nicht erreichbaren Zuteilung an Knollengemüse besaß sie nur, was sie auf dem Leib trug: einen zerrissenen Wollumhang und einen seit langem in der Sonne fadenscheinig gewordenen Rock. Ihr diese Kleidung nehmen, hieße sie noch erbärmlicher aussehen lassen und vielleicht großzügige Spender auf sie ziehen.

Sie warf ein zaghaftes Lächeln der Hoffnung zu den unterschiedlichen Gruppen hinüber: Da waren die Leprakranken von Andravoahangy, deren Schicksal sie geteilt hatte, die Verwirrten Großmütter von Ambohijatovo, deren rührender Verstellung sie gefolgt war, die Lieferanten für Neugeborene von Antsahavola, die ihren Anteil damit verdienten, Kinder zur Welt zu bringen und sie dann zum Verleih anzubieten, dazu ein paar Unabhängige von den benachbarten Stadträndern. Die Straßenkinder zählten noch nicht, doch sie gingen in die Lehre. Der fast vollständige Halbkreis, das war ihre Chance!

Während sie sich erhob, um das Urteil entgegenzunehmen, kam ein Wort von weit her, wurde vom Wind angespornt und packte sie in vollem Lauf: »*Tsar tareha na mainty ary izy*« – »Sie ist schön, auch wenn sie schwarz ist.«

Hatte man jemals gehört, daß einer sich an schwarzer Schönheit begeisterte?

Sie fuhr mit der Hand durch die widerspenstige Mähne ihres Haars und blickte dem Urteilsspruch der Bettelnden Mütter ins Auge.

Aus dem Französischen von Sigrid Groß

Michèle Rakotoson
Klage eines Schiffbrüchigen

Der Hahn! Könnte er ihn erwischen, er würde ihn zu Brei schlagen, ihm den Bauch aufschlitzen, die Kehle durchschneiden, ihn ...

Der Schlaf, so scheint es, ist der einzige Reichtum der Armen.

Und nun, dank dieses Hahns ...

Wenn es nur der Hahn wäre! Doch es waren auch noch Enten da, Hühner, Gänse ...

Gut, zurücklassen konnte man sie nicht, aber das war noch kein Grund, alle zu stören. Vielleicht hätten sie draußen bleiben können. Als er das vorgeschlagen hatte, war ihm in scharfem Ton entgegengehalten worden: »Und die Diebe?«

Ach ja, Diebe gab es auch noch. Die hätte er fast vergessen.

In Ambohitrimanjaka hatten sich die Bewohner geweigert, Flüchtlingslager aufzusuchen. Sie waren auf dem Deich geblieben. Anscheinend hatten sie viel zu viele Haustiere.

Seitdem haben Journalisten und Fotografen einander abgelöst, um über sie zu berichten. Sollte der Damm unter dem Druck des Wassers nachgeben ...

Andere jedoch meinten, man müsse die Deiche öffnen, die Überschwemmungen seien nur durch den Mangel an Abflußmöglichkeiten bedingt.

Schön und gut, sein eigenes Haus stand jedenfalls im Wasser.

Seine Frau Razafy war gestern weinend von dort zurückgekommen. »Besucher« waren dagewesen, hatten alles geplündert und den Rest verwüstet. Warum weinte sie? Damit hatte man rechnen müssen. Seit einem Monat stand das Haus leer oder vielmehr das, was von dem Haus übriggeblieben war, und sie hatten die Möbel darin zurückgelassen. Wohin hätte man sie auch stellen sollen?

Rakoto drehte und wendete sich auf seinem Bett oder vielmehr auf dem, was ihm als Bett diente. Er fühlte sich müde und ganz benommen. Er hatte sehr schlecht geschlafen, wieder einmal. Wie konnte man zu vierhundert in einer Kirche schlafen? Ach, wie sehr einem das weinende Kind auf die Nerven ging. Die ganze Nacht hatte es geweint.

Noch eins, das vielleicht stirbt. Es wäre das dritte in einer Woche. Die Kinder vertragen es nicht, am Boden auf den nackten Fliesen zu schlafen. Wenn man wenigstens Matratzen gefunden hätte, die Matten waren nicht dick genug.

Sie mußten frieren, fingen an zu husten, husteten immer mehr, dann magerten sie ab, spuckten Blut und ... Diesmal war es anders. Sie hatten Fieber, waren brennend heiß, husteten, bekamen Durchfall, einen ganz schwarzen Durchfall, und in ein oder zwei Tagen ...

Vierhundert Menschen in diesem Kirchenraum, seit einem Monat. Ärzte waren vorbeigekommen, hatten Aspirin und Nivaquin* verteilt. Auch in der Krankenstation gab man Aspirin aus. Anscheinend haben die Apotheken keine Medikamente mehr, außerdem sind sie so teuer.

Bestimmt würden noch andere Kinder anfangen zu weinen wie dieses jetzt. Die Kinder haben keinen freien Raum mehr zum Spielen, auch deshalb.

Einen Monat waren sie hier, einen Monat mußten sie sich selbst aushalten, das Geschrei, die weinenden Kinder, das enge Zusammenleben, die Krankheiten. Wie soll man das Leben in einem Flüchtlingslager beschreiben? Sie hatten gedacht, sie müßten ihr Haus nur für zehn Tage verlassen, der Regen aber hörte nicht auf, und das Wasser fiel nicht.

Einen Monat lang.

Razafy hatte erzählt, die Diebe hätten auch die Dachziegel und die Türen mitgenommen. Wo sollte man jetzt welche herbekommen? Auf dem schwarzen Markt hatte ein Dachziegel

* Medikament gegen Malaria auf Chinin-Basis (Anm. d. Übers.)

vor der Überschwemmung zehntausend Francs gekostet, und jetzt? Rakoto seufzte.

Zur Zeit ließ ihn die Müdigkeit nicht mehr los. Warum mußte dieser schwere Schlag ihn gerade jetzt treffen?

Er war ein guter Maurer gewesen. Früher hatte er seinen Lebensunterhalt reichlich verdient. Doch jetzt bauten die Leute nicht. Und er war zweiundsechzig Jahre alt. Gut, er sah nicht so alt aus, war noch rüstig, doch immerhin ... zweiundsechzig Jahre, zehn Kinder, das heißt jetzt noch acht, denn die beiden ältesten waren verheiratet.

Die beiden ältesten würden ihm sicher helfen, sagte er sich, um sich Mut zu machen.

Wo aber würde er Arbeit finden, damit er sein Haus wieder herrichten konnte? Er durfte nicht verzweifeln. Er war ein guter Maurer und immer noch bekannt. Die Häuser, die er gebaut hat, sind solide und sehr schön, sie stehen noch, haben allem standgehalten.

Seine ehemaligen Arbeitgeber würden ihm helfen, er würde schon Arbeit finden. Vielleicht würden sie ihm sogar Baumaterial geben.

Manchmal, wenn Razafy zu laut schimpfte, ging er spazieren und sah sie sich an, seine Häuser. Er erinnert sich, daß er neulich fast eine Stunde lang vor einem von ihnen gestanden hat. Die Lichter strahlten, ein schöner Garten war da und eine Garage. Der Besitzer erkannte ihn nicht. Wie hätte er das übrigens können, da er nicht aus seinem Wagen stieg. Er hupte gebieterisch, und ein Hausangestellter in weißer Schürze eilte herbei, um das Tor zu öffnen. Rakoto hatte nicht näherzutreten gewagt.

Wieviel verdiente ein Hausangestellter?

Nein, die Kinder sollten lieber zur Schule gehen. Er war noch rüstig, er würde Arbeit finden. Razafy würde ihm bestimmt helfen.

Plötzlicher Juckreiz unterbrach seine Überlegungen. Wie lästig die Flöhe waren. Er kannte ihr Spielchen gut. Eine leichte Berührung zeigt die Bewegung des Ungeziefers an, das zuerst nur herumspaziert, ohne zu stechen, dann ein jäher Juckreiz. Das ist der Moment, wo man zupacken muß. Ein mit Speichel befeuchteter Finger an die richtige Stelle gebracht, und der mit Blut vollgesogene Floh folgt von ganz alleine.

Das Kind hustete, hustete. Warum brachten sie es nicht ins Krankenhaus? Man mußte allerdings zugeben, daß sie das andere Kind nie wiedergesehen hatten und seine Familie auch nicht. Sanitäter waren gekommen und hatten sie abgeholt, anscheinend wurden sie isoliert. Auch die Kirche müßte geschlossen werden, hatten die Pfleger noch gesagt. Doch wo sollten sie dann hin?

So sinnierte Rakoto an diesem frühen Morgen. Er ließ seine Gedanken umherschweifen, zu dem Leben, das er vorher geführt hatte, seinen Schwierigkeiten jetzt, der Zukunft, die ihn und seine Kinder erwartete.

Besonders froh fühlte er sich nicht, und doch war ihm dies der liebste Augenblick des Tages. Das Bett war ganz warm, und er ließ sich sachte in den Dämmerschlaf zurückgleiten, während Razafy im Haus hin- und herging. Früher war er in aller Frühe aufgestanden, hatte sich leise fertiggemacht und war zur Arbeit gegangen. Oft war Razafy gekommen und hatte ihm geholfen; wie viele Male hatte sie die Arbeit eines Hilfsarbeiters getan. Doch jetzt war Arbeit knapp, und Rakoto konnte sich noch zehn Minuten Ruhe gönnen, bevor er dem Tag entgegentrat. Ein Schrei ließ ihn aufspringen.

Es war Rafara, die wieder einmal ihre Tochter geohrfeigt hatte. Er konnte die junge Frau nur schwer ertragen. Ihre Schreierei und die ständigen Ohrfeigen regten ihn auf. Warum hatte sie das Kind in die Welt gesetzt, wenn sie es so sehr haßte.

Rafara war ganz jung. Sie hatte immer in der Stadt gelebt, hatte studiert, wollte in den Staatsdienst. Und dann war das kleine Mädchen gekommen.

Im übrigen waren die jungen Frauen heute anders als früher, weniger geduldig. Man mußte sie nur ansehen in ihren Hosen.

Selbst auf dem Land fingen sie an, sich die Haare zu schneiden, und da wundert man sich, daß nichts mehr klappt.

Rakoto lächelte ein wenig resigniert. So ist eben die Welt, alles verändert sich. Man muß es akzeptieren und das Ergebnis der Veränderung ebenso. Vielleicht war das Unglück, das ihnen zugestoßen ist, ein solches Ergebnis der Veränderung. Wer weiß.

Dennoch könnte Rafara sich beruhigen, das enge Zusammenleben war schon schwierig genug, warum nahm sie ihr Schicksal nicht mit Geduld an und versuchte, sich zu fügen? Alles hatte man ausprobiert, hatte Zwischenwände gebaut, um jedem ein eigenes Zuhause zu schaffen, doch es war fast unmöglich; wenn nun jeder aufbegehrte und anfing zu schreien wie sie, wo würde das enden? Eines Abends hatten sie schon in einen Ehestreit eingreifen müssen. Ranaivo schlug seine Frau und hätte sie beinahe verletzt. Streitereien waren hier in der Kirche an der Tagesordnung, doch diesmal hatte Ranaivo es wahrhaftig übertrieben. Rakoto seufzte.

Wann könnte er nach Hause zurückkehren, sich ausruhen und Frieden finden?

Wenn wenigstens jemand käme, um nach ihnen zu sehen. Wenn die, welche kämen, mit ihnen reden würden, dann könnten sie berichten, ihr Unglück schildern. Vielleicht würden die da oben in der Regierung endlich davon erfahren.

Doch es kamen nur solche, die selbst große Reden hielten und wieder verschwanden, niemand ließ sie, die Betroffenen, zu Wort kommen. Wie sollte man sich da Gehör verschaffen? Er fühlte sich müde; wenn er schlafen könnte, ginge es bestimmt besser. Das aber schien unmöglich. Der Schlaf, so scheint es, ist ein Reichtum, den man mit den Reichen teilt.

Die Ahnen hatten wohl Überschwemmungen nicht vorausgesehen und auch keine Flüchtlingslager. Die Reichen, die schliefen oben auf dem Hügel, die kamen niemals hierher und wenn, dann kamen sie sonntags mit ihren Familien und schrien auf dem Deich herum. In die Lager aber, wer wagte sich da schon hinein? Dabei mußte es unter ihnen doch auch

Vertreter der Regierung geben, Leute von ganz oben; wenn er sie nun ansprechen, mit ihnen reden würde?

Und Rakoto träumte: Er würde sich niederknien und sehr höflich dafür entschuldigen, so zu stören, und der andere wäre geschmeichelt und würde ihm zuhören, und er könnte von den Ängsten erzählen, von der einzigen Kerze für alle in der Kirche, der Lebensmittelversorgung, die nicht klappte, den Entbehrungen, den kranken Kindern, der Angst vor der Zukunft. Er würde alles sehr beredt darlegen, und so würde man von ihrem Unglück erfahren und ihnen zu Hilfe kommen. Die »Ray aman-dreny«, die Landesväter, sind stets gut und helfen ihren Kindern. Und er selbst war ein guter Sohn, ein guter Staatsbürger. Die Mittelsmänner sind es, welche die Wirklichkeit entstellen; sie wollen nur ihre eigenen Taschen füllen, erzählen irgend etwas und stehlen die Hilfsgüter.

Er träumte davon, daß er sogar mit dem Präsidenten sprechen würde, daß der ihn anhörte.

Ach, das wäre etwas ganz anderes als all die offiziellen Reden, wo einige sprachen und doch nichts sagten und wo die Bauern in Gedanken woanders und mit allem einverstanden waren, ohne überhaupt zuzuhören. Hier gäbe es einen wirklichen Dialog wie in der alten Zeit, und man würde sich verstehen!

Die Frauen waren fast alle wach, zündeten ihre Herde an und unterhielten sich dabei. Razafy saß schon da, die Brille auf der Nase, und verlas Reis. Sie war stolz auf ihre Brille; die Gemeindeschwestern hatten sie ihr geschenkt, und sie trug sie seitdem immer auf der Nase, wenn sie nähte oder den Reis auslas. Ach, Razafy, Razafy! Sie war so still heute, still und traurig. Anscheinend dachte auch sie an die Zukunft. Er seufzte, warum war ihnen das Schicksal so feindselig gesonnen? War einer von ihnen verflucht?

Doch was nützte es, sich hängenzulassen. Wenn der Wasserstand etwas fiel, könnte er einen Teil seiner Ernte retten. Der Reis wäre zwar bitter und ganz schwarz, doch das war besser als keinen zu haben. Ranaivo, sein Nachbar, hatte Glück gehabt. Seine Ernte war fast reif gewesen, als das Reisfeld überschwemmt wurde. Und die Söhne konnten schwimmen; sie tauchten nach dem Reis. Die Vorräte würden für drei Monate reichen. Und er, würde er auch Glück haben? Warum nur zerbrach er sich den Kopf mit solchen Gedanken. Was nützte das?

Der Tag hatte angefangen. Bald würde man Kaffeeduft riechen. Die welchen hatten, würden eine heiße Tasse Kaffee trinken, bevor sie weggingen, die andern ... Eine Tasse heißen Wassers ersetzt nicht den Kaffee, doch schließlich stärkt es ein wenig den leeren Magen.

Die Nahrungsmittel wurden knapp. Anfang der Woche hatte man ihnen ein Kilo Reis gegeben, doch dann ...

Wenn er wenigstens Arbeit fände. Oder Razafy.

Die Kinder mußten zur Schule gehen. Sie sollten nicht auch ein solches Leben führen. Nur wie sollte man es anstellen? Die älteren lebten bereits von der Hand in den Mund, und die übrigen würden in der Schule nicht mehr mitkommen. Was für eine Zukunft konnte man ihnen bieten?

Razafy dachte wohl an das gleiche, denn sie seufzte und stand auf. Verstohlen wischte sie eine Träne weg und schüttete dabei etwas Reis ins Wasser. So würde man eine Suppe haben.

Wie gut, daß sie da war. Sie schwatzte und stritt ein bißchen zu gern, doch oftmals genügte es, wenn er ihr einen kleinen Klaps gab, damit sie schwieg. Jetzt allerdings war sie schweigsam. Bestimmt dachte sie an die Kinder und an die Zukunft. In anderen Flüchtlingslagern legten die vom Unglück Betroffenen ihre Nahrungsmittel zusammen. Und die Kinder aßen gemeinsam. Aber hier ...

Zum Glück waren seine ganz Kleinen bei den Ältesten. Die Schwiegertochter schien nicht sehr erfreut, doch was sollten die Kinder hier. Und überhaupt, warum beklagte sie sich, sie kamen ja nicht alle zu ihr, einige waren auch hier geblieben.

Sie hätten allerdings auch kaum alle Platz zum Schlafen gehabt, die Zimmer waren ja so winzig, und wenn alle in einem einzigen Raum leben müssen ...

Aber die Menschen wurden egoistisch. Niemand achtete mehr das »Fihavanana«. Man half sich nicht mehr gegenseitig. Kein Wunder, daß soviel Unglück geschah. Die Ahnen mußten sehr erzürnt sein, wenn es einen solchen Regen gab!

Es hieß, daß der See von Mandroseza sich im letzten Jahr ganz rot verfärbt hatte und daß eine dunkle Wolke drei Tage lang den Palast der Königin verdeckte. Das alles waren Zeichen. Warum hat niemand auf sie gehört?

Heutzutage glaubt keiner mehr an das alles, nicht einmal mehr an Gott, die Kirchen werden immer leerer. Und dann ...

»Hier, dein Reis ist warm«, sagte Razafy zu ihm, »ich hab keinen Zucker hineingetan, weil keiner da ist, übrigens haben wir auch keinen Reis mehr. Ich werde versuchen, ein wenig von Vao zu erbitten. Vielleicht geht sie darauf ein und gibt uns was. Rajosefa ist seit zwei Monaten arbeitslos, sein Betrieb hat geschlossen.«

Sie kauerte sich am Boden nieder, die Röcke unter ihren Beinen zusammengerafft, und begann, mit ihren Fingern zu spielen. Sie sah wirklich sehr erschöpft aus.

Ein Sonnenstrahl drang durch die Scheibe. Der Lichtstreif erhellte einen Teil des Gebäudes. Das Wetter würde schön werden heute. Die Fische würden anbeißen. Rakoto stand auf und überprüfte seine Angelruten, er mußte sich beeilen, sonst fände er keinen Platz mehr in den Reisfeldern.

Wenn er ein paar Fische fing, konnte er sie verkaufen und dafür etwas Reis besorgen. Mit ein bißchen Glück würde er auf dem schwarzen Markt welchen finden, wenn der von Fokontany nicht reichte.

Sie könnten dann noch zwei oder drei Tage durchhalten.

Danach ...

Aus dem Französischen von Sigrid Groß

Antoine Kaburahe
Mutter, mir ist kalt

»Wir haben uns geschworen, uns niemals zu betrügen. Was würde es denn nützen? Kein Rückgriff auf Operationen, auf Blutübertragungen, nichts. Weder für sie noch für mich. Der Tod hat einen von uns, hat uns beide ganz durchdrungen. Wir sind vereint, Maria, im Leben wie im Tod.«

Bald zwölf Monate in diesem fast vergessenen Saal des großen Krankenhauses. Saal sechs, gottverlassener Saal. Zehn Meter weiter die Leichenhalle. Wie viele sind wir, zwanzig, dreißig, ich weiß es nicht, manche Körper passen sich so gut an die Matratze an, daß man das Bett leer glaubt. Ein Foto fällt mir ein, das unser Geschichtslehrer uns einmal zeigte. Ein Foto der Häftlinge von Treblinka.

Saal sechs, Saal des Todes, gottverlassener Saal. Es gibt alle Arten Leute in Saal sechs. Einen Hochschulprofessor, der die Tage mit einem kleinen Transistorradio am Ohr verbringt, er teilte uns sehr erregt Clintons Wahlsieg mit. Alle Arten Leute, arme Teufel, Alte, viele Junge. Die draußen halten uns für trübsinnig, nein, wir reden, wir lachen sogar. Eine seltsame, gespenstische Bruderschaft sind wir, helfen uns gegenseitig. Nur ein Typ ist da, den wir nicht mögen. Ein reicher Geschäftsmann, der bald vierzig Monate hier liegt. Als sie ihn brachten, fing er an zu schreien: »Nein, nicht dahin, nicht zu denen, ich weiß, wer in Saal sechs liegt. Bei mir ist es nur eine Tuberkulose!«

Die Pfleger haben ihm höflich erklärt, anderswo sei nichts frei, er käme sowieso bald wieder nach Hause.

Ein von Hustenanfällen unterbrochenes Lachen hat den Saal erschüttert, wir wissen Bescheid, wenn sie dich hierher bringen, sind sie ihrer Sache sicher, sie irren sich nicht, jetzt mit den neuen Apparaten schon gar nicht.

»Nicht zu denen!«

Der Idiot, wir in Saal sechs haben ihm das nie verziehen. Seit vier Monaten ist er undicht wie ein geplatzter Schlauch. Wir reden nicht mit ihm, wir mögen ihn nicht.

Ein anderer Patient verbringt seine Zeit mit einem alten Wunderheiler aus seinem Dorf. Gleichgültig sehen wir zu, wie er einen Trank nach dem andern hinunterstürzt. Einmal nachts hat der Alte einen sonderbaren Tanz um das Bett aufgeführt, hat magische Sprüche dazu gemurmelt. Ach, gutes Großväterchen, andere, größere Hexenmeister haben das Übel nicht ausrotten können, das du durch Tanzen abwenden willst. Ausgerechnet du, ein gebrechlicher, alter Mann, der morgens halbnackt durch den Wald läuft und Kräuter sammelt, solltest das fertigbringen, woran die *Tubab,* die weißen Ärzte, gescheitert sind?

Heute machen sich die kleinen Schwestern aus Kalkutta eifrig hinten im Saal zu schaffen. Wir haben gehört, daß der aus Bett 24 abgetreten ist. Seit einigen Tagen rührte er sich nicht mehr. Er war jung, kam in ziemlich schlimmem Zustand an. Wir haben nie etwas über ihn erfahren, die Krankheit war so weit fortgeschritten, daß er nicht mehr sprach. Die Schwestern haben ihn gewaschen, sein Bett hergerichtet. Als zwei von ihnen die Bahre vorbeitrugen, haben wir uns alle aufgerichtet und dem Unbekannten die letzte Ehre erwiesen.

Danke, tapfere kleine Schwestern, danke, Mutter Teresa, Gründerin eures Ordens! Danke, Töchter unseres Herrn, ihr allein habt die Botschaft Christi verstanden: »Ich bin krank gewesen, ihr habt mich besucht.« Oh Schwestern in eurem Sari, kleine Schwestern mit rissigen Füßen, einzige Freundinnen von Saal sechs, Gott, dem ihr in Gestalt seiner verlorenen Söhne dient, möge euch diese selbstlose Liebe hundertfach vergelten!

Wo hab ich mir das geholt? Viele Liebesabenteuer hatte ich doch nicht. Eine ferne, flüchtige Umarmung während einer Reise: Der Bus hatte eine Panne weitab von jeder Behausung.

Wir mußten bis zum nächsten Tag auf die Reparatur warten. Nachts haben die frierenden Reisenden ein Feuer angezündet. Sie war schön, melancholisch, wollte ein paar Tage bei ihrer Großmutter verbringen. Die Nacht war eisig, aus bleichen Sternen gewirkt. Wir haben uns ausgestreckt, etwas abseits des Kreises, in dem das Feuer verlosch. Wortlos haben sich zwei fremde Körper vereinigt, um sich ein wenig zu wärmen. Am nächsten Tag konnte der Bus repariert werden, die Fahrt ging weiter, auf der Höhe von Birnamu stieg sie aus.

Trugst du den Tod in dir, Gefährtin einer Buspanne? Oder der Seitensprung, das vergessene Kondom? Nein, lange her... Oder hat es mir doch Maria angedreht? Ach, wozu all diese Fragen, was geschehen ist, ist geschehen.

»Der Prof« – so nennen wir den Hochschullehrer – hat mir eine medizinische Fachzeitschrift rübergereicht, die er dank der guten Schwestern regelmäßig erhält. In diesem Heft behauptet eine wissenschaftliche Kapazität, daß einer der Partner krank sein kann, der andere aber gesund. Eine irrsinnige Hoffnung hat mich gepackt, Maria könnte gesund sein! Oh Gott, verschone wenigstens Maria, laß mich sterben, laß meine Eingeweide sich den ganzen Tag lang entleeren, verwandle meine Lunge in Schweizer Käse, mache mich gelähmt, entstellt, wahnsinnig, aber rette wenigstens Maria! Laß mich bei lebendigem Leib verfaulen, nur rette sie!

Ich hab an Gewicht zugelegt, ich fühle mich gut. Das gefällt mir nicht. In Saal sechs sagt man, die Krankheit ist in ihrem »ironischen Stadium«, denn nach dem Höhenflug kommt oft der Sturz, unerbittlich, tödlich.

Es ist Samstag, Maria besucht mich. Das Krankenhaus ist still. Langsam ist die Nacht hereingebrochen. Maria hat mich in ein T-Shirt mit US-Flagge und in Blue Jeans gesteckt. Ich hab meine weißen Turnschuhe angezogen. Das ist die Kleidung, die Maria früher am besten gefiel, wenn wir ausgingen. Jeden Samstag gehe ich, wenn ich nicht zu schwach bin, mit

Maria »aus«, wir bummeln in den verlassenen Fluren, halten uns bei den Händen. Die Leute drehen sich nach uns um, »zwei Verliebte, die einen Kranken besuchen«, denken sie. In meinem Outfit eines amerikanischen Teenagers sehe ich nicht wie ein Todeskandidat aus.

Zur Leichenhalle hin ist es menschenleer, die meisten machen einen Bogen um sie. Das Gebäude ist schwarz. Ich weiß nicht, warum wir diese Richtung eingeschlagen haben. Der Motor des Kühlraums summt, bestimmt liegt eine Leiche darin. Im Schutz des Totenhauses, von dem Summen gewiegt, haben wir die Gesten von früher wieder entdeckt, uns in einer wilden, leidenschaftlichen, furchtbaren Umarmung geliebt. Die Nacht ist vorgerückt.

»Maria, ich hab ein medizinisches Fachblatt gelesen, es kann sein, daß du es nicht hast, mach einen Test!«

Zum ersten Mal hab ich sie weinen sehen, zerbrechlich und schön. Sie hat geweint, ich auch. Immerfort das Summen des Kühlraummotors. Ich hab sie umarmt. »Maria, mach einen Früherkennungstest, das kostet nichts.«

Sie hat meine Hand genommen, hat sie unten auf ihren Hals gelegt, wollte sie gestreichelt werden? Meine Hand ist umhergewandert, bis sie mich unterbrach. »Fühl doch!«

Da hab ich es an ihrem Hals gespürt, zwei kleine, runde Schwellungen. »Lymphknoten!« Auch bei mir hatte es mit gewöhnlichen Lymphknoten angefangen.

In dieser Nacht erzählten Pfleger, wachhabende Ärzte und Kranke, die nicht schliefen, sie hätten mit Grausen gehört, wie aus der Gegend um die Leichenhalle mitten in der Nacht ein Schmerzensschrei hervorbrach.

Ich will nach Hause, zurück in mein Dorf. Zu Hause sterben. Mein Ex-Arbeitgeber will die Krankenhauskosten nicht mehr zahlen. Vielleicht hat er erfahren, daß ich unheilbar bin. Die Welt draußen liebt die Lebendigen. Maria hat gesagt, sie kommt für die Kosten auf, aber ich möchte ihre mageren Geldmittel nicht aussaugen wie die Krankheit meine Blutkörperchen. Adieu, Freunde von Saal sechs, ich gehe nach Hause, zu meiner alten Mutter. Maria hat geweint, mein Dorf ist weit, sie kann sich die Fahrt nicht oft leisten. Maria ist Schreibkraft, sie verdient nicht viel.

Die Fahrt war mühsam. Hier sind die Pfade meiner Kindheit. Es hat geregnet, vertraute Wohlgerüche erfüllen die feuchte Luft. Die in Bananenpflanzungen versinkenden Häuser sind noch da. Lange war ich nicht mehr hier. Ich komme mit Mühe voran. Mein Bauch schmerzt. Ein Wäldchen. Ich erleichtere mich.

Hier bin ich, gesunde Söhne meines Landes, kräftige, muntere Analphabeten meiner Heimat, die ihr wegschaut bei meinem Anblick. Ja, ich bin erledigt. Brüder, die ihr mich mit tränenfeuchten Augen anseht, ich bitte euch, geht nicht mehr fort, bleibt hier, in der Ferne breitet sich unter dem Neonlicht das Unheil aus, ja, ich trage die Krankheit der Hauptstadt in mir.

Herr, verschone diese hier, du hast ihnen fast nichts gegeben, einer schlechten Ernte sind sie ausgeliefert, einem Hagelschauer, der auf ihre Felder, wo sie sich so abmühen, niederprasselt. Führe sie an die Flußniederungen zum Trinken wie die unschuldigen Tiere, aber laß die Krankheit nicht hierher kommen!

Mutter, Ngoma behauptet, ich sei verhext. Doch, er ist ein guter Heiler, er kennt so viele Kräuter, aber für mich kann er nichts tun. Meine Mutter ist entmutigt, sie versteht nicht, weshalb ich die Behandlung durch den Dorfheiler ablehne. »Die Stadt hat dich verdorben, mein Sohn!«

Ja, Mutter, die Stadt hat deinen Sohn verdorben. Die Stadt hat ihn getötet.

Die Langeweile tötet mich auch. Im Haus liegen bleiben, während alle andern eifrig auf den Feldern arbeiten, sogar meine vom Alter zermürbte Mutter. Die Sonne schlüpft durch die Spalten in dem alten Strohdach, meine Mutter brauchte eine neue Behausung. Das ist Männerarbeit, aber mir fällt es schon schwer genug, mich nach draußen zu schleppen. Verzeih mir, Mutter!

Mutter hat von einem jungen Mann einen in einer Falle gefangenen Hasen gekauft. Sie macht sich am Herd zu schaffen, die Flammen beleuchten ihre runzlige Stirn. Ein wunderbarer Geruch erfüllt das Haus. Ich hab keinen Hunger, werde mich aber zwingen, ich muß meiner Mutter Freude bereiten. Im flackernden Schein des Windlichts unter gesprungenem Glas haben wir gut gegessen. Das Fleisch war ausgezeichnet, das Maniokpüree auch. Aber mein Magen schmerzt zu sehr.

Mit dem Hinausgehen hab ich gewartet, bis sie fest schlief. Auf Zehenspitzen bin ich fortgeschlichen in die Nacht. Nach einigen Metern hat sich mein Körper entleert. Auch die armselige Mahlzeit meiner Mutter habe ich erbrochen. Zurück ins Haus wollte ich nicht, um nicht ständig hinauszumüssen und sie aufzuwecken. Ach, wie sehr schmerzt mein Bauch!

Die Nacht rückt vor. Es ist kalt, der Himmel bedeckt. Dicke Wolken türmen sich in der unruhigen Luft. Irgendwo im Buschwald heult eine Hyäne. Es blitzt, ein Gewitter zieht auf, ich muß zurück ins Haus. Nein, ich kann nicht, werde es niemals können, ich bin zu schwach, der Durchfall war zu stark. Es regnet in dicken Tropfen, die aufschlagen wie kleine Steine. Es gelingt mir nicht aufzustehen. Schreien? Um Hilfe rufen? Nein, das würde die Nachbarn wecken, ich muß in Würde sterben. Ganz langsam werde ich mich zum Haus hinschleppen, die wenigen Meter.

Ich weiß nicht, wann der Regen aufgehört hat. Ich muß das Bewußtsein verloren haben. Jetzt dämmert anscheinend der Morgen. Ich schwimme in einer Wasserlache, mir ist kalt. Die Tür des Hauses öffnet sich, Mutter stürzt heraus, die Augen weit aufgerissen. Ich fühle, daß ich aufgehoben werde wie damals, als ich noch ein Kind war:

»Mutter, mir ist kalt, mir ist kalt.«

Aus dem Französischen von Sigrid Groß

Monique Ilboudo
Eine namenlose Krankheit

Unsicheren Schritts betrat Mat den Klassenraum, begleitet von der jungen Lehrerin, die ihn an der Tür des Gymnasiums empfangen hatte. Er warf einen Blick über die etwa hundert Schüler, die in unbeschreiblichem Chaos herumtobten, und stieg dann, seiner Begleiterin folgend, aufs Podium. Sie wies ihm einen Stuhl hinter einem kleinen Tisch, auf dem schon eine Flasche Mineralwasser und ein Glas warteten. Während Mat sich auf dieser Schicksalstribüne niederließ, klatschte die junge Frau in die Hände und versuchte, Ruhe zu schaffen. Es wurde etwas stiller, was ihr ermöglichte, den Schülern Mat vorzustellen und den Beginn seines Vortrags anzukündigen.

»Eigentlich ist es kein Vortrag«, fing Mat an, »ich würde es eher eine Zeugenaussage nennen!« Seine Stimme wurde fester, und er stürzte sich in seinen Bericht, den er zum mindestens zehnten Mal vortrug.

»Als ich das erste Mal davon hörte, hab ich gleichgültig gemeint: Eine Krankheit der Weißen, der sittlich verkommenen Weißen. Sollen sie doch sehen, wie sie damit fertig werden!

Damals glaubte ich, sie grassiere nur in Europa und Amerika. Hier waren wir also sicher hinter den riesigen Mauern der Ozeane!

Doch dann erfuhr ich, daß die Krankheit auch in Afrika zuschlug, besonders in Zentralafrika, und ich sagte mir: ›Diese Mistkerle! Sie haben sie uns frei Haus geliefert. Diejenigen unter uns, die sich mit ihnen einlassen, sollen sich ruhig anstecken und an ihrer Schandtat sterben, mich geht das nichts an!‹

Meine Ruhe wurde nicht davon gestört.

Eines schönen Tags oder besser eines schlechten Tags hörte ich, daß die Krankheit nun auch in meinem Land tötet. Ich war überrascht, doch übermäßig beunruhigt hat mich die Nachricht nicht. Der Verstorbene war, bereits infiziert, aus dem Ausland zurückgekehrt. Kein Wunder also! Man sollte ihn nur ganz tief vergraben oder am besten einäschern und die Asche ins Meer streuen, damit er ja nicht den Boden meiner geliebten Heimat besudelte!

Ich schlief weiterhin ruhig auf meinen beiden Ohren.

Als die Liste der Opfer länger wurde, vor allem, als ich im Fernsehen einen Bericht sah, der bis auf die Knochen abgemagerte Körper zeigte, Skelette ohne Gesicht, die auf ihr unausweichliches Ende warteten, hat mich das ein wenig erschreckt. Was, der Feind war doch gegenwärtig? Sollten wir nicht wachsam genug gewesen sein?

Während der ganzen Sendung hab ich mich entrüstet, empört, gebrüllt: ›Wir müssen etwas tun!‹ Nach der Sendung holten Freunde mich ab, um in der Bar an der Ecke noch was zu trinken. Während wir unser Bier tranken, haben wir über das Thema diskutiert. Dann sprachen wir über andere Dinge, und ich habe es wieder vergessen.«

An dieser Stelle seines Berichts legte Mat eine Pause ein. Auf seiner Stirn, die in beginnender Kahlköpfigkeit glänzte, standen ein paar Schweißtropfen. Die junge Lehrerin, die in der ersten Reihe Platz genommen hatte, kam und schenkte ihm ein Glas Wasser ein. Er trank einen Schluck, griff dann in seine Hemdtasche, um die Packung Zigaretten herauszuziehen, hielt aber in der Bewegung inne. »Ich sollte nicht rauchen, vor allem nicht hier«, ermahnte er sich selbst. Er lächelte traurig und nahm seine Erzählung wieder auf.

»Als ich erfuhr, daß Safi infiziert war, hat mich das niedergeschmettert. Safi war keine Weiße und keine Ausländerin. Safi war auch nicht sittenlos, bloß ein bißchen freizügig! Safi war keins der anonymen Opfer der furchtbaren Krankheit, sondern ein Mädchen aus meinem Viertel. Ein Mädchen, mit dem ich aufgewachsen war, ein hübsches Ding mit frischem Teint und dem Lächeln eines Engels. Alle hatten wir von ihr geträumt, doch Safi war kein Mädchen für uns. Schon sehr früh hatte sie die Schulbänke als zu hart für ihr empfindliches Hinterteil empfunden und stattdessen die weichen Sitze der *cul vert*-Wagen, der Autos mit ›grünem Hintern‹*, bevorzugt. Nun ja! Eben. Indem ich die Unglückliche bedauerte, sagte ich mir, daß hier der Ursprung des Übels lag: in der Unzucht!

Wieder einmal war die Sachlage klar. Zwar konnte das Eindringen der zerstörerischen Kraft nicht mehr geleugnet werden, die möglichen Opfer aber waren leicht auszumachen. Es genügte, sie zu meiden.

Wieder fühlte ich mich sicher. Zwischen uns erhob sich die Mauer der Moral!

Dann hat sich der Schraubstock immer enger zusammengezogen.

Ludovic, Séraphine und Issa sind einer nach dem andern erloschen, langsam und unerbittlich. Ludo und ich waren Freunde gewesen. Séraphine und Issa, die Romantiker, wie wir sie nannten, waren meine Nachbarn. Nur eine Erdmauer trennte uns!

Ich war aufgeschreckt, entsetzt.«

In diesem Augenblick hustete jemand, und etwa hundert wütende Blicke trafen sich dort, wo das störende Geräusch herkam. Der Schuldige, dem es zweifellos nicht gelang, sein Bedürfnis zu unterdrücken, erstickte das Geräusch mit seinem Taschentuch. Mat rutschte hin und her auf dem harten Stuhl, der seinen Hintern marterte. Er fuhr fort:

»Eines Abends, als ich nach Haus kam, fand ich meine Mutter zusammengekauert und verängstigt in einer dunklen Ecke des Hofs. Ich bin zu ihr hingegangen und hab sie am Arm berührt,

---

* Fahrzeuge mit grünem Nummernschild, das heißt im Besitz einer internationalen Organisation (Anm. d. Übers.)

wollte wissen, was los ist. Ihr Gesicht, das sie zu mir erhob, konnte ich in der Dunkelheit kaum erkennen, doch sah ich die große Verzweiflung darin. Einige endlose Minuten lang schwieg sie, unfähig zu sprechen. Dann kam es in einem Atemzug aus ihr heraus: ›Jojo hat sich angesteckt!‹

Ich hab nicht aufgeschrien, bin nicht zusammengebrochen. Ich war ganz einfach erstarrt. Jojo ist mein jüngerer Bruder, ein lustiger Kerl von kaum zwanzig Jahren, und ich mag ihn furchtbar gern. Ich hab mich zu meiner Mutter gesetzt und ihre Hände genommen, unfähig, ihr ein Wort des Trostes zu sagen, niedergeschmettert von meiner Ohnmacht. Wie willst du eine Mutter trösten, die dir soeben den vorprogrammierten Tod ihres Sohnes angekündigt hat? Was willst du ihr sagen? Daß sie trotz allem hoffen soll? Sie weiß, daß die Krankheit unheilbar ist. Daß es göttlicher Wille ist? Ein solcher Schicksalsglaube aus meinem Mund käme ihr sehr verdächtig vor. Alles, was ich ihr ernsthaft und überzeugend hätte sagen können, war: ›Sei stark, Maman! Er wird uns brauchen.‹ Doch das zu sagen, war nicht nötig. Meine Mutter ist eine starke Frau, sie hat den frühen Tod ihres Ehemanns überlebt und den ebenso verfrühten von dreien der acht Kinder, die er ihr vor seinem Abtreten gemacht hatte. Und die fünf, die ihr geblieben sind, hat sie allein großgezogen. Ich wußte also, daß sie auch diesem neuen Schicksalsschlag die Stirn bieten würde. Und doch war sie meine Mutter, ich ihr ältester Sohn, es war meine Pflicht, sie zu trösten. Mein Mund öffnete sich, war aber plötzlich so trocken, daß kein Ton durch ihn hindurchgelangte. Ich blieb vor Verzweiflung stumm.

Ein Jahr danach haben wir, wie man so sagt, Jojo zu seiner letzten Ruhestätte begleitet. Er war nach langer, qualvoller Zersetzung gestorben.

Angesichts der offenen (und wie ich fand, zu tiefen) Grube, in die man den weißen Holzsarg versenkte, habe ich endlich erkannt, wie naiv und sogar sträflich meine Gleichgültigkeit gewesen war und mein Leugnen der drohenden Gefahr. Von diesem Augenblick war ich zum Handeln entschlossen. Als ich von der Initiative des Gesundheitsministeriums hörte, die Erkrankte oder ihnen Nahestehende dazu aufruft, Zeugnis abzulegen, habe ich nicht länger gezögert.«

Mat senkte den Kopf und deutete durch seine Haltung das Ende seiner Rede an. Die bedrückende Stille, die seinen Bericht begleitet hatte, dauerte einige lange Minuten fort. Mat fragte sich verwirrt, ob es an ihm sei, diese Stille zu durchbrechen, da erhob sich die junge Lehrerin und begann, sehr langsam zu klatschen. Alle im Raum taten es ihr nach, und es wurde eine rhythmische und sehr ergreifende Ovation. Dann ermunterte die junge Lehrerin diejenigen, die Fragen stellen möchten, es zu tun. Doch die Zungen schienen gelähmt. Verzweifelt wollte die Lehrerin die Veranstaltung gerade beenden, da ging hinten im Saal ein zaghafter Finger hoch. Ein Mädchen in Jeans und T-Shirt kam, von ihren Mitschülern geschubst, im Gang zwischen den Bankreihen nach vorn. Indem sie sich bemühte, ihre Stimme mutig klingen zu lassen, fragte sie Mat: »Diese Krankheit, Monsieur, ist sie denn namenlos? Warum nennen Sie ihren Namen nicht?«

Auf ihrem T-Shirt war zu lesen: »AIDS – nicht durch mich!«

Aus dem Französischen von Sigrid Groß

Abdou Traoré, genannt Diop
Der Tanz des Affen

Von neuem verteilte Bina mit dem Handrücken das Häufchen Staub. Ebnete es mit der flachen Hand, strich es glatt, liebkoste es. Dann zogen der mittlere und der Zeigefinger zwei Linien. Langsam. Feierlich. Hielten plötzlich inne. Augenblicke lang hing die Hand in der Luft. Fiel dann unvermittelt herab. Wie zwei Läufer, die sich voreinander verstecken, gruben die beiden Finger sich in den Staub, zerkratzten ihn, fielen der Länge nach hin, saßen rittlings hintereinander, übereinander, nebeneinander.

Und erneut hielt Bina inne. Sein glühender Blick war auf den Staub gerichtet und auf die geheimnisvollen Zeichen, die er in ihn gezogen hatte. Wie um etwas abzuwehren, schüttelte er den Kopf. Dann murmelte er mit tiefer und belegter Stimme, als lese er in dem Bild aus Staub eine Botschaft:

»Leben und Lehm ... Bettstatt und bebender Zorn ... Heimaterde und Verrat ...«

Koudédia zitterte am ganzen Leib.

Bina spuckte schwärzlichen und zähflüssigen Speichel aus: Kautabak befreit den Geist und gewährt ihm tiefere Einsicht in die Erscheinungen der Welt. Kautabak befreit die Zunge des keuschen Mannes und zeigt ihm den kurzen, den direkten Weg zur Wahrheit. Er hob den Kopf und sah die junge Frau eindringlich an: »Koudédia, meine Tochter, nicht umsonst klopft dein Herz. Dein Mann ist in tödlicher Gefahr.«

Sie schien zu erstarren. Ihr verstörter Blick lief rasch von Binas Gesicht zu dem Bild im Staub, als könnte sie aus den geheimen Zeichen irgend etwas ablesen. Ihr Atem kam stoßweise und keuchend wie bei einem Menschen, der mit dem Tode ringt.

»Ich ... « Der Satz blieb ihr in der Kehle stecken.

Bina lächelte begütigend: »Keine Panik, Koudédia. Kennst du irgend etwas, gegen das es kein Mittel gibt?«

Sie schüttelte den Kopf. Bina fuhr fort:

»Binde die Pagne fest um deine Hüften, Koudédia, und kämpfe mit deinem Mann gegen das Unglück. Ehrt die Toten: zehn weiße Kolanüsse, hundert Kaurimuscheln, ein weißes Huhn. Gebt das alles dann den Armen, hörst du?«

Sie nickte zustimmend.

»Und merke dir noch gut, Koudédia: Niamantô soll sich vor der Menge in acht nehmen. Sooft es geht, soll er sich von der Menschenmenge fernhalten. Die Menge ist ein furchtbares Ungeheuer.«

Koudédia fühlte, wie ihr Herz sich wieder erwärmte. Binas Freundschaft war stets eine Zuflucht für sie gewesen. »Ich werde euch immer helfen, und sei es um den Preis meines Lebens, denn ich liebe die Wahrheit«, hatte er zu ihnen gesagt. »Übrigens hat die Wahrheit ein Gesicht. Es ist das von Niamantô. Er ist der einzige Mann hier gewesen, der mutig genug war, ein Mädchen niederer Kaste zu heiraten, weil er dich liebt! Die andern schwängern sie heimlich und verleugnen dann feige ihre Schandtat. Die Hunde!«

Ja, sagte sie sich, Niamantô ist ein Mann mit Gesicht, ein wahrer Bamâna. Binas Stimme unterbrach ihre Gedanken:

»Vergiß nicht, Fankélé Bescheid zu sagen, deinem Schwager. Er ist ein aufrichtiger Mann wie sein Bruder. Gute Nacht, Koudédia. Friede sei mit dir und mit deinem Haus.«

Fankélé war in Schweiß gebadet. Er rutschte etwas nach links, um ein trockeneres Stück Laken zu finden. Das alte *Tara** ächzte erbärmlich unter seinem Gewicht. Niamantô in tödlicher Gefahr ... das Unglück ... die Menge ...

»Woran denkst du, Koudédia?«

Sie fand die Kraft zu lächeln: »An die Faulenzerei eines jungen Alten namens Fankélé. Alle seine Freunde tanzen zu dieser Stunde wie die Wilden auf dem Dorfplatz.«

---

* Aus Pflanzenstengeln gefertigtes Bett, meist aus Hirse-, Bambus- oder Schilfrohr (Anm. d. Übers.)

Auch Fankélé mußte lächeln. Schwägerinnen sind dazu da, um zu necken und einem auf die Nerven zu gehen. Doch, Götter, was wäre die Welt ohne Schwägerinnen? Er legte den Kopf aufs Kissen zurück. Wieder senkte sich Stille über den Raum. Er hielt den Atem an und spitzte die Ohren.

Ernst und feierlich ließ die große Trommel den tiefen Klang ihrer vollen Töne hören, in langsamem, gelassen-majestätischem Takt: eine gebieterische Einladung zum Tanz. Fankélé spürte, wie sein Kopf der rhythmischen Bewegung folgte. Die Ironie des Schicksals ließ ihn lächeln: Er, ein umherwirbelnder Tänzer mit eindrucksvollen Luftsprüngen, lag an diesem so außergewöhnlichen Tag des Maskenfestes da wie ein bettlägeriger Greis, gefesselt an sein altes *Tara!* Er begann, sämtliche Fieber der Welt zu verfluchen und den Schmerz zum Teufel zu wünschen, der wie Dolchstöße in seine linke Seite fuhr. Ach, dabei war er vorgestern noch völlig gesund gewesen und robust wie ein Maultier! Wenn schon, fluchte er mit Groll im Herzen: Nichts und niemand konnte ihn davon abhalten, von seinem Lager aus dem Fest zu folgen, auch nicht die Sticheleien dieser frühreifen Megäre Koudédia! Übrigens ... Die Anwesenheit seiner Schwägerin erschien ihm mit einem Mal ungewöhnlich.

»Koudédia!«

»Ja?«

Er stützte sich in seinem *Tara* auf und sagte in ernstem Ton: »Sag mir, was los ist.«

Sie zögerte einige Sekunden. Dann: »Es geht um deinen Bruder. Ich habe vor ein paar Tagen Bina aufgesucht.«

Er hörte ihr schweigend zu. Als sie zu Ende gesprochen hatte, murmelte er ruhig und tröstend: »Beruhige dich, Koudédia. Niamantô hat möglicherweise Feinde wie jeder von uns, und das hat Bina dir sagen wollen. Er hat jedoch keinen persönlichen Feind!«

Koudédia antwortete nicht. Von neuem wurde es still. Plötzlich reckte Fankélé den Hals, und sein Blick ging in die Ferne: Die große Trommel hatte den Rhythmus gewechselt.

Drei dumpfe und ziemlich laute Schläge, verbunden durch zwei andere Schläge der gleichen Klangfarbe und gefolgt von einer kurzen Stille, die den nächsten Takt einleitete. Der Tanz des Affen! Er fühlte, wie sein Herz heftig klopfte. Er konnte sich unmöglich täuschen: Der übermütige, verblüffende, unvergleichliche Tanz des Affen hatte begonnen! In seiner Vorstellung sah er den Dorfplatz, schwarz von Menschen, die geschmückten jungen Mädchen klatschten im Takt in die Hände, die schmutzigen Jungen außerhalb des Kreises versuchten ein paar Luftsprünge, die jungen Männer innerhalb des Kreises vollführten Sprünge und erstaunliche Pirouetten, alle in Erwartung des großen Augenblicks. Er konnte die Welle des Erschauerns mitempfinden, welche bei der Ankündigung der unmittelbar bevorstehenden Ankunft des Affen die Menschenmenge durchlief. Er war nicht mehr in seinem kleinen Haus, niedergestreckt auf sein wackliges *Tara*. Er befand sich auf dem Dorfplatz! Vor seinen Augen flackerte nicht mehr die kleine Flamme seiner irdenen Lampe, sondern Tausende aus riesigen Holzscheiten auflodernde Flammen, an den vier Himmelsrichtungen des menschlichen Kreises aufgestellt.

»Er war der Stolz des ganzen Landes. Niemals wird man ihm verzeihen, daß er vorsätzlich die gesellschaftlichen Gebote übertreten und ein Mädchen niederer Kaste geheiratet hat.«

Wie von einer Ameise gestochen, sprang Fankélé auf. Einen Augenblick lang nahm er es der Schwägerin bitterübel, ihn vom Dorfplatz fortgeholt zu haben. Er schwieg und suchte nach einer Antwort, einer beruhigenden Antwort.

»Das stimmt, Koudédia. Jedoch werden diejenigen, die es ihm übelnehmen, deshalb noch nicht zu Todfeinden! Manche unserer Traditionen sterben von selbst aus, weil das Land, das sie hervorgebracht hat, sie nicht länger wahren will. Die Heirat zwischen unterschiedlichen Kasten ist kein Sakrileg mehr!«

Er schwieg, um Atem zu schöpfen. Er dachte über das nach, was er soeben gesagt hatte. Nein, die Heirat zwischen Menschen unterschiedlicher Kasten war nichts Ungeheuerliches mehr. Ihr Verbot war in den alten Zeiten bindend gewesen, als die gesellschaftlichen Pflichten auf einer Trennung zwischen Aufgabe und Amt beruhten. Heute tut jeder alles, und das geht nicht ohne unangenehme Begleiterscheinungen ab, seht euch doch nur in den Städten um! Ein wenig verächtlich verzog er das Gesicht und sah dann zu seiner Schwägerin hin. Er gab sich Mühe, sie zu überzeugen: »Bina ist ein Seher. Ein Hüter der Traditionen. Wenn er das selbst einsieht, sind die Zeiten wahrhaftig dabei, sich zu verändern.«

Es schien, als habe er Koudédia mit seiner Argumentation überzeugt. Er veränderte seine Stellung auf dem alten *Tara*. Und vernahm von neuem den Widerhall des Festes, der vom Dorfplatz zu ihm drang. Das Schlagen der Trommeln ging kraftvoll und berauschend weiter, zog ihn in seinen Bann. Er ließ sich überwältigen von dieser Musik, die in jeder Faser seines Wesens den ungestümen Pulsschlag des Lebens weckte. Bald wurde der Rhythmus eins mit dem Stimmengewirr der Menge, mit der sie umgebenden Luft, mit den Lichtern und Schatten, mit ihm selbst, Fankélé. Die Zeit schien unterbrochen, ausgelöscht. Das Leben erschien ihm bedeutsamer als je zuvor.

Plötzlich begann die kleine Trommel zu schlagen, feuerte mit ihrem trockenen und aufgeregten Prasseln den ausgewogenen Rhythmus der großen Trommel an. Fankélé richtete sich auf, ganz durchnäßt von Schweiß: Jetzt näherte sich der Affe dem Platz. Die Menge öffnete vor ihm eine Gasse wie den Durchgang für einen König. Und der Affe kam! Näher … näher … immer näher! Und plötzlich begrüßten alle Instrumente in völligem Gleichklang den Auftritt der Maske. Das Publikum, fasziniert von der ungewöhnlichen Erscheinung, war einige Augenblicke stumm vor Staunen und brach dann in stürmischen Beifall aus. Die kleine Solotrommel machte sich frei, flocht ihre dünnen Töne in das ruhige Rollen der großen Trommel ein. Fankélé fühlte, wie seine Kehle sich vor Erregung zuschnürte. Das war Niamantô! Es war sein Bruder, sein eigener Bruder Niamantô, der die Maske des Affen trug! Der Rhythmus ließ keinen Zweifel daran. Diese Weise hätte er unter tausend anderen erkannt. Gewiß, die Musik zum Tanz des Affen ist alt, uralt. Doch jeder Tänzer tanzt sie mit der ihm eigenen Empfindsamkeit, dem ihm eigenen Talent und stets im Wechselspiel mit der besonderen Virtuosität des Schlägers der kleinen Trommel, jeder Eingeweihte kann dieses Spiel entschlüsseln. Ja, das war Niamantôs Musik! Fankélé fühlte sich glücklich und stolz. Darunter empfand er eine Erleichterung, die an Glückseligkeit grenzte: Niamantô gehörte noch immer zu diesem Land, er erfreute sich noch immer der Achtung und des Vertrauens der Seinen. Daß man ihm ein weiteres Mal den Tanz des Affen anvertraut hatte, bewies es, sprach ihn frei! Die Gemeinschaft hatte geschluckt, daß er das Unerlaubte erzwungen hatte. Ja, manche Traditionen waren dabei auszusterben. Er hätte seine Freude in Koudédias Gesicht singen mögen, ihr entgegenschreien, daß ihr Mann gerade unter der berühmtesten Maske des Landes tanzte, daß nichts mehr zu befürchten war, weil die Gemeinschaft ihren rebellischen Sproß nicht verstieß. Das aber war nicht möglich. Man durfte den Dorfbewohnern nicht aufdecken, wer welche Maske trug, den Dorfbewohnerinnen noch weniger! Der Tanz der Masken wahrte all seine Geheimnisse und Tabus. In diesem Punkt hatte die Tradition vielleicht recht.

Von seinem Körper rann noch immer der Schweiß, doch er gab nicht mehr acht darauf. Sein Inneres war ganz dem Dorfplatz zugewandt, begierig nahm er die geringsten Geräusche auf, die der Wind stoßweise über dem unermüdlichen Trommeln zu ihm trug. Der Solist war wie besessen von den Geistern der Freude. Seine Töne flogen jetzt in Strahlen, in Garben auf, manchmal angelehnt an den dumpfen Baßton der großen Trommel, dann wieder sich freimachend von ihm, ihn fallen lassend wie einen Stein, den man mitten im Flug wieder auffängt und Sekunden lang innig festhält.

Plötzlich brach alles ab. Ein Augenblick von unerhörter,

blendender Schönheit. Fankélé spürte, daß sein Körper bebte. Er lächelte vor Freude: Sein Bruder war der großen Ehre gewachsen, die man ihm anvertraut hatte! Er sah ihn in dem Kreis, verborgen unter dem dicken Anzug aus Stroh, mal sorglos watschelnd wie eine Ente, dann wieder sich straff wie eine Bogensaite spannend, um in die Luft zu schnellen; gelegentlich lauste er sich mit dem hektischen Eifer und der lebhaften Komik des Affen. Ein Sturm von Gelächter unterstrich die choreographischen Meisterstücke von Niamantô. Nein, nicht jedem war es gegeben, den Tanz des Affen mit soviel Eleganz und Anmut vorzuführen!

»Die Warnung kommt von Bina, Fankélé, sie darf nicht leichtfertig abgetan werden!«

Erneut drängte sich ihm die nüchterne Wirklichkeit auf und verwischte für Bruchteile von Sekunden die kaleidoskopartigen Bilder vom Fest der Masken: »Ich teile deine Meinung, Koudédia. Vorsicht und ein langes Leben gehen Hand in Hand. Laß uns morgen die Opfer darbringen.«

»Das Glück sei mit dir, Fankélé.«

Ihre Stimme war sanft und voller Dankbarkeit. Fankélé fühlte, wie ihm das Herz aufging in Zärtlichkeit für das Mädchen niederer Kaste, dessen Schicksal mit dem seines Bruders verbunden war. Koudédia ist ein Geschenk Gottes, dachte er. Gute Ehefrau, gute Hausfrau, gute Mutter, kurzum der Traum von einer Frau, in Afrika oder auch anderswo. Und wegen anachronistischer Bräuche hätte ein so wunderbares, so anziehendes Wesen Niamantô versagt bleiben sollen! Die Kasten sind wahrhaftig der Gipfel des Absurden!

Und er ließ sich erneut von dem Rhythmus packen, der vom Dorfplatz zu ihm kam. Die große Trommel erklang jetzt allein und auf eine ganz seltsame Weise. Ein Schlag … Stille … Ein Schlag … Stille. Das war die Begrüßung der Ältesten. Fankélé stellte sich seinen Bruder vor, wie er – eingehüllt in die Maske aus Stroh – steif voranschritt. Dank der Trommel wohnte er dem prachtvollen Tanz des Affen-Niamantô bei, sah ihn sich demütig vor den Weisen des Dorfs niederkauern. Das virtuose und überschwengliche Spiel der kleinen Solotrommel tat ihm wiederum kund, daß sein Bruder den Durchschnitt der Tänzer weit überragte: Er führte das dreijährliche Ritual mit einer seltenen Meisterschaft vor! Die Ältesten erteilen Niamantô ihren Segen, dachte er. Es gibt wahrhaftig keinen Grund zur Beunruhigung. Wenn Koudédia wüßte ...

»Eins weiß ich, Fankélé.«

Sein umherschweifender Blick richtete sich sanft auf seine Schwägerin.

»Ich weiß, daß mir bei manchen Worten, wie denen des alten Gnanson, stets das Herz bluten wird.«

»Was sagte er?«

»Er hat an meinem Hochzeitstag behauptet, die Welt würde niemals mehr wie vorher sein. Weil die Jungfrauen immer knapper würden wie die Haare auf einem von Kahlheit befallenen Schädel. Weil die Bastarde an Zahl die legitimen Kinder überträfen. Weil die Noblen des Landes sich von nun an schamlos mit Mädchen niederer Kasten vereinigen würden.«

»Hör auf, Koudédia. Hirngespinste eines alten Säufers!«

»Du weißt genau, daß Gnanson nicht der erste Säufer war, der mit solchen Reden gekommen ist. Du weißt auch sehr genau, daß er nicht zögern und mitleidlos auf jene losschlagen würde, die er als die brandigen Wunden unsrer Welt ansieht. Auf jene, die den Gesetzen der Natur und der Vorfahren trotzen und somit unaufhörlich Krankheiten, Hungersnot und Trockenheit anziehen.«

»Hör auf, Koudédia«, wiederholte er matt.

Er merkte, wie es ihm kalt über den Rücken lief. Er befühlte seine Stirn, fand sie warm, mäßig warm. Nein, es war nicht das Fieber, was ihm den Schauer über den Rücken gejagt hatte. Gewiß war es das Trommeln. Der Rhythmus war jetzt belanglos, gewöhnlich. Er sah Niamantô den menschlichen Kreis umrunden, geführt von dem wirbelnden Takt, einmal, zweimal, dreimal. Das Ende des Tanzes war nicht mehr fern. Wieder spürte Fankélé, wie sich ihm die Haare sträubten. Nein, es war nicht die Trommel. Auch nicht das Fieber.

Gewaltsam wie ein Messerstich durchbohrte eine Vorahnung sein Herz: Niamantô war in Gefahr! So stark fühlte er sich plötzlich von Panik ergriffen, daß ihm beinahe die Schließmuskeln versagten. Ja, Gefahr und Tod waren da, wurden getragen von den giftigen Ausdünstungen dieser Nacht der Wahnbilder.

Wo aber steckte die Gefahr? Er hätte es nicht sagen können, sah nur unzählige Blicke voll heimlichen Grolls unbarmherzig auf den dicken Anzug des Menschenaffen gerichtet. Er sah, wie freudiges Lächeln hinter Niamantôs Rücken umschlug in haßerfülltes Grinsen. Ekel stieg in ihm auf: Wie hatte er nur vergessen können, daß man im Dorf Feindseligkeit und Haß stets hinter einer besonders höflichen und lächelnden Fassade zu verbergen wußte? Im Schein der Fackeln funkelten unheilvoll tausend Dolche, richteten sich auf Niamantô.

Seine Schläfen klopften, hämmerten. Die Trommel schlug, schlug wütend in der Ferne. Der Affe schickte sich an, das Publikum zum Abschied zu grüßen und alle diejenigen zum nächsten Maskenfest in drei Jahren einzuladen, denen die Götter ein Weiterleben bis zu jenem Tag schenken würden.

Wie im Traum vernahm er die herzzerreißende Stimme Koudédias: »Niamantô ist unverfälscht wie der Schnitt eines Messers, sein Herz so rein wie das Gold der Falémé. Großmütig ist er wie ein Wahnsinniger, er hat mich aus Willkür und Schande befreit und mir das Glück geschenkt. Sollte ich ihn eines Tages verlieren, wäre das Leben für mich schlimmer als der Tod!«

Die ruhige und belegte Stimme des Weisen Bina antwortete ihr: »Ich werde Niamantô beschützen!«

Zornsprühend donnerte aus dem Nichts die drohende Stimme des alten Gnanson: »Wir kippen ins Chaos durch das Emporkommen der Bastarde, durch widernatürliche Eheschließungen.

Den Bündnissen, die unsere Ahnen mit den Göttern schlossen, wird Gewalt angetan. Ich schlage zu! Ich schlage zu!«

Fankélé suchte die Angst, die mit jedem Augenblick wuchs, aus seinem Innern zu verbannen. Es galt, Ruhe zu bewahren. Es galt ...

Ganz plötzlich schwiegen die Trommeln. Fankélé sprang mit einem Satz auf die Beine und hielt den Atem an, die Nasenflügel weit geöffnet und den leeren Blick starr zum Dorfplatz hingewandt. Er merkte nicht, daß Koudédia sich zitternd an seinen Arm klammerte. Zwei oder drei Sekunden lang war es still. Dann brachen unvermittelt Schreie des Entsetzens aus. Er fühlte seine Kräfte schwinden und lehnte sich gegen die Wand. Wie in einem Alptraum vernahm er den Schrei: Der Affe hat Feuer gefangen!

Er riß sich von Koudédia los, stieß die Tür so heftig auf, daß sie zersplitterte, und rannte nach draußen. Da seine Augen noch nicht an das nächtliche Dunkel gewöhnt waren, begann er, wie ein Irrer vorwärts zu stürzen, mit leerem Blick, sein Kopf schmerzend vom Widerhall der Schläge und sein linker Brustkorb zerschnitten von einer feurigen Klinge. Plötzlich trat er mit dem rechten Fuß in ein Loch und fiel aufs rechte Knie, stand wieder auf und rannte weiter, ohne zu spüren, daß etwas Warmes, Feuchtes an seinem rechten Bein heruntersickerte. Die Schreie kamen immer näher, wurden immer deutlicher: Der Affe hat Feuer gefangen!

Als er eine Gasse überquerte, stieß er derart ungestüm mit einer Frau zusammen, daß sie auf den Rücken fiel und jämmerlich schrie. Ein wenig betäubt von dem Zusammenstoß, setzte er seinen wahnsinnigen Lauf fort, ohne auch nur nach seinem Opfer zu sehen. Ein Mann, auf den er dann traf, entging nur knapp einem heftigen Stoß in die Nieren. Die Menschenmenge wurde immer dichter, alle liefen in die seinem Lauf entgegengesetzte Richtung und schienen erschreckt und verstört. Wie eine Schlange schlüpfte er durch sie hindurch und rannte weiter.

Der Affe brennt!

Plötzlich befand er sich auf dem Dorfplatz. Einem unglaublichen Schauspiel gegenüber: Niamantô-der-Affe war in eine lebende Fackel verwandelt und lief, schreiend vor Schmerz, hin und her. Von allen im Stich gelassen! Heimaterde und Verrat, so hatte Bina es vorhergesagt. Einige Sekunden lang war Fankélé wie gelähmt vor Überraschung und Entsetzen. Dann raste er auf Niamantô zu und war in wenigen Sätzen bei ihm. Geschickt und als Kämpfer erfahren warf er ihn zu Boden, und seine Hände beluden sich mit Erde. Einmal, zweimal, ... hundertmal! Voller Wut bewarf er in unbändigem Takt die lebende, brüllende Fackel. Zweimal versuchte der Mann unter der Maske aufzustehen, dann gab er erschöpft auf.

Plötzlich sah Fankélé weitere Hände Staub auf seinen Bruder werfen. Bevor er noch Zeit hatte, den Helfer zu erkennen, ergoß sich ein Wasserschwall über den Verbrannten. Und das Feuer erlosch.

Fankélé hob den Kopf und erkannte den alten Bina und Koudédia, die still ihre Kalebasse auf den Boden stellte. Das Grüppchen kniete um den Verletzten nieder und löste die Bänder, die ihn in der enganliegenden Hülle aus verbranntem Stroh festhielten. Es gelang ohne große Schwierigkeiten. Dann sprach der alte Bina: »Niamantô, öffne die Augen! Wir sind alle da. Wir bringen dich in die Stadt und pflegen dich gesund.«

Der Verletzte schlug die Augen auf und lächelte ihnen zwischen Stöhnen und Atemnot traurig zu.

»Sie haben mich mit ... Benzin ... übergossen ...«

Die Überraschung ließ sie erstarren. Heimaterde und Verrat! Der Verletzte fuhr fort: »Fankélé, du sollst Koudédia bekommen ... sie weiterhin glücklich machen ... auch um den Preis deines Lebens. Versprichst du es mir?«

Fankélé nickte zustimmend, das Herz übervoll von Gram und von Hoffnung.

Aus dem Französischen von Sigrid Groß

Tierno Monénembo
Gott schütze sie

Der Imam nimmt wieder seine Gebetskette zur Hand und ver-
gießt Wasser für die Seelen der Vorfahren, plötzlich unruhig
bei dem Gedanken, den Beutel zu öffnen. Zuvor, als er ihn verschloß, hatte er gelächelt und Gott gedankt, war überzeugt
gewesen von seiner Gunst und Gnade. Jetzt läuft es ihm kalt
über den Rücken, er fühlt sich von Angst und Zweifeln
gepackt. Der unter dem Kolabaum abgelegte Gegenstand
erscheint ihm plötzlich grau und gewöhnlich, dabei ausgebeult
wie ein Darm: Als hätte die Helligkeit des Tags ihn verdorben
oder die letzte Welle der Nacht seine Wunder fortgespült. Darüber jedoch wagt der Imam nicht, allzuviel nachzudenken. Er
setzt all sein Bemühen daran, sich zu sammeln und das seltsame Gefühl von Leichtgläubigkeit wiederzufinden, das er noch
beim Verlassen des Friedhofs verspürte – er muß die Augen
schließen, sich versenken, sich von der äußeren Erscheinung
der Dinge lösen, vor allem jedoch versuchen, nicht zu dem
Kolabaum hinzusehen aus Angst, dort seine Befürchtung
bestätigt zu finden. »Die Morgendämmerung bekommt mir
schlecht«, sagt er sich. Er braucht eine Zerstreuung, einen win-
zigkleinen Abstand, einen Hauch von Ablenkung. Wenn Malal
doch aufstände, Feuer machte und Psalmen sänge! Nein, Malal
steht niemals auf, bevor die Sonne heiß genug ist, um die Eidechsen einzuschläfern. Im übrigen ist Donnerstag, das ist ganz
schlecht. Donnerstags ist keine Koranschule. An diesem Tag
ruhen die Kinder sich aus.

Er entfernt sich von dem *Boloïrou**, sagt zum zigsten Mal
einen Koranvers auf und läßt sich vom bewegten Grau des
Himmels ablenken. Malal wird nicht aufstehen. Kein Ge-

---

* Häuschen mit zwei Türen, das als Eingang zu großen Höfen dient

räusch, kein Zeichen wird ihm helfen. Er ist allein mit dem Beutel: Er muß sich der Situation stellen. Sogar die Hähne sind verstummt. In seinem Kopf tönt nur das Echo des Muezzins und das Geflüster der Gläubigen unter dem Gewölbe der Moschee, wo er wenige Minuten zuvor die Gebetsstunde gehalten hat. Und der Engel? Wenn er es richtig überlegt, jagt der ihm weniger Angst ein als Thioro. Schließlich ist er der Imam! So, wie der Fall liegt, hat man es besser mit dem ersteren zu tun als mit dem verwirrten Geist des zweiten. Bei Leuten wie ihm ist es nicht leicht, Mittler zu sein zwischen Himmel und Erde!

Er hätte die Nacht nützen sollen, der anbrechende Tag taugt ihm zu nichts. Rätselhafte menschliche Seele! Aber nein, nachts wäre Thioro mit einem Gewehr aus dem Haus gekommen. Er hätte »Diebe!« oder nach dem Teufel geschrien und wer weiß was noch. Er hätte das Dorf aufgeweckt und den ganzen Busch alarmiert. Eine dumme Geschichte, doch wer ist schuld?

Angenommen, er überwindet die Einfriedung, ruft den Frevler, kann ihn überzeugen. Dann läßt er ihn den Beutel aufknoten, die Eier aufschlagen, und oh ... eine grünliche Flüssigkeit ist darin, ein verendeter Vogelembryo, ein weißes, ekelerregendes Gas. Nein, einer solchen Katastrophe könnte er nicht ins Auge sehen, nicht einmal im Zeichen völliger Ratlosigkeit. Es muß klappen, anders darf es nicht sein. Es kann nur klappen: Der Engel hat es ihm gesagt. Er muß sich wieder sammeln, muß aufhören, seine Gedanken abschweifen zu lassen, sich zu so früher Stunde zu martern. Bis jetzt sind alle seine Wünsche erfüllt worden und mit welch verschwenderischer Fülle an Wundern! Der Engel ist die ganze Woche nicht von ihm gewichen. Alles, was er gesagt hat, ist eingetroffen, ohne ihn zu enttäuschen. Letzte Nacht hat er über ihm gewacht, noch schöner und barmherziger als zuvor. Er hat sein frisches Gesicht noch vor Augen, seine purpurnen Hände, seinen Bubu aus weißem Licht, lang wie ein Kometenschweif. Bevor er auf seine Wolkenmatratze zurückkehrte, hat er zum Zeichen der

Segnung Weihrauch verbrannt und Milch vergossen. Dann hat er seine Hand genommen und ihm gesagt, heute sei der Tag, jetzt sogleich, noch bevor die blinden Augen der Menschen das Licht wiederfinden. Nach dem Aufstehen hat er sich ohne Waschungen gleich in die Moschee begeben, um die verehrungswürdigen Spuren des Engels auf seinem Körper zu bewahren. Hastig hat er das Gebet geleitet und sich dann durch die Seitentür fortgeschlichen, um der Versammlung zu entgehen, die üblicherweise dem Gottesdienst folgt und wo man über die Familien und Viehherden spricht. Danach brauchte er nur noch seinen Schatten unter die skelettartigen Schatten der Orangenbäume zu mischen, welche den Pfad zum Friedhof säumen. Am Ausgang des Dorfs hat er sich dem Termitenhügel zugewandt und ist ohne zu zögern an der Einfriedung entlanggegangen ... Zu Füßen eines Lahmen, der begierig ist nach Milch, Honig und sterblichen Überresten ... Das konnte nur der *Tellihi* sein, der krummgewachsene Baum zwischen Friedhof und Park. Diesem Baum werden wegen seines Standorts und seiner Gestalt übernatürliche Kräfte zugeschrieben, auch weil seine Wurzelschößlinge von heiligen Bienen bevölkert sind. Der im Traum gesehene Ort, um die Gaben des Himmels zu empfangen! Und die Eier: Alle Arten von Vögeln kamen hierher und legten ihre Eier ab. Man fand sie in den Spalten des Stammes, im Flechtwerk der Äste, sogar unter der Lage trockenen Laubs. In manchen Jahren gab es so viele, daß die Kinder es wagen durften, sie aufzusammeln. »Du wirst sehen, jedes von ihnen wiegt so viel wie eine Handvoll Kolanüsse und weist einen schwarzen Punkt auf.« Sie sind ihm metallisch schwer vorgekommen, ob er aber schwarze Punkte gesehen hat, weiß er nicht genau, alles ist so schnell gegangen! Die Woche war eine einzige Folge von Wundern gewesen. Selbst der überzeugteste Gottlose wäre davon bekehrt worden. Gewiß, ihn selbst kann nichts, was mit Gott zu tun hat, verwundern. Und doch hat es ihn überrascht, daß seine eigenen Gebete das alles bewirkt haben sollen. Schon früh ist er ein Diener Gottes gewesen und weiß, wie unendlich groß die Macht des Schöpfers ist und wie lächerlich klein die Verdienste der Gläubigen. Hatte er sie richtig gegeneinander abgewogen?

Er kehrt zurück zu dem *Boloïrou* und betrachtet von neuem die malvenfarbene Morgendämmerung: ein übler, ein heimtückischer Morgen, erstarrt in Unbehagen. Wenn doch jemand Psalmen sänge! Die Vermählung des Tags mit der Nacht hat ihm niemals gut getan. Und jetzt erweckt diese Qual seine eigenen Schmerzen! So lange lebt er mit dem Schmerz, daß er alle seine Gewohnheiten und Marotten kennt: Wann er schläft, wann er erwacht, seine heimlichen Verstecke, sein Ein- und Ausgehen. Er entsteht mitten im Schulterblatt, richtet sich zuerst zu den Fingern hin, um Kräfte zu sammeln, dann kommt er wieder zur Wirbelsäule, krümmt und schindet den Rücken, kehrt zurück ins Becken und in die Knie, durchbohrt seinen Körper, sobald er ihn bewegt. In der Morgen- und in der Abenddämmerung wird er zu einem bösen Tier. Etwas, das so viel Leben und so viele Gestalten besitzt, kann nicht ein bloßer Schmerz sein! Ein hinterhältiges Reptil muß sich in seinen Körper verkrochen haben, um ihn zu zerbeißen und zu vergiften. Das Tier schläft in seinem Herzen und wechselt jedesmal den Platz und die Seite, wenn Gott das Licht löscht oder entzündet. Das hat er auch wiederholt dem Arzt gesagt, der manchmal aus der Stadt kommt, um Spritzen zu geben oder Verbände anzulegen, doch der hat ihm nie zugehört. Die aus der Stadt hören nicht zu: Sie sind sich einig darin, einem den gesunden Menschenverstand auszutreiben. Dort oben haben sich Tag und Nacht genauso verkrampft wie sein vom Schmerz gepeinigter Körper. Er verharrt dabei, sich unter dem Wolkenschleier etwas mitzuteilen: ein hundert Jahre altes Geheimnis vielleicht oder ein Erkennungswort. Die Gläubigen haben jetzt die Moschee verlassen und sind nach Hause zurückgekehrt, um noch ein Schläfchen zu halten. Er ist allein, schön und gut. Eigentlich sind sie zu zweit, zwei störrische Gegner in der stillen Weite. Der Beutel wartet auf ihn, und es ist, als ob er es ihm sagte, als halte er die Sprache der Lebenden in sich verschlossen. Als blieben nur, selten geworden wie Botschaften von weit her, die zirpenden Geräusche der Hornissen und das unheimliche Flattern der Fledermäuse in dem augenlosen Schädel der Mangobäume. Er fühlt sich vergehen, verschwimmen wie die Nebelschwaden, die von weißlichem Boden aufsteigen mit dem Duftgemisch aus Orangenblütenöl und Vogelkot, das sie begleitet. Das Dorf hat immer den gleichen Geruch gehabt: die Windstöße, das Stroh der Dächer, der Atem der Menschen, immer der gleiche Geruch. Nur die Zeit ändert sich: das Papyrusgrün der Regenzeit, das erdige Braun der Saatzeit, das unverfälschte Gelb der Trockenperiode, das goldene Leuchten der Erntezeit.

Ist es sein Glaube, der schwach wird, oder sein Körper, der durch Kribbeln und Verkrampfung die von dort oben herabfließenden Wellen stört? Er könnte den Engel ebenso gut beschreiben wie die Höhlung seiner Hand. Dennoch läßt das Gefühl einer gemeinen Sinnestäuschung jetzt unaufhörlich seine Schläfen klopfen. Sollte er sich einem schlechten Gedanken hingegeben haben? Die Sünde dringt so leicht in das menschliche Herz ein! Vielleicht ist er gar nicht ein so guter Muslim, wie er es gern wäre. Wenn seine Erinnerung die zahlreichen Türen aufstößt, die sich mit den Jahren verschlossen haben, so unterscheidet sich der junge Mann, den er sieht, nicht sehr von den andern. Auch er hat manchmal gelogen oder geschworen und hat einer Frau nicht widerstehen können, die ihm nicht gehörte. Auch er hat die Obstgärten und Felder belauert, um Taroknollen oder Papayas zu stibitzen. Er hat die Peitsche des Vaters und des Koranlehrers kennengelernt wie die andern. Nur geht er nicht gern in jene Zeit zurück: Das aufwühlende Bild von Beïdari geistert noch immer durch alle seine Erinnerungen. Die Jugend ist ein seltsames Anhängsel. Man kann tun, was man will, sie haftet einem an. Und erst der Jugendfreund! Ist Zwillingsbruderschaft wirklich nur eine Sache des Bluts?

Durch das Leben Seite an Seite mit Beïdari hatte er schließlich geglaubt, sie seien dazu bestimmt, zur Buße auf demselben Sonnenstrahl in den Himmel aufzufahren. Ach, die Verirrung ist grenzenlos, im Geschmack einer Mahlzeit ebenso wie im sanften Egoismus der Freundschaft. Daran hat Allah ihn an dem Tag grausam erinnert, als Beïdari starb. Sein Tod hat ihn mit einem Schlag in Aufruhr versetzt, ihn, der Entsagung und Gehorsam gelobt hatte. Doch je weiter das Ereignis wegrückte, um so mehr hat er den Sinn begriffen. Heute kann er die Zeichen erkennen und das Gesetz in der langen Reihe kleinerer und unbestimmter Ereignisse, die Beïdaris Tod vorausgegangen sind. Er weiß jetzt, wie diese Ereignisse sich vervielfacht und gesteigert und während ihrer Häufung an Zusammenhang und Lesbarkeit gewonnen haben. Am Ende hatte sich das Leben im Dorf um diesen Tod herum eingerichtet, hatte von ihm Farbe und Beschädigung erhalten. Die Häuser waren erbebt in ihrem stolzen Erinnerungssockel. Ein gefährlicher Wind war aufgekommen, hatte die Traditionen erschüttert und den ererbten Stolz verletzt. Wie klein die Menschen geworden waren! Auch der Raum um sie hatte sich verengt, umschloß schändliches und vertuschtes Leben, arm an Regen und arm an menschlichen Beziehungen. Die Leute hatten sich weiter geplagt, als sei nichts geschehen, hatten ihr Unglück und ihre Bestürzung in Vergessen und Gleichgültigkeit ertränkt. Er jedoch, er wußte, daß es nicht nur eine Episode gewesen war, ein spaßiges Gewitter, das gerade so heftig wurde, um die Spatzen zu erschrecken, und dann in lautem Donnerfurz und Regenguß zerplatzte und der Stille wich. Rückblickend ist alles klar geworden in seinem Kopf. Er sieht, wie sich die Einzelteile miteinander verbunden haben, wie die Fäden in Unordnung gerieten und um das Dorf herum ein unentwirrbares Netz knüpften. Er weiß, daß dieses Netz keine zufällige und vorübergehende Falle war, sondern das erste Zeichen einer sich immer weiter offenbarenden und bedrohlichen Botschaft. Gewiß, davon zu sprechen ist vergeblich, niemand hört ihm zu. Der heutige Tag ist ein ziemlich harter Tag. Die Erde bringt nichts mehr hervor, die Alten sind verstummt, die Jungen fürchten sich vor niemand. Es ist, als stände er ganz allein vor der Bedrohung. Er sieht sie anwachsen und alles untergraben und kann doch nichts tun. Als die Kneipe am Dorfeingang gebaut wurde, hatte er auch nichts dagegen vermocht. Lange hat er sich gefragt, welches Geschehen, die Kneipe oder Beïdaris Tod, dem andern vorausgegangen ist im Puzzlespiel der Botschaft. Es gefällt ihm zwar nicht, doch er weiß jetzt, daß es der Tod seines Freundes war: die Strafe noch vor der Sünde. Zumindest hat er lange an diese Wahrheit geglaubt. Jetzt kommt es ihm vor, als habe das Dorf sich in einer langen Sündengeschichte erbaut. Vergnügen und Begehren sind niemals von seinen Dachböden und seinen Weiden gewichen. Am Ende ist das alles einfach im Zement zum Bau der neuen Zeit gegenständlich geworden.

Die gewundene Einfriedung des Dorfs hatte so lange wie möglich die Rolle eines Schutzwalls gespielt. Selbst den Weißen war es nicht gelungen, durch die Lianen und das Gezweig hindurchzudringen. Nach der Eroberung hatten sie sich damit zufriedengegeben, auf dem *Bôwal** zu siedeln neben dem westlichen *Narougol**. Dort hatten sie die Schule und die Klinik gebaut, das Gerichtsgebäude und die Karawanserei. Dorthin kamen sie, um Luft zu schnappen, tauschten Spiegel und Aspirin gegen Karitébutter und Indigo. Niemals wagten sie sich ins Dorf, nicht einmal, um die Steuern einzuziehen. Nach der Unabhängigkeit begann sich die stillschweigende Absprache zwischen dem Dorf und der übrigen Welt zu verwischen. Zugewanderte hatten sie durchbrochen. Läden und Wohnhäuser standen nun auf ihrer ganzen Länge jenseits der Einfriedung, sogar auf der hügeligen Seite und dem Sumpfgebiet zwischen Friedhof und Fluß. Gleichzeitig hatten sich die jungen

---

* Grasbewachsenes Hochplateau, typisch für die Region Futa-Djalon
* Schmaler Durchlaß in der Umfriedung

Leute von der Moschee abgewandt, hörten statt dessen Musik oder spielten Fußball. Dann war Beïdari gestorben, und mitten auf dem Marktplatz wurde die Kneipe eröffnet. In der Folgezeit baute man in Mamou die Konservenfabrik, die den Untergang des Landes noch rascher vorantreiben sollte. Eine Fabrik, in der Cornedbeef und Marmelade hergestellt wurden. Bevor der Gouverneur sie eröffnete, war er lange Zeit kreuz und quer durchs Land gefahren und hatte die Idee einer solchen Fabrik gepriesen. »Ihr werdet sehen, bald haben wir unsere eigenen Konserven! Und wem verdanken wir das?« – »Dem Präsidenten Sékou Touré und der Revolution«, hatte das Volk mechanisch geantwortet. Doch wer ißt hier Cornedbeef und Marmelade? Der Gouverneur mußte zu ihrem Kauf jeden zwingen, der in einem staatlichen Geschäft Öl oder Seife kaufen wollte: eine Dose Mangokonfitüre pro fünf Kilo Reis; eine Dose Cornedbeef bei zwei Yards Stoff. Es zeigte sich, daß sich das Nachschubproblem noch rascher lösen ließ als der Absatz der Produkte. Der Gouverneur setzte für jedes Dorf eine Quote fest für den zwangsweisen Verkauf von Vieh und Obst, und zwar zu einem vorher festgelegten Preis. Er fuhr in einem überdachten Landrover durchs Land, begleitet von einem Dutzend Wachsoldaten, die bewaffnet waren mit Gewehren, Knüppeln und einer Anzahl Folterwerkzeuge. Daraus ergab sich eine Veränderung in der Moschee. Man betete jetzt, Gott möge uns vor der Pestbeule beschützen (so nannte man ihn schließlich) und ihren üblen Ausdünstungen. Einige ließen ihr Leben, andere flüchteten in die Nachbarländer, um ihre Rinder zu retten. Beïdaris Tod hat den allgemeinen Verfall nach sich gezogen. Überall nur noch Zusammenbruch und Wahnsinn. Die Einfriedung ist zu einem Sieb geworden, durch das Vernebelung und schlimme Vorzeichen hineindrängen. Das Unheil nistet im Herzen des Dorfs, es wohnt zusammengerollt im verkümmerten Mais und in der Sittenlosigkeit. Doch was er auch sagt, niemand hört ihm zu. Also sieht er mit an, wie es fortschreitet, und verzehrt sich dabei in Gefühlen von Schuld und Ohnmacht.

Er hatte sich vorgenommen, sich selbst um die Familie seines Alter ego zu kümmern. Doch der gefährliche Wind hat kräftiger geweht als zuvor. Der Orangenbaum, der mitten auf dem Hof des Verstorbenen thronte, stürzte kurz nach der Beerdigung um. Der Rest folgte im Nu. Die Familie ist nie sehr verläßlich gewesen, das ist wahr: viele Kinder, aber Thioro war der einzige Sohn, mutterlos und zum Zeitpunkt des Unglücks nicht einmal beschnitten. Die Töchter hatten sich durch Heirat rasch zerstreut nach Conakry, Kankan, Labé oder Sierra Leone. Gras überwucherte erst die Felder und dann den Hof. Und auch da hatte er nichts tun können – das Alter und die Hilfsbedürftigkeit seiner eigenen Familie. Er glich es aus durch grenzenlose Zuneigung gegenüber Thioro, auch dann noch, als er anfing, aus den Schläuchen des Teufels zu trinken und den Himmel zu beleidigen. Er hatte für ihn gesorgt und über seine religiöse Erziehung gewacht; als der Augenblick gekommen war, hatte er sogar eine Frau für ihn gefunden. Er hatte ihn zu seinem Repetitor in der Koranschule gemacht und hoffte heimlich, er würde eines Tags sein Nachfolger. Als er erwachsen war, hatte Thioro sein väterliches Erbe in die Hand genommen. Die Orangenbäume fingen wieder zu blühen an, es wimmelte von Kälbern, die Kalebassen füllten sich mit Milch, die Speicher mit Hirse. Doch das dauerte nur wenige Regenzeiten. Dann hatte der Imam eine Strähne der Botschaft bemerkt, die ihren Schatten über die Sterne und auf die Vorzeichen legte: eine neue Dürrezeit, eine Heuschreckenplage, vielleicht sein eigener Tod. Konnte er es ahnen?

Alles wurde noch schlimmer, als Thioros Frau nach einem Streit fortging und zu verstehen gab, ihr Mann sei nicht genügend ausgerüstet, um ihr das Kind zu machen, das sie sich wünschte. Im Jahr darauf wurde die Foniohirse von einem Hochwasser weggeschwemmt, und der Blitz schlug in die Herde ein. Übrig blieb nur Allah Mari*.

* Gott schütze sie

Thioro hatte im Gebet und im Fasten Trost gesucht. Das Unglück ist etwas Gutes, hatte der Imam gesagt, es bringt dich Gott näher. Thioro legte sich eine gewaltige Gebetskette um den Hals und schrieb in kunstvoller Schrift Koranverse auf seinen Körper. Nachts ließ er das Dorf nicht zur Ruhe kommen, weil er aus voller Kehle Gesänge zum Ruhm des Ewigen vortrug. »Beim Propheten, es ist Gottes eigene Stimme, die aus ihm spricht«, dachte man, »er wird ein Mufti werden oder Kalif oder Prophet.«

Es folgte jedoch das Gegenteil des Vorhergesagten. Thioro begann zu trinken und zu rauchen. Er verkaufte einen Teil seines Lands und ging regelmäßig in die Kneipe.

»Was tust du da, Thioro, glaubst du nicht mehr an Gott?«

»Doch, Imam, ich glaube noch an Gott, aber ich liebe ihn nicht mehr.«

»Und warum liebst du ihn nicht mehr?«

»Er hat mich auch nie geliebt.«

»Dein Vater ist ein guter Fulbe gewesen und ein guter Muslim, Thioro.«

»Dafür hatte er auch Rinder.«

»Komm zurück zu Gott, und er gibt dir deine Rinder wieder.«

»Soll er sie mir zuerst zurückgeben.«

»Gott belohnt nur die Gehorsamen.«

»Geh weg, Imam, Thioro betet um nichts mehr.«

»Du wirst in die Hölle kommen, Thioro.«

»Als ob ich da nicht schon wäre!«

Betrunken lief er von Hof zu Hof, stieß dabei Flüche aus und gotteslästerliche Verse. »Wenn du der gute Gott bist, töte mich gleich. Ich will in der Feuersglut begraben sein. Die Hölle ist angenehmer als das Leben, das du mir gegeben hast. Ich habe dich geliebt und dein Lob gesungen, du aber ziehst die Sünder vor und die Ketzer. Mir gibst du Leid, Not und Schicksalsschläge. Währenddessen kann Baïllo sich stolz brüsten, schau ihn nur an! Seine Kinder sind wohlauf, er hat Hirse im Überfluß und mehr Rinder auf dem Hügelland, als ich Tränen habe und Sorgen.«

»Gottes Barmherzigkeit möge dir wieder zuteil werden, armes Geschöpf! Der Teufel hat dir den Kopf verdreht und wird bald das Dorf zugrunde richten. Umsonst habe ich gewarnt, jetzt werden wir alle von dem Bösen erfaßt.«

»Verschwinde, Imam, deine Gebete sind es, die uns das Unglück gebracht haben. Von jetzt ab muß man sich dem Profit verschreiben, um die Gunst des Himmels auf sich zu ziehen. Ich werde trinken, lügen und zerstören. Das ist der neue Preis für Salz und Gold, für Achtung und Vergebung.«

»Komm zurück zu Gott, Thioro, er wird dir deine Frau wiedergeben.«

»Soll er sie mir zuerst geben. Oder soll er sie behalten: Die Sünde des Fleischs verschafft alle Wonnen des Paradieses.«

»Komm zurück, Thioro«, schluchzte der Imam, der nicht einmal mehr die Kraft hatte, seinen Schmerz und Kummer zu verbergen. »Komm zurück, ein Sohn von Beïdari darf sich nicht so zugrunde richten.« Thioro aber war schon zu tief ins Reich von Schein und Dunst vorgedrungen. Man sah ihn in den Morgenstunden, eine Sonne mitten auf der Stirn. »Komm zurück, Thioro!« Doch schon lief er über die Berge und durch die hohen Gräser. Abgemagert und immer weit weg, so trotzte er der Ethik und dem Staub, bemächtigte sich der Schatten, warf sich gegen Zäune, gleichgültig gegen Moralpredigten und gegen Anzüglichkeiten. Seine Welt hatte sich verschlossen, sein Lebensrhythmus umgekehrt. Am Tag führte er das Leben eines Schlafwandlers, zurückgezogen und wortlos. Er sah das Licht von seinem Glas perlen, hörte das Blut in seinen Schläfen sieden. Zusammengekauert saß er hinten in der Kneipe vor dem immer gleichen, leeren und wackligen Stuhl und starrte ihn an, als wollte er ihm Geständnisse entlocken. Wenn dann die Sonne unterging, wanderte der Alkohol aus seinen Innereien in die düsteren Winkel seiner Seele. Rätsel der Ausdünstungen, banale Alchemie des Lebens: Auslöser waren stets die ersten Anzeichen der Abenddämmerung. Die Sonne überließ ihm das Feld, die Gewitter gingen durch ihn hindurch. In der Nacht richtete er sich auf, musterte die Sterne und maß sich mit den Göttern. Stundenlang hörte man ihn das Dasein verhöhnen und seinen Großen Baumeister anklagen. »Hörst du mich, Gott? Ich bin's, Thioro, Sohn von Beïdari. Das eine sag ich dir: Es wird dir noch leid tun, mich geschaffen zu haben. Schließlich hatte ich dich nicht darum gebeten. In deiner Welt ist alles verkehrt: Thioro rackert sich ab, und Baïllo schwimmt im Glück. Da muß mal kräftig der Besen geschwungen werden bei ihm!«

Doch eines schönen Tages wandte er sich an den Imam: »Imam, sag deinem Gott, er kann es tun oder bleiben lassen, Wunder gegen Wunder: Er gibt mir meine Rinder und meine Frau zurück, und ich werde wieder ein guter Fulbe und ein guter Muslim.«

»Hör auf, Gott zu lästern, und du wirst sehen, wie er dich belohnt.«

»Du hast mich nicht verstanden, Imam: Es handelt sich nicht um eine Kapitulation, sondern um einen Handel.«

»Gott handelt nicht nach dem Willen der Menschen.«

»Dann geh ich eben zurück in die Kneipe und komme nicht mehr heraus.«

»Um so schlimmer für dich.«

»Für ihn aber auch. Er wird einen treuen Gläubigen verlieren, und Gott hat Höflinge nötig, mehr noch als die Könige.«

»Dann, Sohn des Beïdari, entsage von heute an dem Alkohol und dem Tabak, pflege deinen Körper und kümmere dich um deinen Hausstand. Ich werde sehen, was ich tun kann, um dich auf den Weg des Wohltäters zurückzuführen.«

So also war es gewesen.

Der Imam faßte den Entschluß, die Gnade Gottes für den armen Thioro zu gewinnen. »Möge der Fluch das Dorf hinwegraffen, wenn es sein muß, aber Thioro verschonen, den Sohn von Beïdari.« Er zog sich in eine lange Meditation zurück, abgeschieden von den Menschen und allen Annehmlichkeiten. Denn die Geschichte des Dorfs war eine einzige lange Kette aus Sünden. Die meisten hatten den Islam angenommen, ohne die alten Götter aufzugeben. Das Dorf hatte noch immer seine sprechenden Kessel, seine blutgierigen Grisgris, seine zwergwüchsigen Zauberer und Albinos als Fetischpriester. Wie hat der Engel sich nur mitten zwischen all diese Zauberer und Zauberei einschleichen können?

Zu spät, um sich weiter das Gehirn zu zermartern. Der Morgen ist endgültig da, leicht und duftig wie ein Meer aus Dunst. Er muß sich entscheiden! Er kann nicht länger vorgeben, den Beutel nicht zu sehen. Dieser scheint unter der Last des Lichts zerdrückt, zerknittert wie alte Haut. Zum ersten Mal sieht er ihn wirklich an: Die drei Ausbuchtungen sind noch da. Wie geheimnisvoll Eier sein können! Vielleicht sollte er zuerst noch eine Absolution erteilen. Um Anspruch auf ein Wunder zu erheben, ist man nie rein genug! Er zieht seine Schuhe aus, nähert sich vorsichtig auf dem Kies, hält dabei den Atem an und die Gedanken an jener Stelle seines Geistes zurück, wo bereits früh »Es gibt nur einen Gott, und Mohammed ist sein Prophet« eingemeißelt war. Doch er hat den Beutel zu rasch aufgeknotet, fast wären die drei Eier hingefallen. Die schwarzen Punkte springen ihm ins Auge. Wie hätte er sie in der Nacht erkennen sollen? Auf jedem von ihnen ist einer, wie eine große Iris im glasigen Weiß des Auges. Auf der himmlischen Seite ist demnach alles günstig, bleiben nur die Launen des irdischen Thioro zu meistern! Er knotet den Beutel wieder zu und verbirgt ihn, innerlich gestärkt, im Ärmel seines Bubus. Er hat nicht die geringste Lust, sein Geheimnis den neugierigen Frühaufstehern preiszugeben, die auf den Wegen umherzulaufen beginnen. »Die Kinder und die Kälber? Danke, es geht ihnen gut.« Doch es nützt nichts, daß er an den Maisfeldern entlanggeht und quer durch die Obstgärten, einige erkennen und begrüßen ihn.

»Thioro«, ruft er und stampft über den Hof.

»Laß mich in Ruhe, Imam, ich weiß nicht mehr, ob ich dich wirklich brauche. Ich fange gerade an, den Teufel ganz sympathisch zu finden.«

»Laß mal deine Kuh und komm her. Ich bringe dir was.«

»Einen Beutel?«

»Ja, aber was für einen! Sieh doch!«

»Ich mag keine Eier, Imam, sie bringen meine Blähungen zum Rumoren.«

»Diese Eier sind nicht zum Essen, du sollst sie aufschlagen.«

»Willst du über mich lachen, Imam?«

»Sag einen Wunsch, und du wirst sehen: Gold, Rinder, Pferde, Paläste, alles, was du willst.«

»Durch welches Wunder?«

»Du sprichst den Namen Gottes aus und zerbrichst ein Ei. Thioro, du wirst das Unglück vertreiben und auf den rechten Weg zurückkehren. Ich hab immer daran geglaubt, daß du dazu bestimmt bist, ein guter Fulbe und ein guter Muslim zu werden. Wie dein Vater!«

»Sprich nicht so laut, Imam! Wenn das, was du da sagst, wahr ist, dann muß es zwischen uns bleiben. Dabei sehe ich diesen Heuchler Baïllo heranschleichen.«

Tatsächlich kommt Baïllo am Zaun entlang und bleibt einen Augenblick auf ihrer Höhe stehen: »Thioro, ich weiß, daß du mich nicht magst. Ich dich übrigens auch nicht. Trotzdem will ich dich warnen: Die Pestbeule ist da mit ihren üblen Ausdünstungen. Du stehst auf ihrer Liste: Sie wollen dir Allah Mari wegnehmen. Jetzt, während ich mit dir rede, sind sie bei Kindi am andern Ende des Dorfs, es wird nicht lange dauern, bis sie zu dir kommen.«

»Schnell, Imam, ich muß meine Kuh retten.«

»Was bedeutet es jetzt noch, wenn sie dir Allah Mari nehmen? Das Ei gibt dir so viele Rinder, wie du nur willst.«

»Allah Mari ist mir lieber als alle Rinder auf der Welt.«

»Sie ist eine Kuh wie andere auch.«

»Nur daß Allah Mari die schönste, sanfteste und hinreißendste unter allen Kühen ist. Schnell, Imam, ich höre schon den Landrover.«

»Nimm ein Ei und sprich mir nach: Gott der Hühner, Gott der Bäume, verbirg meinen Körper und den meiner Kuh. Bring uns in die unsichtbare Welt, um uns vor der Grausamkeit der Pestbeule und vor ihren üblen Ausdünstungen zu schützen.«

Ein Ei fällt zu Boden, der Mann und die Kuh verschwinden.

»Wo ist der Mann namens Thioro?« fragt der Gouverneur, als er aus dem Auto steigt.

»Das frage ich mich auch, ehrenwerter Gouverneur. Ich suche ihn selbst wegen einer kleinen Summe, die er mir schuldet. Er muß die Flucht ergriffen haben, als er hörte, daß Sie da sind. Wissen Sie, dieser Mann ist geizig und boshaft. Wahrscheinlich hat er das Land verlassen, nur um seine Kuh nicht hergeben zu müssen, ein armseliges Gerippe, Gouverneur, die sogar in der Fabrik nichts mehr brächte.«

»Geh mir aus dem Weg! Ich weiß, daß der Fulbe imstande ist, in einen Strohhalm zu kriechen, um seine Kuh zu verstecken. Durchsucht den ganzen Hof: die Speicher, die Dächer, die Bäume. Seht in allen Ecken und Winkeln nach!« Nachdem sie eine Stunde lang unter Geklirr und einem Hagel von Schimpfworten alles durcheinander gebracht haben, ziehen sie ab.

»Thioro, bist du da?«

»Ja, Imam, ich bin noch da.«

»Dann sprich mir nach: Gott des Tages, Gott der Schatten, hol uns zurück aus der unsichtbaren Welt. Setze uns wieder den Blicken der Menschen aus und der Herrschaft des Lichts.«

Ein Ei fällt zu Boden, sie werden wieder sichtbar.

»Elender, du hast zwei Eier für nichts verbraucht. Hättest du auf mich gehört!«

»Laß uns nicht wieder damit anfangen, Imam. Ich sterbe lieber, als mich von Allah Mari zu trennen.«

»Warum bloß, alter Dickschädel?«

»Der Fulbe ist ein Doppelwesen, Imam. Er selbst ist sein Körper, und seine Seele, das ist seine Kuh.«

»Jedenfalls bleibt dir nur noch ein einziges Ei, was wirst du damit tun?«

»Ich werde Gott bitten, meine Herde neu zu erschaffen. Wenn man Rinder hat, ist alles andere kein Problem.«

»Sag mir, Thioro, hast du auch sicher dein Versprechen gehalten?«

»Ja, Imam.«

»Du hast seither weder getrunken noch geraucht?«

»Nein.«

»Und das da?« sagt der Imam und hebt eine Pfeife vom Brunnenrand in die Höhe.

»Ich hab nie im Leben Pfeife geraucht, Imam. Sicher hat Baïllo sie hingelegt, um mir zu schaden.«

»Angenommen, es ist so, weißt du wirklich genau, was du mit diesem Ei tun willst?«

»Ich sag dir, was ich tun werde, Imam«, erwidert Thioro und sinkt an den Hals von Allah Mari. »Sieh doch, was deine Eier aus meiner Kuh gemacht haben: Sie hat ihren Kopfschmuck verloren in der Finsternis, in die du uns gestoßen hast.«

»Schmuck nennst du die drei scheckigen Haarbüschel, die sie auf der Stirn hatte?«

»Sie waren wie Locken, wie Ringe auf ihrem roten Haarkleid. Du mußt sie mir wiedergeben!«

»Du bist ja verrückt, Thioro! Allah Mari mit oder ohne Locken, was ändert das schon?«

»Es ändert alles. Sie ist nicht mehr Allah Mari, sondern irgendein beliebiges Weibsstück.«

»Bist du noch bei Verstand, Thioro, wozu hätten die Eier dann genützt?«

»Dazu, Allah Mari zu retten.«

Ein Ei fällt zu Boden, die drei Haarbüschel erscheinen wieder auf der Stirn der Kuh.

»Versprichst du dennoch, wieder ein guter Fulbe und ein guter Muslim zu werden?«

»Ich verspreche es dir, Imam, weil der gute Gott meine Kuh gerettet hat. Endlich hat er einmal an mich gedacht.«

»Dein Versprechen ist geradewegs in Gottes Ohr gedrungen. Ich höre, wie der Himmel zum Zeichen der Billigung grollt.«

»Das ist kein Donnergrollen, Imam, das ist Motorengeräusch.«

»Stimmt, die Lastwagen kommen heutzutage selbst dann aus der Stadt, wenn kein Markttag ist. Jedenfalls bist du den Klauen des Satans entkommen.«

In diesem Moment blicken sie auf und sehen den Landrover, der vom Marktplatz her in einer großen Staubwolke direkt auf sie zurast.

»Mein Gott«, sagt der Imam und greift sich an den Kopf, »die Pfeife gehört dem Gouverneur!«

Aus dem Französischen von Sigrid Groß

Lilian Berthelot
Sonnabend

Ti-Paul legte eine schlafschwere Hand auf den Wecker. Hopp, Viertel nach fünf, Zeit aufzustehen. Die Alte hatte bereits den kleinen Kohleherd angezündet; die schwarzgeränderte Glut flackerte im Dämmerlicht der Küche. Es roch nach warmer Milch, nach aufgegossenem Tee.

Ti-Paul taumelte verschlafen aus dem Bett, beschloß, sich nicht zu rasieren: Es war Sonnabend. Er würde sich morgen rasieren. Dafür streckte er die Hand nach seiner Haarpomade aus, griff versehentlich nach dem Töpfchen Kokosöl, mit dem sich die Alte den Kopf einrieb, damit er »frisch« blieb. Er fluchte leise, legte seine Hände flach auf den Schädel und rubbelte und massierte von der Stirn bis zum Nacken, kämmte dann sein widerspenstiges Haar nach hinten. Vom Haaröl blieb auf den schiefen Zähnen seines alten Kamms ein dünner weißer Strich zurück.

Die Korbtasche mit dem blechernen Eßgeschirr stand bereits auf dem Tisch. Der Duft von *Massalah** und Gewürzen, vermischt mit dem faderen Geruch des Reis, stieg ihm in die Nase. Nelza wickelte die Töpfe in Zeitungspapier, um das Essen für ihren Jungen warm zu halten.

Ti-Paul trug eine alte Baumwollhose, ein rotes T-Shirt und seine Baskets. Er war zum Gehen fertig.

»Hast du das Geld für den Bus? Vergiß nicht, die Fahrkarten für die Lotterie aufzubewahren«, sagte die Alte. Ti-Paul antwortete mit einem breiten »Jaaa«. Und fügte hinzu: »*Mo allé, Mama*«

»*Allé, mo piti.*«

Der junge Bursche eilte durch den kleinen Hof des Nebengebäudes, wo er und seine Mutter wohnten, überquerte den

---

* mit Kurkuma gewürztes Fleisch oder Fisch

238

Hof des Großen Hauses (wo Nelza arbeitete) und trat auf die Straße hinaus. Er rupfte, wie jeden Morgen, ein zartgrünes spitzes Blatt von der Bambushecke, steckte es zwischen die Zähne und trabte zur Bushaltestelle. Hinter sich hörte er eiliges Getrippel: Trouvé, der schwarz-gelbe Kläffer, begleitete ihn. Der Hund setzte sich, wie jeden Morgen, an der Bushaltestelle hin und blickte mit erhobener Schnauze seinen Herrn an. Ein blau-weißes prustendes, hustendes Ungetüm rumpelte daher. Ti-Paul kraulte den Hund am Hals und kletterte in den Bus. Trouvé schaute ihm hechelnd, mit seinem breiten Hundelächeln nach; er wartete, bis der Bus losfuhr, und zottelte wieder nach Hause, um nach Nelza zu sehen. Nelza, ja, aber zuerst mußte er wohl die träge Gock-Gack wecken, die bloß gackerte, wenn sie ein Ei gelegt hatte, denn sonst würde sie ihr Knopfauge erst aufmachen, wenn der Tag schon lange angebrochen war und sie ihren Mais oder ihren rohen Reis verlangte. Er, Trouvé, hingegen, hatte ein viel, viel spannenderes Leben.

Ti-Pauls Gedanken während der Fahrt zur Arbeit waren ebenfalls spannend. Den Kopf an die zitternde Scheibe des Busses gelehnt, betrachtete er das zu dieser Morgenstunde fahle, ferne Meer. Zu seiner Rechten blühte das Zuckerrohr. Im leichten Dunst ließ sich nicht ausmachen, wo die silbrigweißen Büschel endeten und wo der Himmel, das Meer, der Berg begann.

Ti-Paul hatte Mühe, die Augen offenzuhalten. Er umklammerte die Busfahrkarte in seiner Tasche, die bei der monatlichen Lotterie verlost wurde. Wenn er hundertfünfzig Rupien gespart hatte, würde er sich das Haar entkräuseln lassen. Und auch neue Schuhe wollte er sich kaufen. Um Pauline zu besuchen. Genau, Pauline in Trou d'Eau Douce. Und er nickte ein, wie jeden Morgen.

Für Nelza bestand der Sonnabend aus einer Reihe genau festgelegter Pflichten. Nachdem Ti-Paul weggegangen war, räumte sie auf. Sie suchte ihr Küchenmesser, erinnerte sich, daß sie es am Abend vor der Tür in die Erde gesteckt hatte, damit der einsetzende Regen aufhörte, der sonst womöglich durch das Blechdach sickern würde. Schließlich fand sie es zwischen zwei Petersilienbüscheln, ihr Messer.

Beim Abstauben der kleinen Anrichte, die sie feierlich »Spiegelkommode« nannten, fand sie ein paar Busfahrkarten, die Ti-Paul nach Hause gebracht hatte; sie legte sie zu den anderen, die in einer alten Puderdose aufbewahrt wurden, einem Geschenk von Madame. Was sie plötzlich an etwas erinnerte: Am Abend wurden im Radio, wie an jedem letzten Sonnabend des Monats, die Gewinner der Postlotterie bekanntgegeben. Sie, Nelza, hatte nämlich 348 Rupien auf einem Sparkonto bei der Post! Monsieur Philippe pflegte ihr die von der Post in das Sparheft eingetragenen Zahlen vorzulesen.

Wenn der zerstreute Ti-Paul bloß daran dachte, Batterien für den Transistor zu kaufen! Sie war betrübt gewesen, als das kleine Radiogerät – ein Geschenk zu ihrem siebzigsten Geburtstag von der ganzen Familie im Großen Haus – verstummt war. Sie hatte ihren Jungen zigmal gebeten, ihr zwei Batterien zu besorgen. Aber er vergaß es ständig.

Nelza seufzte aus lauter Gewohnheit, kehrte, putzte ihr Haus, bevor sie ebenfalls zur Arbeit ging. Samstags mußte die Wäsche des Kleinen gewaschen werden, die kurzärmeligen Hemden und die Schulshorts Dominiques, des Kindes ihres Hausherrn, seine Kniesocken, seine Unterwäsche. Sie zog sich rasch an und ging leise ins Badezimmer des Großen Hauses, um den Korb mit der schmutzigen Wäsche zu holen. Sie breitete ein großes Badetuch aus, stapelte die Wäsche darauf, schnürte ein Bündel daraus, das sie in ein blaues Kunststoffbecken legte, um alles zusammen zum Fluß hinunterzutragen. Nachdem sie die Hauptstraße überquert hatte, hievte sie das Becken auf den Kopf, hielt es mit dem einen gewölbten Arm fest und schritt majestätisch zum Fluß.

Das Wasser war kühl; Nelza zögerte einen Moment, bevor sie hineinstieg. Bei jeder Bewegung kräuselten sich kleine Wellen um ihre Waden. Sie gelangte an »ihren« Felsen und machte sich an die Arbeit.

Nach und nach trafen andere *dhobys** ein, und unter den Jambulbäumen hörte man Pfeifen und Rufe, die die Gesten der die Wäsche klatschenden Arme begleiteten. Es dauerte nicht lange, und ein milchiges Band, ein bläulicher, leise blubbernder Schaum, säumte die Felsen. Der scharfe Geruch der einheimischen Seife wurde durch die Sonne noch verstärkt. Niemand redete. Wenn die zerriebenen Papayablätter auf die fleckige Wäsche gestreut waren, würde man noch genug Zeit zum Tratschen haben, wenn die dünnen Gewebe eingeseift und gespült waren, wenn die Wäschestücke entweder auf einem sauberen Felsen mit weißen Seifenflecken ausgebreitet oder an einer zwischen zwei Guavenbäumen gespannten Leine aufgehängt waren, die in der Mitte mit einem langen Bambusrohr gestützt wurde. Nelza hatte ihren Rock geschürzt, dennoch klebte der durchnäßte Saum an ihren Waden. Unter den Ärmeln ihres kurzen Kittels bildeten sich runde dunkle Flecken: an sonnigen Morgen vergißt man in Mauritius den Winter schnell. Sie schlüpfte wieder in ihre roten Plastikriemensandalen, legte ein paar vorgewaschene weiße Wäschestücke in ihr blaues Becken, hievte es auf den Kopf und kehrte nach Hause zurück.

Dort angekommen, nahm sie eine Indigokugel, wickelte sie in ein altes Taschentuch und tauchte das Päckchen in etwas sauberes Wasser, preßte dabei das Indigo aus, damit es das Wasser leicht färbte. Danach legte sie die weißen Socken, die weißen Hemden und die weiße Unterwäsche ins himmelfarbene Wasser, ließ alles kurze Zeit einweichen, wrang die Wäsche aus und hängte sie rasch an die Sonne. Am frühen Nachmittag ging sie wieder zum Fluß hinunter, um die übrige Wäsche zu holen; sie war sicher, daß alles noch da war. Unter *dhobys* konnte man einander vertrauen. Nein, unangenehme Überraschungen

---

* Wäscherinnen bzw. Wäscher

waren selten; wenn hin und wieder etwas passierte, waren Lausbuben die Schuldigen, die unter dem Vorwand, Zwergbarsche zu fischen, die Kleider mitgehen ließen, die ihnen gefielen. Oder streunende Hunde, die auf der feuchten Wäsche herumtrampelten. Einmal hatte sogar Trouvé ihr einen solchen Streich gespielt.

An jenem Sonnabend war alles wie immer. Ti-Paul trank sein Glas einheimisches Bier, seinen wöchentlichen Aperitif. Nelza kochte zum Abendessen schwarze Linsen, Reis und Tomatenchutney – und dazu selbstverständlich höllisch scharfen *mazavarou*. Die kleine gestampfte, gewürzte und in wenig Öl gekochte Schote hätte einen Toten zum Leben erweckt. Ti-Paul hatte die Batterien für den Transistor natürlich vergessen. Trouvé jagte Gock-Gack im Hof herum, die seiner Ansicht nach eindeutig zu fett und zu gefräßig war, verjagte den Gockel des Nachbarn, der ständig hinter ihr herlief (die Eier gingen ihn schließlich nichts an; jedenfalls bekam er nie eines!) und schlief schließlich neben dem Herd ein. Man hörte das Lachen der Kinder im Großen Haus drüben, dazwischen Wortfetzen und Musik aus dem Fernseher und die schimpfende Stimme von Monsieur Philippe. Es war ein ganz gewöhnlicher Sonnabend.

Morgen früh würden Nelza und Ti-Paul zur Messe gehen und, wenn es nicht regnete, vielleicht ihre Verwandten besuchen, die in Anguilles am Fluß wohnten.

Waren sie glücklich, die beiden? Gewöhnlich unterhielten sie sich abends noch ein wenig über Ti-Pauls Arbeitskleider, und, ohne besonders betrübt oder ausgesprochen fröhlich zu sein, schliefen sie dann ein. Die rote Glut von Ti-Pauls Zigarette schimmerte noch eine Weile durch die Nacht, und in der Dunkelheit stiegen zwei Träume auf: An jenem Sonnabend dachte die Alte an die guten Küchendüfte, die vom Großen Haus herübergeweht waren: mit Speck gespickter Braten, reichlich mit Käse bestreutes Gratin, frische Sahne und Erdbeermarmelade. Warum kamen bei ihnen nie solche Leckereien auf den Tisch? Ist es ein festgeschriebenes Gesetz, daß es eine Nahrung für die Reichen, eine andere für die Armen gibt? Ti-Paul hingegen dachte an seine Ersparnisse: Mit hundertfünfzig Rupien könnte er sich drei oder vier Monate lang luftig glattes Haar leisten, Haar, das einen verführerisch aussehen ließ und erlaubte, die auserwählte Schöne zu besuchen – anstelle des krausen struppigen Mooses auf seinem Schädel. Er würde zum Friseur in der Rue Royale gehen, zu jenem, der die Haare seines Cousins entkräuselt hatte. Doch da waren auch noch die Lederstiefel, die er in Rose Hill in einem Schaufenster gesehen hatte. Sie würden gut zu einem blauen Gilet und einem langärmeligen weißen Hemd passen. Warum mußte man sich für das eine oder für das andere entscheiden? Die Stiefel kosteten mindestens zweihundert Rupien. Ein paar aufeinanderfolgende kurze, trockene Geräusche in der Dunkelheit bedeuteten ihm, daß seine Mutter vor dem Einschlafen betete. Wie jeden Abend. Ti-Paul tat es ihr aus Gehorsam und Gewohnheit nach, bekreuzigte sich und schlief fast auf der Stelle ein.

Nelza aber begann zu husten. Sie dachte an das grüne Wasser des Flusses. »Ich darf nicht mehr zum Waschen hinunter«, sagte sie sich, »auch wenn ich dadurch Madames Leitungswasser spare. Ich erkälte mich dort unten. Und dann ist das Wasser, wie heute morgen zum Beispiel, nach dem großen Regen zu trüb; die Wäsche des Kleinen könnte ja nicht sauber werden.«

Der Husten beruhigte sich. Als der alte graue Kopf etwas tiefer im Feder- und Baumwollkopfkissen versank, fingen Hunde an zu bellen. Nelza wartete, daß sie aufhörten, aber Trouvé hatte wohl eine Katze aufgespürt. Sie sah ihn vor sich, wie er breitbeinig unter dem Mangobaum stand und ins Geäst hinaufkläffte. Er bellte dreimal kurz, hörte auf, begann wieder von vorn. Sie kannte nur ein Mittel, um nachts bellende Hunde zum Schweigen zu bringen. Also stand sie auf, kehrte ihre Pantoffeln um, die sie säuberlich am Rand der geflochtenen Bettvorlegermatte hingestellt hatte, und kletterte wieder ins Bett. Jetzt herrschte Stille – oder vielleicht auch nicht. Hatte Trouvé aufgehört zu bellen? Oder glaubte sie das nur und ließ sich von der verdienten Ruhe einhüllen?

Sonntagmorgens nahm die alte Frau ihr übliches Frühstück im Großen Haus ein: ein dickes Butterbrot, Banane und Tee. Madame erzählte ihr, sie hätten gestern Abend im Fernsehen die Gewinnerin der Haupttreffers der Postlotterie gesehen: eine junge Lehrerin in einem roten Sari, die fünfundzwanzigtausend Rupien gewonnen hatte! Nelza saß auf einer Küchenbank und biß ins Brot und in die Banane und träumte kauend vor sich hin.

Ti-Paul warf vor dem Frühstück einen Blick in die Morgenzeitung, um nachzusehen, was für Filme in Rose Hill liefen. Plötzlich entdeckte er in der linken Ecke der letzten Seite die Gewinnzahlen einer Autobusgesellschaft-Lotterie. Er lief zur »Spiegelkommode«, kippte die Puderdose aus und sortierte die gesammelten Fahrkarten. Bei jeder Fahrkarte sagte er sich: »Wenn sie gewinnt, verdiene ich soundso viel«, denn die Gewinnsumme betrug jeweils das Tausendfache des aufgedruckten Fahrpreises: zweihundert Rupien für eine Fahrkarte zu fünfundzwanzig Sous, tausend Rupien für eine Fahrkarte zu einer Rupie. Dann schickte er sich an, anhand eines Bündels weißer Zettel mit blaßblauer Schrift die Ziehungslisten zu vergleichen. Nelza, die eben mit einem alten Schuhkartondeckel das Herdfeuer anfachte, hörte ihn plötzlich jubeln. »Alala!« rief Ti-Paul, *»mo fine gagné, Ma.* Ich habe gewonnen!«

»Qui çà çà?« fragte Nelza.

»Ene zoli lot dans loterie bis. Eine hübsche Summe bei der Buslotterie.«

Doch als er der Alten Fahrkarte und Zeitung brachte, damit sie sich selbst davon überzeugte – und dabei vergaß, daß sie eine Zahl nicht von einem Buchstaben unterscheiden konnte –, stellte Ti-Paul fest, daß er sich geirrt hatte. Zwar entsprach die

Zahl auf der Fahrkarte zu zweihundertfünfzig Rupien, die er in der Hand hielt, der Trefferzahl, aber nicht der Kennummer des Einnehmers.

»*Fouti*«, sagte er enttäuscht.

Stille trat ein. Doch dann mußte er trotz seiner Enttäuschung lachen. Lachen und von seinen geplatzten Träumen erzählen: Mit dem Geld hätte er sich die ersehnte Frisur sofort leisten können, was bedeutete, er hätte Pauline erobert, und auch eine Reise nach Réunion, Stiefel, Restaurants, Discobesuche und so weiter und so weiter.

Die Alte – auch sie war zuerst enttäuscht gewesen – hörte ihm stumm zu. Und traute ihren Ohren nicht! Was? So viele Gelüste im Kopf (und im Herzen) ihres Jungen? Was? Das war sein ganzer Ehrgeiz? Nicht möglich ... Sie machte sich still daran, mit gesenktem Kopf ihren Reis zu verlesen, warf hin und wieder gedankenverloren Gock-Gack und den Sperlingen, die vom Mangobaum herunter flatterten, die Spelzen und Hälmchen zu, die ihre emsigen Finger im Reis entdeckten.

Zwei weitere Tage vergingen: Die Morgenglocke läutete, Gock-Gack erwachte, Trouvé kehrte von seinen nächtlichen Streifzügen zurück, manchmal klebte, trotz seiner unschuldigen Miene, eine verräterische Feder an seiner Schnauze. Nelza und Ti-Paul hatten nach dem trügerischen Aufleuchten ihr gewohntes Leben wieder aufgenommen; die Arbeit, der Tag, der Feierabend, die Nacht lösten einander mit der üblichen Eintönigkeit ab.

Eines Nachmittags kam Monsieur Philippe zu Nelza hinüber und brachte ihr einen Brief. Ti-Paul (zum Glück, dachte die alte Frau später) war noch nicht von der ziemlich entfernten Baustelle zurück, wo er an jenem Tag arbeitete. Nelza erhob sich vom hölzernen Stuhl, auf den sie sich gewöhnlich zum Stopfen setzte, und bat ihren Monsieur, doch bitte einzutreten. Monsieur Philippe machte keine langen Umschweife; er setzte sich auf den Bettrand der Alten und riß den Briefumschlag auf. Er erklärte: »Er kommt von der Post ...« Nelza musterte ihn und dachte bei sich: »Armer Kerl, ist wohl müde, die Briefe kommen doch alle von der Post.« Doch auch wenn sie ihn schon als ganz kleines Kind gekannt hatte, ihn gehegt und gewaschen hatte, den Kleinen, sie brachte seiner Autorität Respekt entgegen. Sie sagte also nichts, kniff vor Erwartung die Lippen zusammen und forschte weiter in seinem Gesicht.

Philippe schaute auf: »Brauchst keine Angst zu haben, Nel. Es handelt sich um eine gute Nachricht.«

»*Qui çà çà, Missié Philippe?*«

Und Philippe erklärte ihr langsam und geduldig, sie sei ein Glückspilz, denn ihr Sparbuch trage eine Trefferzahl der Postlotterie. Der Brief ersuchte Nelza Boncoeur die dreitausend Rupien abzuholen, die sie bei der letzten Ziehung gewonnen habe. Nelzas Kinn zitterte seltsam; der alte Mund mit den spärlichen Zähnen verzog sich auf einer Seite nach unten. Philippe legte seine Bürokratenhand auf die alte runzelige Hand mit den abgesplitterten Fingernägeln.

»Ich freue mich für dich, Nel.«

Nach und nach kehrte ihre Stimme zurück. Sie sagte: »Nicht möglich«. Dann: »*Ah! Merci! Bon Dié!*«

Und sie lachte und kniff die Augen zusammen, um eine vorwitzige Träne zurückzuhalten. Trouvé, der plötzlich angerast kam, blieb baff stehen: Er hatte wohl geglaubt, Gock-Gack gackern zu hören. Als die erste Überraschung vorbei war, faßte sich Nelza schnell wieder. »Bitte, Monsieur Philippe«, sagte sie, »begleiten Sie mich zur Post, ich glaube, es ist noch nicht vier Uhr.«

Wieder zu Hause, öffnete sie ihre Einkaufstasche und zog drei dicke Banknotenbündel hervor: blaßblaue, grüne, rosafarbene, die sie Philippe übergab: Er solle sie bitte für sie aufbewahren. Sie entschuldigte sich für ihre Unverschämtheit, für all die Mühe, die sie ihm machte, aber sie möchte ihn um *ène favère*, um einen Dienst bitten: Philippe müsse ihr bei einer kleinen Rechnung helfen. Weil Nelza im Auto ihres Monsieurs auf dem Weg zur Post nicht einfach selig ihr Glück genossen, sondern über etliche Dinge nachgedacht hatte! Zum Beispiel: Ti-Paul mit seinen läppischen Träumen durfte nie erfahren, daß seine Mama eine kleine Summe gewonnen hatte. Nein! Niemals! Es kam nicht in Frage, dieses Geld für kindische Ausgaben oder gar für Frauengeschichten zu verschleudern.

Es gab Besseres.

Nelza konnte bekanntlich weder schreiben noch lesen. Aber sie konnte rechnen. Eine Flasche lokaler Wein (von Monsieur Platting aus einem gutem Pulver aus Frankreich hergestellt, hatte ihr Gros-Paulot, ihr verstorbener Mann, erklärt), eine Flasche also kostete acht Rupien. Ein Pfund Steak, nein, nicht vom Filetstück, sondern einfaches tiefgefrorenes *topside*, kostete neunzehn Rupien. Zusammen machte das – an den Fingern abgezählt – siebenundzwanzig Rupien. Doch weiter kam sie nicht. Daher brauchte sie Philippes Hilfe.

»Monsieur Philippe«, fragte sie, »wenn ich jede Woche ein Pfund Fleisch und eine Flasche Platting-Wein kaufe, wie lange reicht dann mein Geld?«

Philippe mußte über ihre Frage lachen und rechnete kurz im Kopf: »Über hundert Wochen, Nel.«

Die gute Alte konnte sich nichts darunter vorstellen und wollte es genauer wissen.

»Über zwei Jahre«, erklärte er.

Und Nelza lächelte zufrieden.

»Höre, mein Kleiner«, sagte sie zum Mann, der ihr gegenübersaß. »Kannst du mir zwei Jahre lang jeden Samstagmorgen siebenundzwanzig Rupien auszahlen?«

Philippe war über ihre Naivität und ihr Vertrauen gerührt.

»Aber sicher«, antwortete er.

Und gleich darauf kehrte er mit dem Bündel bunter Geldscheine ins Große Haus zurück.

An jenem Abend, als Nelza das Essen für sich und Ti-Paul zubereitete – Reis, Christophinenragout, gefüllte Paprika –, rührte sich eine Art schlechtes Gewissen gegenüber ihrem Sohn in ihr: wegen dieser Lüge, ihres Betrugs vielmehr. Sie lief daher zum Emailteller, wo sie die paar Eier aufbewahrte, die Gock-Gack hin und wieder zu legen geruhte, nahm eines, ein frisch gelegtes, als Draufgabe für ihren Jungen. Während der Reis im schwarzen Topf auf dem Feuer sprudelte, gönnte sich die alte Frau ein Minütchen Ruhe. Sie wandte ihr Gesicht mit der runden Stupsnase dem Mangobaum zu, betrachtete geistesabwesend die dichten Dolden der noch geschlossenen Blüten, die in der hereinbrechenden Dämmerung zart grün, golden, rötlich leuchteten. Sie sagte sich, daß der Winter bald vorbei war; daß der Sommer kommen und vergehen würde; daß die Blüten in der Sonne aufgehen würden; daß daraus dann die grünen Kugeln der kleinen Mangos wachsen und zu großen, zuckersüßen, pausbäckigen duftenden Früchten heranreifen würden. Und das alles zweimal, zwei volle Jahre lang! Und jede Woche würden Ti-Paul und sie sonnabends eine Flasche süßen Wein auf dem Tisch stehen haben, eine ganze Flasche! Und zwei dicke Steaks dazu. Sie würde das Fleisch, solange es noch heiß war und goldbraun glänzte, mit gehackter Petersilie bestreuen. Der Wein würde die Körper und die Herzen wärmen. Und jeden Sonnabend würden sie beide zufrieden einschlafen, über ihrem kleinen Haus alle Sterne des lieben Gottes. Und manchmal auch der Mond.

»Und wenn mich Ti-Paul fragt, woher das leckere Essen mit einem Male kommt?« fragte sie sich plötzlich besorgt. »Nun, ich werde ihm eben sagen, Madame oder Monsieur hätten uns ein Bakschisch gegeben. Oder ich lasse mir etwas anderes einfallen. Ich sage ihm ... Warum überhaupt etwas erklären?«

Genau, Nelza, warum überhaupt etwas erklären?

Das Glück, es läßt sich nicht erklären.

Aus dem Französischen von Giò Waeckerlin-Induni

Die AutorInnen

Séverin-Cécile Abega wurde 1955 in Saa (Kamerun) geboren. Doktor der Anthropologie, lehrt er dieses Fach an der Katholischen Universität Zentralafrikas in Yaounde und ist Leiter des dortigen Instituts für sozialanthropologische Forschungen. Neben seinen wissenschaftlichen Arbeiten ist Séverin-Cécile Abega Autor von Erzählungen, Romanen und Theaterstücken, die auch bei Festivals in Europa zur Aufführung gelangten.

Lilian Berthelot, 1932 in Mauritius geboren, studierte Literaturwissenschaft und Statistik und arbeitet an der amerikanischen Botschaft in Port-Louis (Mauritius). Sie ist Malerin und Schriftstellerin, hat Gedichte, Kurzgeschichten und Märchen veröffentlicht.

Micheline Coulibaly, Schriftstellerin aus der Elfenbeinküste, lebt z.Z. mit ihrer Familie in Mexiko. Sie hat Erzählungen und Kinderbücher geschrieben, die alle im Verlag EDILIS in Abidjan veröffentlicht worden sind.

Emmanuel Boundzeki Dongala wurde 1941 in Alindao (Zentralafrikanische Republik) geboren. In Kongo-Brazzaville großgeworden, studierte er in den USA und Frankreich und war bis zum Ausbruch des Bürgerkrieges Professor für Chemie an der Universität Brazzaville. Seit Anfang 1998 lebt er mit seiner Familie in der Nähe von Boston und lehrt Chemie und afrikanische Literatur am Bard College. Seine Erzählungen und seine drei Romane, von denen bislang nur *Der Morgen vor der Hinrichtung* (Berlin 1976) auf Deutsch vorliegt, sind ironischbittere Kommentare zum Leben in einem nachkolonialen, sozialistischen afrikanischen Land.

Baovola Fidison, 1964 geboren, ist Journalistin. Sie lebt in Antananarivo (Madagaskar) und arbeitet als Feuilletonredakteurin bei der Zeitung *L'Express.*

Axel Gauvin wurde 1944 in Bois-de-Nèfles auf Réunion geboren und studierte in Frankreich Naturwissenschaften. Nach dem Staatsexamen ging er zurück nach Réunion, wo er seit 1973 als Lehrer arbeitet. Von seinem umfangreichen literarischen Schaffen in französischer und kreolischer Sprache liegen zwei Romane auf Deutsch vor: *Kindheitshunger* (Peter Hammer Verlag 1995) und *Wenn du aufwachst, bin ich da* (Peter Hammer Verlag 1997).

Etienne Goyémidé (1942-1997), in Ippy (Zentralafrikanische Republik) geboren, hat das kulturelle Leben seines Heimatlandes entscheidend mitgeprägt. Er war Lehrer, Schuldirektor, Erziehungminister, Schriftsteller. Für das von ihm gegründete Ensemble *Griot* und das staatliche Theater, dem er vorstand, schrieb er zahlreiche Stücke. Außerdem hat er Gedichte, Erzählungen und zwei Romane veröffentlicht *(La silence de la forêt,* Paris 1984; *Le dernier survivant de la caravane,* Paris 1985).

Flore Hazoumé ist die Enkelin von Paul Hazoumé, des bekannten Schriftstellers aus Benin, der 1938 mit *Doguicimi,* der Geschichte einer Prinzessin in vorkolonialer Zeit, die moderne frankophone afrikanische Literatur mitbegründete. Flore Hazoumé lebt in Abidjan (Elfenbeinküste), wo sie als Journalistin arbeitet und eine Werbeagentur betreibt. Ihr Roman *La vengeance de l'albinos* und ihre zwei Erzählbände wurden vom Verlag EDILIS in Abidjan veröffentlicht.

Monique Ilboudo wurde in Wagadugu (Burkina Faso) geboren. Sie studierte in Lome, Lille und Paris Jura und lehrt heute Privatrecht an der Universität Wagadugu. Als Journalistin, die sich für die Rechte der Frauen einsetzt, ist sie in ganz Burkina Faso bekannt: Sie schreibt in der Zeitung *L'Observateur* die Kolumne »Feminin im Plural«. 1992 veröffentlichte sie ihren Roman *Le mal de la peau*, in dem eine junge Frau im Mittelpunkt steht, die zwischen den Anforderungen der traditionellen und der modernen Gesellschaft ihren eigenen Weg sucht.

Ali Moussa Iye, 1957 in Djibouti geboren, ist Journalist. Seit 1992 lebt er in Paris, wo er für ein UNESCO-Friedensprojekt arbeitet. Er hat Essays und Kurzgeschichten veröffentlicht.

Antoine Kaburahe, 1966 in Burundi geboren, hat Literaturwissenschaft studiert. Seit seiner Studienzeit schreibt er Erzählungen, Theaterstücke und Gedichte. Er lebt als Journalist in Bujumbura und ist Chefredakteur der Zeitschrift *Panafrika*.

Maliza Mwina Kintende wurde 1949 Kirungu-Maba in der Shaba-Provinz (Kongo-Kinshasa) geboren und arbeitet als Französischlehrer in Lubumbashi. Für seine Kurzgeschichten, die zum großen Teil unveröffentlicht sind, ist er mehrfach ausgezeichnet worden.

Binéka Danièle Lissouba, 1957 in Kongo-Brazzaville geboren, ist Journalistin. Nach ihrer Tätigkeit bei der Afrika-Zeitschrift *Jeune Afrique* arbeitet sie nun in Libreville (Gabun) beim Radiosender *Africa No. 1*. Neben Erzählungen hat sie Essays und Kinderbücher veröffentlicht.

Tierno Monénembo wurde 1947 im Futa-Djalon (Guinea) geboren. Nach dem Abitur verließ er Guinea aus politischen Gründen, studierte in Senegal, der Elfenbeinküste und Frankreich Biochemie, war Lehrer in Algerien, Marokko und der Normandie, wo er heute als freier Schriftsteller lebt. Von seinen Romanen, die sich mit dem modernen Afrika, seinen politischen, gesellschaftlichen und kulturellen Widersprüchen auseinandersetzen, liegt *Zahltag in Abidjan* (Peter Hammer Verlag 1996) auf Deutsch vor. 1999 erscheint *Cinéma* in deutscher Übersetzung.

Shenaz Patel wurde 1966 in Mauritius geboren. Mit ihrer Erzählung *Die Saat des Meeres* gewann sie 1986 den Wettbewerb junger Autoren der Allicance Française.

Michèle Rakotoson wurde 1948 in Antananarivo (Madagaskar) geboren, wo sie zur Schule ging, Madagassisch und Soziologie studierte. Aus politischen Gründen seit 1983 im Exil in Paris, arbeitet sie als Journalistin bei *Radio France Internationale* und kümmert sich u.a. um die Förderung junger AutorInnen. Als Schriftstellerin ist sie durch Theaterstücke – eines, *Sambany,* ist in Madagaskar ein Klassiker – und Romane, zuletzt *Elle, au printemps* (Paris 1996), bekannt geworden.

Williams Sassine (1944-1997), in Kankan (Guinea) geboren, ist einer der bedeutendsten Autoren des frankophonen Westafrika. In Guinea war er wegen seiner wöchentlichen Zeitungskolumne *Chronique Assassine* – bissige Satiren auf Politiker und Politik – außerordentlich populär. Sein Werk, das bislang nur unzureichend ins Deutsche übersetzt wurde, beschreibt die Funktionsmechanismen der Terrorherrschaft und die Absurditäten des afrikanischen Alltags.

Sony Labou Tansi (1947-1995) zählt zu den wichtigsten Schriftstellern Afrikas. Zunächst Lehrer in Brazzaville (Kongo), gründete er dort 1979 das Rocado Zulu Theater, das durch internationale Tourneen und Festivals auch in Europa berühmt wurde. Sony Labou Tansi war Regisseur, schrieb zahlreiche Theaterstücke und Romane, von denen *Die heillose Verfassung* (Zürich 1984), *Verschlungenes Leben* (Zürich 1981) und *Die tödliche Tugend des Genossen Direktor* (Köln 1985) ins Deutsche übertragen wurden.

Khady Sylla wurde 1963 in Dakar (Senegal) geboren und lebt seit 1981 in Paris. Sie ist Filmregisseurin, schreibt Drehbücher und Erzählungen und hat einen Roman veröffentlicht *(Le jeu de la mer,* Paris 1992).

Véronique Tadjo wurde 1955 in Paris geboren. In Abidjan (Elfenbeinküste) aufgewachsen, studierte sie an der dortigen Universität, an der Sorbonne und in den USA Englisch und afroamerikanische Literatur und war Lehrerin in der Elfenbeinküste. Dann lebte sie mit ihrer Familie in vielen Ländern, z. Z. in London. Sie ist freie Schriftstellerin und hat Gedichte, Prosatexte und Kinderbücher veröffentlicht.

Abdou Traoré, genannt Diop wurde 1955 in Markala (Mali) geboren und studierte Medizin in Bamako, wo er heute als Chirurg in einem Krankenhaus arbeitet. Er ist Mitbegründer der Kooperative *Jamana,* der es um die Förderung der Literatur in Mali geht. Seine Kurzgeschichten sind mehrfach ausgezeichnet worden.

Sénouvo Agbota Zinsou, 1946 in Lome (Togo) geboren, ist ein Mann des Theaters. Nach dem Studium der Literatur- und Theaterwissenschaften in Lome, Paris und Bordeaux leitete er von 1978 bis 1993 das Togoer Theaterensemble und wurde als Autor und Regisseur zahlreicher Stücke auch international bekannt. Seit 1993 lebt er als politischer Flüchtling in Bayreuth, wo er an der Universität Theaterwissenschaft lehrt und sich durch die Inszenierungen seiner Stücke und »modernen Märchen« einen Namen gemacht hat.

Quellennachweise

Séverin-Cécile Abega: Die Papaya.
Übers. von Sigrid Groß. Aus: Les eaux claires de ma source et six autres nouvelles. Paris: Hatier 1986, S. 114-123.

Lilian Berthelot: Sonnabend.
Übers. von Giò Waeckerlin-Induni. Aus: Un Voyage comme tant d'autres et onze autres nouvelles. Paris: Hatier 1984, S. 111-123.

Micheline Coulibaly: Mein Mann.
Übers. von Sigrid Groß. Aus: M. Coulibaly: Embouteillage. Nouvelles. Abidjan: EDILIS 1992, S. 118-132, 140-142.

Emmanuel Boundzeki Dongala: Jazz und Palmwein.
Übers. von Sigrid Groß. Aus: E. B. Dongala: Jazz et Vin de palme. Paris: Le Serpent à Plumes 1996, S. 151-165.
© Editions Hatier, Paris.

Baovola Fitison: Schuldig.
Übers. von Sigrid Groß. Aus: Revue Noire Nr. 26. Paris: Ed. Revue Noire 1997, S. 55.

Axel Gauvin: Die Antwort.
Übers. von Giò Waeckerlin-Induni. Erstveröffentlichung.
© Editions du Seuil, Paris.

Etienne Goyémidé: Die schwarze Rache.
Übers. von Sigrid Groß. Aus: L'Etrangère et douze autres nouvelles. Paris: Hatier 1985, S. 81-95.

Flore Hazoumé: Wechseljahre.
Übers. von Sigrid Groß. Aus: F. Hazoumé: Cauchemars. Nouvelles. Abidjan: EDILIS 1994, S. 51-63.

Monique Ilboudo: Eine namenlose Krankheit.
Übers. von Sigrid Groß. Erstveröffentlichung.
© Monique Ilboudo.

Ali Moussa Iye: Der Mann, der Perlen weinte.
Übers. von Sigrid Groß. Aus: Revue Noire Nr. 24. Paris: Ed. Revue Noire 1997, S. 28-30.

Antoine Kaburahe: Mutter, mir ist kalt.
Übers. von Sigrid Groß. Aus: Habari gani, Afrika. Lesebuch der afrikanischen Literatur. Wuppertal: Hammer 1997, S. 78-83.

Ahmadou Kane: Der Verführer.
Übers. von Sigrid Groß. Aus: Les cauris veulent ta mort! et huit autres nouvelles du Niger. St. Maur: Sépia 1995, S. 31-41.
Maliza Mwina Kintende: Eine Reise wie so viele andere.
Übers. von Sigrid Groß. Aus: Un Voyage comme tant d'autres et onze autres nouvelles. Paris: Hatier 1984, S. 7-15.
Binéka Danièle Lissouba: Eva und Tarzan.
Übers. von Sigrid Groß. Aus: Le passé postérieur et quatorze autres nouvelles. St. Maur: Sépia 1993, S. 129-139.
Tierno Monénembo: Gott schütze sie.
Übers. von Sigrid Groß. Aus: Le Serpent à Plumes Nr. 10 (Paris 1990). © Tierno Monénembo.
Shenaz Patel: Die Saat des Meeres.
Übers. von Sigrid Groß. Aus: Le requin borgne et douze autres nouvelles. Paris: Hatier 1987, S. 187-190.
Michèle Rakotoson: Klage eines Schiffbrüchigen.
Übers. von Sigrid Groß. Aus: M. Rakotoson: Dadabé et autres nouvelles. Paris: Karthala 1984, S. 93-100.
Williams Sassine: Ein durchwachsener Tag.
Übers. von Sigrid Groß. Aus: W. Sassine: L'Afrique en morceaux. Solignac: Le bruit des autres 1994, S. 9-52.
Sony Labou Tansi: Der Eid des Hippokrates.
Übers. von Sigrid Groß. Aus: Un Voyage comme tant d'autres et onze autres nouvelles. Paris: Hatier 1984, S. 51-62.
Khady Sylla: Die Mauer und die Häuser.
Übers. von Sigrid Groß. Aus: Le Serpent à Plumes Nr. 17 (Paris 1995), S. 97-106. © Khady Sylla.
Véronique Tadjo: Im Vogelflug.
Übers. von Sigrid Groß. Aus: V. Tadjo: A vol d'oiseau. Paris: Harmattan 1992, S. 3-20.
Abdou Traoré, genannt Diop: Der Tanz des Affen.
Übers. von Sigrid Groß. Aus: L'Etrangère et douze autres nouvelles. Paris: Hatier 1985, S. 62-73.
Sénouvo Agbota Zinsou: Yévi und die Prinzessin.
Übers. von Beeke Dummer. Erstveröffentlichung.
© Sénouvo Agbota Zinsou.
Wir danken den jeweiligen Rechteinhabern für die freundliche Abdruckgenehmigung.

Das Alphabet der Sonne

Afrikanische Geschichten

Wolfram Frommlet (Hg.)
Die Sonnenfrau
Neue Erzählungen aus Schwarzafrika
336 Seiten, broschiert

Birago Diop
Geistertöchter
Die Geschichten des Amadou Koumba
320 Seiten, broschiert

Gudrun Honke/Thomas Brückner
Habari gani, Afrika!
Lesebuch der afrikanischen Literatur
198 Seiten, broschiert

Gcina Mhlophe
Love Child
Die Geschichtenerzählerin aus Südafrika
160 Seiten, broschiert

Gcina Mhlophe/Silke Tessmer
Wie die Geschichten auf die Welt kamen
Bilderbuch
32 Seiten, vollst. farbig illustriert, gebunden

PETER HAMMER VERLAG

Postfach 20 09 63 - 42209 Wuppertal